林格伦作品选集·美绘版

亲爱的所有中国孩子：

　　我多么想给你们每一个人都直接写信，表达对你们阅读我的书的喜悦。但是此时此刻，我只能说：祝你们阅读愉快。继续读吧，直到把我的书全部读完。

致热烈的问候！

阿斯特丽德·林格伦

LINGELUN
XIAOFEIRENKAERSONG
MeiHuiBan

小飞人卡尔松

〔瑞典〕阿斯特丽德·林格伦 ◆ 著
〔瑞典〕伊隆·维克兰德 ◆ 画
李之义 ◆ 译

中国少年儿童新闻出版总社
中国少年儿童出版社
北 京

小飞人卡尔松
林格伦作品选集【美绘版】

〔瑞典〕阿斯特丽德·林格伦 ◆ 著
〔瑞典〕伊隆·维克兰德 ◆ 画
李之义 ◆ 译

原版书名：Karlsson på taket（Lillebror och Karlsson på taket, Karlsson på taket flyger igen, Karlsson på taket smyger igen
原出版人：Rabén & Sjögren Bokförlag AB, Stockholm, Sweden
ⓒ Saltkråkan AB / Astrid Lindgren 1972（1955，1962，1968）
Illustrations ⓒ Ilon wikland
All foreign rights are handled by Saltkråkan AB, Sweden, info@saltkrakan.se
For information about Astrid Lindgren's books, see www.astridlindgren.com

图书在版编目（CIP）数据

小飞人卡尔松 /（瑞典）林格伦（Lindgren,A.）著；李之义译 . —北京：中国少年儿童出版社，2009.10（2025.5 重印）
（林格伦作品选集）
ISBN 978-7-5007-9412-7

Ⅰ . 小… Ⅱ . ①林… ②李… Ⅲ . 童话-瑞典-现代 Ⅳ . I532.88

中国版本图书馆 CIP 数据核字 (2009) 第 173883 号
著作权合同登记　图字：01-2016-5521

XIAO FEI REN KA ER SONG
（林格伦作品选集）

出版发行：中国少年儿童新闻出版总社
　　　　　中国少年儿童出版社

执行出版人：马兴民
责任出版人：缪　惟

策　划：徐寒梅　缪　惟　高秀华	装帧设计：缪　惟
责任编辑：徐寒梅　缪　惟　高秀华　安仐金	责任校对：赵聪兰
美术编辑：缪　惟	责任印务：厉　静

社　　址：北京市朝阳区建国门外大街丙 12 号　　邮政编码：100022
总 编 室：010-57526070　　　　　　　　　　　　发 行 部：010-57526568
官方网址：www.ccppg.cn　　　　　　　　　　　　编 辑 部：010-57526320

印　刷：北京华宇信诺印刷有限公司
开　本：880mm×1230mm　1/32　　　　　　　　　印　张：15
版　次：2009 年 10 月第 1 版　　　　　　　　　　印　次：2025 年 5 月第 40 次印刷
字　数：230 千字　　　　　　　　　　　　　　　印　数：383401-386400 册
ISBN 978-7-5007-9412-7　　　　　　　　　　　　定　价：43.00 元

图书出版质量投诉电话：010-57526069　　　电子邮箱：cbzlts@ccppg.com.cn

序

在当今世界上,有两项文学大奖是全球儿童文学作家的梦想:一项是国际安徒生文学奖,由国际儿童读物联盟(IBBY)设立,两年颁发一次;另一项则是由瑞典王国设立的林格伦文学奖,每年评选一次,奖金500万瑞典克朗,是全球奖金额最高的奖项。

瑞典儿童文学大师阿斯特丽德·林格伦女士(1907—2002),是一位著作等身的国际世纪名人,被誉为"童话外婆"。林格伦童话用讲故事的笔法、通俗的风格和神秘的想象,使作品充满童心童趣和人性的真善美,在儿童文学界独树一帜。1994年,中国少年儿童出版社把引进《林格伦作品集》列入了"地球村"图书工程出版规划,由资深编辑徐寒梅做责任编辑,由新锐画家缪惟做美编,并诚邀中国最著名的瑞典文学翻译家李之义做翻译。在瑞典驻华大使馆的全力支持下,经过5年多的努力,1999年6月9日,首批4册《林格伦作品集》(《长袜子皮皮》《小飞人卡尔松》《狮心兄弟》《米欧,我的米欧》)在瑞典驻华大使馆举行了首发式,时年92岁高龄的林格伦女士还给中国小读者亲切致函。中国图书市场对《林格伦作品集》表现了应有的热情,首版5个月就销售一空。在再版的同时,中国少年儿童出版社又开始了《林格伦作品集》第二批作品(《大侦探小卡莱》《吵闹村的孩子》《疯丫头马迪根》《淘气包埃米尔》)的翻译出版。可是,就在后4册图书即将出版前夕,2002年1月28日,94岁高龄的阿斯特丽德·林格伦女士

在斯德哥尔摩家中,在睡梦中平静去世。2002年5月,中少版《林格伦作品集》第二批4册图书正式出版。至此,中国少年儿童出版社以整整8年的时间,完成了150万字之巨的《林格伦作品集》8册的出版规划,为广大中国少年儿童读者奉献了一套相对完整、系统的世界儿童文学精品巨著,奉献了一个美丽神奇的林格伦童话星空。

由地球作为载体的人类世界是千姿百态、丰富多彩的。可以是物质的,也可以是精神的;可以是科学的,也可以是文学的。少年儿童作为人类的未来和希望,从小就应该用世界文明的一流成果来启蒙,来熏陶,来滋润。让中国的少年儿童从小就拥有一个多彩的"文学地球",与国外的小朋友站在阅读的同一起跑线上,是我们中国少年儿童出版社的神圣职责。在人类进入多媒体时代的今天,中国少年儿童出版社倾力打造了高格调、高品质的皇冠书系,该书系的图书均以"美绘版"形式呈献。皇冠书系"美绘版"图书自上市以来迅速得到了广大青少年读者的认可,取得了良好的社会效益和经济效益。今天,中国少年儿童出版社将《林格伦作品选集》纳入皇冠书系,以"美绘版"形式再次出版林格伦女士最具代表性的作品,它们分别是《长袜子皮皮》《淘气包埃米尔》《小飞人卡尔松》《大侦探小卡莱》《米欧,我的米欧》《狮心兄弟》《吵闹村的孩子》《疯丫头马迪根》《绿林女儿罗妮娅》《海滨乌鸦岛》《叮当响的大街》《铁哥们儿擒贼记》《小小流浪汉》《姐妹花》。此次中国少年儿童出版社倾力打造的"美绘版"《林格伦作品选集》,就是要让世界名著以更美的现代化形式走近少年儿童读者,就是要让林格伦的童话星空更加绚丽多彩。

愿《林格伦作品选集》(美绘版)陪伴广大的少年儿童朋友快乐成长,美丽成长。

林格伦和她创造的儿童世界

——李之义——

　　早在世纪之初著名作家埃伦·凯伊（1849—1926）就曾预言，20世纪将成为儿童世纪。这句话是否应验，这里不去讨论，但是林格伦在1945年步入儿童文坛就标志着世纪儿童已经诞生。这就是皮皮露达·维多利亚·鲁尔加迪娅·克鲁斯蒙达·埃弗拉伊姆·长袜子。起这个名字的人是林格伦的女儿卡琳。1941年女作家七岁的女儿卡琳因肺炎住在医院，她守在床边。女儿每天晚上请妈妈讲故事。有一天她实在不知道讲什么好了，就问女儿："我讲什么呢？"女儿顺口回答："讲长袜子皮皮。"是女儿在这一瞬间想出了这个名字。她没有追问女儿谁是长袜子皮皮，而是按着这个奇怪的名字讲了一个奇怪的小姑娘的故事。最初是给自己的女儿讲，后来邻居的小孩也来听。1944年卡琳十岁了，林格伦把这个故事写出来作为赠给女儿的生日礼物。后来她把稿子寄给伯尼尔出版公司，但是被退了回来。此举构成了这家最大的瑞典出版公司最大的失误。1945年作者对故事做了一些修改，以它参加拉本和舍格伦出版公司举办的儿童书籍比赛，获得一等奖。《长袜子皮皮》一出版立即获得成功，此事绝非偶然。当时关于瑞典儿童的教育问题的辩论正进行得如火如荼——以昔日的权威性教育为一方，以现代自由教育思想为另一方。早在20世纪30年代，人们就开始对童年教育感兴趣，并有新的儿童教育信号出现。很多人提出，对儿童进行严厉、无条件服从的教育会使儿童产生压抑和自卑感。人们揭露和批判当局推行的类似德国纳粹主义和意大利法西斯主义的绝对

权威和盲从的教育思想。

《长袜子皮皮》这部作品讲一位小姑娘，她一个人住在一栋小房子里，生活完全自理，富得像一位财神，壮得像一匹马。她所做的一切几乎都违背成年人的意志，不去学校上学，满嘴的瞎话，与警察开玩笑，戏弄流浪汉。她花钱买一大堆糖果，分发给所有的孩子。她的爸爸有点儿不可思议，是南海一个岛上的国王。这位小姑娘自然成了孩子们的新偶像。关于皮皮的书共有三本，多次再版，成为瑞典有史以来儿童书籍中最大的畅销书。目前该书已出版90多种版本，总发行量达到1.3亿册。对全世界的儿童来说，皮皮是一个令人喜爱、近乎神秘主义的形象，可与福尔摩斯、唐老鸭、米老鼠、小红帽和白雪公主相媲美。

在2004年5月26日阿斯特丽德·林格伦儿童文学奖第二次颁奖大会上，瑞典首相约兰·佩尔松在致辞时这样评论《长袜子皮皮》这部作品："长袜子皮皮之书的出版带有革命性的意义。林格伦用长袜子皮皮这个人物形象在某种程度上把儿童和儿童文学从传统、迷信权威和道德主义中解放出来，在皮皮身上很少有这类东西。皮皮变成了自由人类的象征。"

在儿童文学领域里，林格伦创造了两种风格：通俗和想象，两种风格以不同的方式体现她的创作特征。通俗的故事有时候接近琐碎，有时候带有喜剧色彩。比如以女作家自己的成长环境和自己的兄弟姐妹为原型的《吵闹村的孩子》《吵架人大街》和《疯丫头马迪根》。富于想象的作品是以《尼尔斯·卡尔松—小精灵》为开端。主人公是个小精灵，住在地板底下，后来成了一位孤单的小男孩的好伙伴，使阴郁、沉重的生活变成多彩的梦幻之国。《南草地》中的故事采用民间故事的创作手法，把昔日人间的残酷、疾病和忧伤变成了想象中的美

梦、善良和温暖。

但是用富于想象的手法创作的作品应首推三部伟大的小说：《米欧，我的米欧》(1954)、《狮心兄弟》(1973)和《绿林女儿罗妮娅》(1981)。第一部作品表面上非常通俗，主人公布·维尔赫尔姆·奥尔松是一位被领养的小男孩。他坐在长凳上，想着自己极不温暖的家庭生活。突然他的梦变成了现实，他搬到了童话世界——玫瑰之国，他的父亲是那里的国王，他变成了米欧王子。他用一把带魔法的宝剑把他父亲的臣民从残暴的骑士卡托的统治下解救出来。作品有着民间故事的所有特征。《狮心兄弟》也描写善与恶的矛盾。主人公是一位胆小的小男孩斯科尔班，但是在危险时刻他克服了自己的恐惧，勇敢地与邪恶进行斗争，并取得了胜利。斯科尔班身体虚弱、胆小怕事，这一点与他和哥哥一起把南极亚拉从暴君滕格尔、恶魔卡特拉手里解放出来的壮举形成鲜明对比。作品中有这样的情节：兄弟俩从悬崖上跳下去，以便从南极亚拉到另一个国家南极里马。他们去了另外一个世界以后变得强壮、勇敢和健康。一部分人把这一描写解释成儿童自杀，但多数人把这段解释成一种故事情节的升华，由一个想象的世界到另一个想象的世界。我还听到有第三种解释，即瑞典是一个福利社会，人们没有物质生活方面的困难，老人和孩子都很怕死。老人可以用基督教的来世梦想和进入天国之类的事求得安慰。孩子们怎么办？他们经常给报社或电视台写信、打电话，问"人为什么要死？"专家们用科学的方法给孩子们讲解生与死的辩证关系、新陈代谢等，说明死并不都是坏事。作家通过自己富于想象的作品不是也可以起到相同的作用，甚至效果更好吗？《绿林女儿罗妮娅》比上边提到的两部作品有更多的现实主义成分，书中所描写的问题有更多的可能性。女孩罗妮娅和男孩毕尔克分属两个世代为仇的绿林家庭。两个人对自己家庭传统进行造

反，一种真挚的友谊在他们之间迅速建立，他们拒绝再过到处抢劫的绿林生活。人们称这部作品为瑞典式的《罗密欧与朱丽叶》。两个孩子在山洞里过着与世隔绝的生活，这也有点儿像《鲁滨孙漂流记》。但作品有着林格伦自己的特征：紧张的情节、通俗的现实主义和幽默风趣。罗妮娅和毕尔克生活在充满可怕和喜剧性生灵的世界里，如人面野鹰和小人熊等。他们的父亲都是魁梧、健壮、心地善良的绿林首领，但他们不知道除了劫富济贫的绿林生活外，还有其他什么选择。

林格伦的另一部分作品介于通俗与想象两种风格之间。《淘气包埃米尔》(1963)中很多故事相当粗犷和非理性，有着伟大的喜剧风格，但一切都植根于世纪之交的斯莫兰的日常生活。一部分内容有点儿像古代的英雄萨迦，如埃米尔在风雪中把病入膏肓的阿尔弗雷德送到医院，以及请穷苦的人们吃圣诞饭。

当《小飞人卡尔松》(1955)中的卡尔松飞进小弟的中产阶级家庭生活时，起初人们都把他看作是孤单儿童的虚幻中的伙伴。但卡尔松是一个极富有个性的小家伙，有着人类的各种特征——他爱说大话、自私自利、不诚实和爱翻别人的东西，还不停地给小弟制造麻烦。但是小弟和其他读过这本书的孩子都喜欢他——"不胖不瘦、风华正茂"。如果人们偶尔还把他当作虚幻的人物的话，那么在小弟把他介绍给其他家庭成员时，这种感觉马上消失了，他成了一个实实在在的人。

林格伦的作品还包括侦探小说，如《大侦探小卡莱》(1946)，专门描写女孩子的作品，如《布丽特－马利亚心情舒畅了》(1944)、《夏士婷和我》(1945)。作品幽默、大方，很少有道德说教。

林格伦1907年出生在瑞典斯莫兰省一个农民家里。20世纪20年代到斯德哥尔摩求学，毕业后做过一两年秘书工作。她有30多部作品，获得过各种荣誉和奖励。1950年获瑞典图书馆协会颁发的

"尼尔斯·豪尔耶松金匾";1957年获瑞典"高级文学标准作家"国家奖;1958年获"安徒生金质奖章",1970年获瑞典《快报》"儿童文学和促进文学事业金船奖",1971年获瑞典文学院"金质大奖章"。此外,她还获得过1959年《纽约先驱论坛报》春季奖和1957年德国青年书籍比赛的特别奖。她在1946年—1970年将近1/4世纪里担任拉本和舍格伦出版公司儿童部主编,对创造这个时期的瑞典儿童文学的黄金时代做出了很大贡献。

2002年,林格伦女士以94岁高龄辞世,瑞典为她举行了国葬,人们称她为民族英雄。在我送的花圈上写着:"你的中文译者向你致最后的敬意!"她走了,却给世界留下了宝贵的文学遗产。她的作品被译成多国文字,发行量达到1.3亿册。把她的书摞起来有175个埃菲尔铁塔那么高,把它们排成行可以绕地球三圈。

瑞典文学院院士阿托尔·隆德克维斯特在1971年瑞典文学院授予她"金质大奖章"的授奖仪式上说:

尊敬的夫人,在目前从事文艺活动的瑞典人中,大概除了英玛尔·伯格曼之外,没有一个人像您那样蜚声世界。

您在这个世界上选择了自己的世界,这个世界是属于儿童的,他们是我们当中的天外来客,而您似乎有着特殊的能力和令人惊异的方法认识他们和了解他们。瑞典文学院表彰您在一个困难的文学领域里所做的贡献,您赋予这个领域一种新的艺术风格,即充分的心理描写、幽默和叙事情趣。

目录

第一部　小弟与屋顶上的卡尔松 / 1

屋顶上的卡尔松 / 3

卡尔松建塔 / 14

卡尔松玩帐篷游戏 / 26

卡尔松打赌 / 40

卡尔松的恶作剧 / 62

卡尔松扮鬼 / 82

目录

卡尔松用会开玩笑的狗变魔术 / 102

卡尔松赴生日宴会 / 121

第二部 屋顶上的卡尔松又飞来了 / 141

屋顶上的卡尔松又飞来了 / 143

在卡尔松家 / 166

卡尔松酥饼"若"人 / 177

林格伦作品选集
LINGELUN ZUOPINXUANJI

目录

卡尔松设酥饼宴 / 193

卡尔松与电视机 / 210

卡尔松的通话线 / 226

瓦萨区里的小鬼怪 / 238

卡尔松就是卡尔松，不是什么鬼怪 / 252

自豪的圣母飞走了 / 271

英俊、绝顶聪明、不胖不瘦……/ 286

林格伦作品选集
LINGELUN ZUOPINXUANJI

目录

第三部　屋顶上的卡尔松又偷偷地来了 / 299

谁都有权当卡尔松 / 301

卡尔松记住，他有生日 / 324

卡尔松是班上最好的学生 / 346

卡尔松睡在小弟的房间里 / 359

卡尔松偷吃小蛋糕和甜饼 / 374

卡尔松是世界上最好的打呼噜问题专家 / 394

目录

卡尔松在黑暗中装神弄鬼效果最佳 / 409

卡尔松为朱利尤斯叔叔打开了虚幻世界的大门 / 431

卡尔松变成了世界大富翁 / 450

译者后记 / 463

第一部

小弟与屋顶上的卡尔松

小 飞 人 卡 尔 松
Xiaofeirenkaersong

屋顶上的卡尔松

在斯德哥尔摩一条极为普通的街道上的一幢极为普通的房子里，住着姓斯万德松的一个极为普通的家庭。家里有一位极为普通的爸爸、一位极为普通的妈妈和三位极为普通的孩子——布赛、碧丹和小弟。

"我根本不是什么普通的小弟。"小弟说。不过他在说谎。他当然很普通。因为有很多男孩都七岁，他们有着蓝眼睛、翘鼻子、脏耳朵，裤子的膝盖处总是破的，这就足以说明小弟确实极为普通，此事千真万确。

布赛十五岁，喜欢足球，在学校里功课不好，他也极为普通；碧丹十四岁，像其他极为普通的姑娘一样，她也梳着马尾辫。

整栋房子里只有一个人与众不同，他就是屋顶上的卡尔松。卡尔松住在屋顶上，这一点相当与众不同。世界其他的地区可能无奇不有，但是在斯德哥尔摩几乎从来没有人住在屋顶

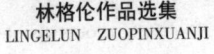

上的一间特别小的房子里，不管你信不信，卡尔松确实住在那里。他是一位个子矮小、体形圆滚、自命不凡的先生，他能够飞。乘普通飞机或直升机人人都能飞，但是除卡尔松以外没有人能靠自身的力量飞。卡尔松一拧装在肚脐上的一个按钮，后背上一台小巧玲珑的螺旋桨就发动起来。卡尔松静静地站一会儿，等螺旋桨旋转起来。当它达到一定速度的时候，卡尔松腾空而起，旋转起来就像一位局长那样高贵、体面，如果你能想得出有背后装着螺旋桨的局长的话。

卡尔松非常适应在屋顶上那间小房子里生活。晚上他坐在廊前的台阶上，看星星。在屋顶上看星星肯定比在这栋房子的任何地方看都好，奇怪的是没有很多人住在屋顶上，不过房客们不知道，人们可以住在屋顶上，他们更不知道卡尔松在上边有一栋房子，因为它藏在大烟囱后面。此外，对绝大多数人来说即使从上面迈过去也不会注意到像卡尔松的这类小房子。有一次，一个烟囱工准备掏烟囱的时候偶然发现了卡尔松的房子，当时他确实相当吃惊。

"真奇怪,"他自言自语地说,"这儿还有房子,真不可思议。但是屋顶上确实有一栋房子,怎么会有这种事呢?"

随后他开始掏烟囱,很快把房子的事忘掉了,以后再没想过。

小弟为与卡尔松相识感到非常开心,因为卡尔松飞过来的时候,一切显得那么紧张、有趣。卡尔松可能也为与小弟相识感到高兴,因为一个人孤零零地住在一个无人知晓的房子里不是好滋味。当他飞过来的时候,如果有人喊"你好,卡尔松"会使他高兴的。

卡尔松和小弟是这样相识的:

对小弟来说这是百无聊赖的一天。在一般情况下小弟觉得还是很有意思的。他是全家人的掌上明珠,大家都很宠爱他,但是这一天很晦气。他受到妈妈的指责,因为他的裤子上又破了几个口子,碧丹说:"快擤鼻涕,小家伙。"而爸爸吵着说他没按时回家。

"你又到大街上游荡去啦?"爸爸说。

在大街上游荡——爸爸不知道,小弟曾遇到一只狗。那是一只听话、漂亮的狗,它用鼻子闻小弟,摇尾乞怜,似乎它非常喜欢当小弟的狗。

事情好像取决于小弟,只要他愿意就能如愿以偿。但是爸爸妈妈不喜欢在家里养狗。此外,这时候突然出现一位女士,

她喊叫着:"丽芝,快过来。"这时候小弟也明白了,它永远不会成为他的狗。

"看来我一辈子也不会有狗了。"小弟伤心地说,这天一切都那么晦气,"你有妈妈,你有爸爸,布赛和碧丹整天在一起,但是我,我没有任何人。"

"亲爱的小弟,你有我们大家。"妈妈说。

"我当然没有。"小弟更伤心地说。因为他突然感到,好像整个世界都没有人和他在一起。

不过他有一件东西,他有一个自己的房间,他走进去。

这是一个明亮、美丽的春季夜晚,窗子敞开着。白色的窗帘随风慢慢飘动,好像向春季空中闪亮的小星星挥手致意,小弟站在窗前,停在那里朝外看。他想起了那只令人喜欢的狗,此时它在做什么呢?可能正躺在厨房某个地方的篮子里,可能一个男孩——当然不是小弟——坐在旁边的地板上,一边用手捋着它毛茸茸的头发,一边说:"丽芝,你是一只好狗。"

小弟深深地叹息着。这时候他听到轻轻的"嗡嗡"声。声音越来越大,就在这时候窗子外边有一位个子很小的胖叔叔慢慢地飞来。他就是屋顶上的卡尔松,不过小弟当然不知道。

卡尔松看了看小弟又继续飞。他在对面的屋顶上飞了一小圈,围着烟囱飞,然后又朝小弟的窗子飞来,这时候他加快速度,呼啸着经过小弟,就像一个小型喷气式飞机。他多次呼啸

而过,小弟静静地站在那里,感受着一股喜悦的暖流通过全身,因为不是每天都有小个子胖叔叔在窗子外边飞翔。最后卡尔松慢慢地降落到窗台上。

"你好,"他说,"我能降下来休息一会儿吗?"他随后说。

"好,请吧。"小弟说,"做这种飞行一定很困难吧?"他随后说。

"对我来说不困难,"卡尔松郑重其事地说,"对我来说小事一桩。因为我是世界上最好的花样飞行家。但是我不会建议任何草包去作这种尝试。"

小弟顿时感觉到自己大概就是他说的"任何草包",他立即决定去尝试卡尔松的那种花样飞行。

"你叫什么?"卡尔松说。

"小弟,"小弟说,"我的真名叫斯万德·斯万德松。"

"啊,真是无奇不有——我,我叫卡尔松。"卡尔松说,"就这么一个名字,没有别的。你好,小弟。"

"你好,卡尔松。"小弟说。

"你几岁了?"卡尔松问。

"七岁。"小弟说。

"其实你几岁都无所谓。"卡尔松说。

他把一条又短又粗的腿骗过小弟的窗台,走进屋里。

"那你几岁了?"小弟问,因为他觉得他应该是一位叔叔

了，但满脸孩子气。

"我几岁了？"卡尔松说，"我风华正茂，这是我唯一可以说的。"

小弟不十分明白——风华正茂，他想，他自己也可能是风华正茂，只不过他自己不知道，他小心地问：

"多大岁数才算风华正茂？"

林格伦作品选集
LINGELUN ZUOPINXUANJI

"不论岁数,"卡尔松得意地说,"至少对我来说是这样。我风华正茂:英俊、绝顶聪明、不胖不瘦。"他说。

说完顺手把小弟放在书架上的蒸汽机拿下来。

"我们可以把它发动起来。"他建议说。

"爸爸说我不能。"小弟说,"爸爸或者布赛在场时我才能动它。"

"爸爸或者布赛或者屋顶上的卡尔松,"卡尔松说,"世界上最好的蒸汽机手,就是屋顶上的卡尔松,告诉你爸爸。"

他抓住蒸汽机旁边的工业酒精瓶,把那盏小酒精灯倒满,然后点着。尽管他是世界上最好的蒸汽机手,他还是把很多酒精洒在书架上,着火以后,蓝色的火苗在蒸汽机四周跳跃。小弟喊叫着跑过去。

"别着急,沉住气。"卡尔松一边说一边用一只胖手拦住他。

但是当小弟看到酒精在书架上燃烧的时候,他不可能不着急。他拿起一把旧拖布把欢跳的小火苗扑灭了。但是在火苗跳跃的地方,漆被烧掉了,变成了几块难看的黑点。

"看啊,书架成了什么样子,"小弟不安地说,"妈妈会说什么呢?"

"哦,小事一桩。"屋顶上的卡尔松说,"书架上有几个微不足道的黑点——小事一桩,告诉你妈。"

他跪在蒸汽机旁边,眼睛亮亮的。

"很快就会运转起来。"他说。

果真如此。蒸汽机马上开始工作。突突突,蒸汽机响着。啊,这真是一台理想的蒸汽机,卡尔松露出自豪、幸福的表情,好像蒸汽机是他自己造的。

"我一定要检查一下安全阀。"卡尔松一边说一边使劲拧一个小东西,"如果不认真检查安全阀,很容易出事故。"

突突突,蒸汽机响着。它转得越来越快,越来越快,突突突。最后它像一匹奔腾的野马在嘶鸣,卡尔松的眼睛闪着兴奋的光。小弟不再关心书架上被烧的黑点,他对自己的蒸汽机、对世界上最好的蒸汽机手卡尔松及其修理安全阀的高超技术感到非常高兴。

"啊,啊,小弟,"卡尔松说,"它真的突突突地响起来!世界上最好的蒸汽机……"

他还没有来得及说完,就传来一个可怕的响声,突然间蒸汽机不见了,满屋子都是蒸汽机的碎片。

"它爆炸了!"卡尔松兴奋地说,好像人们用蒸汽机作了一次最精彩的魔术表演,"它爆炸了,真的!多大的声音!"

但是小弟可不像他那么高兴。他的眼睛里含着泪水。

"我的蒸汽机,"他说,"它碎了。"

"小事一桩。"卡尔松说,并毫不在乎地挥动着自己的小

胖手,"你会很快得到一个新蒸汽机。"

"真的?"小弟问。

"我上边有几千台。"

"你上边是指哪儿?"小弟说。

"屋顶上我的屋子里。"卡尔松说。

"你屋顶上有房子?"小弟说,"里边有几千台蒸汽机?"

"对,少说也有几百台吧。"卡尔松说。

"啊,我真想到你的房子里去看看。"小弟说。听起来真是有点儿奇怪,屋顶上还会有一个小房子,卡尔松还住在那里。

"多好啊,屋子里装满蒸汽机,"小弟说,"有好几百台蒸汽机。"

"对,我没有仔细算过到底剩多少台,但至少有几十台,"卡尔松说,"不时有爆炸的,但是总还会有几十台。"

"这么说我可以得到一台。"小弟说。

"当然,"卡尔松说,"当然!"

"现在能去拿吗?"小弟问。

"不行,我先得看看,"卡尔松说,"检查一下安全阀什么的。别着急,沉住气!改日你会得到的。"

小弟开始收拾他自己那台爆炸的蒸汽机碎片。

"我真不知道爸爸会说什么。"他不安地说。

卡尔松惊奇地挑起眼皮。

"不就是那台蒸汽机吗,"他说,"他大可不必为这桩小事自寻烦恼,把我的话告诉他。如果我有时间见到他,我会亲自告诉他。不过现在我要回家了,去看看我的房子。"

"对你的到来我感到非常高兴,"小弟说,"尽管蒸汽机……你还会再来吗?"

"别着急,沉住气。"卡尔松一边说一边拧肚脐上的开关。螺旋桨开始轰鸣,卡尔松静静地站着,等待起飞。他腾空而起,围着房子飞了几圈。

"螺旋桨有些发涩,"他说,"我必须到工厂加点儿黄油。当然我自己可以给自己加,因为我是世界上最好的蒸汽机手,但是我没有时间……不,我一定要去工厂。"

小弟也认为这样做是上策。

卡尔松从开着的窗子飞走了,他那胖胖的矮身躯在布满繁星的春季之夜显得那么迷人。

"再见了,小弟。"他一边说一边挥动那胖胖的小手。

卡尔松就这样飞走了。

卡尔松建塔

"我已经说过了,他叫卡尔松,住在屋顶上。"小弟说,"这有什么奇怪的?人们想住哪儿就可以住哪儿!"

"小弟,别犯傻了,"妈妈说,"你差一点儿把我们吓死。蒸汽机爆炸会把他炸死,你懂吗?"

"不错,但是不管怎么说卡尔松都是世界上最好的蒸汽机手。"小弟说,并严肃地看着妈妈。他一定要让她知道,当世界上最好的蒸汽机手主动要求把蒸汽机发动起来时,他不好开口拒绝。

"你要对自己的行为负责,小弟,"爸爸说,"不能把责任推到根本不存在的名为卡尔松的这类人身上。"

"他当然存在。"小弟说。

"他也能飞?"布赛用嘲讽的口气说。

"能,棒极了!"小弟说,"我希望他能回来,让你亲眼看看。"

"但愿他明天能来。"碧丹说,"如果我能看到屋顶上的卡尔松,我给他1克朗①。"

"明天他大概来不了,"小弟说,"因为他要去工厂加黄油。"

"啊,你确实也需要到工厂加点儿黄油。"妈妈说,"看看书架成什么样子了!"

"卡尔松说,这是小事一桩!"

小弟满不在乎地扬了扬手,就像卡尔松一样,因为妈妈应该明白,书架的事确实不值得大惊小怪。但是妈妈听不进去。

"好哇,卡尔松说的。"她说,"请你告诉卡尔松,他要敢再来,我就真给他加点儿黄油,让他长点儿记性。"

小弟没有回答。妈妈竟然用这种语气讲世界上最好的蒸汽机手,真是太可怕了。但是当他们大家明显决定与他作对的时候,怎么能指望这样一天会有别的结果呢。

小弟突然想念卡尔松了。卡尔松开朗、乐观,遇到不幸时打打响指,并说小事一桩,用不着在意。小弟真有点儿想他,同时他也感到有些不安。啊,如果卡尔松不再回来怎么办呢?

"别着急,沉住气。"小弟自言自语地说,跟卡尔松完全一样。卡尔松说过他准会再来的。

卡尔松是一个人们可以信赖的人,这一点他已经注意到

---

① 克朗、厄尔均是瑞典的货币单位。1克朗等于100厄尔,目前,克朗的币值相当于1元人民币。

了，过不了一两天他就会出现在这里。当小弟趴在自己房间的地板上读书时，他又听到了那种"嗡嗡"的声音，卡尔松像一只大黄蜂一样从窗子飞进来。他一边围着墙转，一边哼着一首乐曲。他还不时地停下来看墙上的画。他歪着头，仔细地欣赏着。

"多漂亮的画，"他说，"真是美极了！不过可能不如我的画美。"

小弟从地板上跳起来，兴奋地站在那里。他对卡尔松的到来感到非常高兴。

"你上边有很多画吗？"他问。

"有好几千，"卡尔松说，"我是空闲的时候自己画的。有小公鸡、飞鸟和其他好看的东西。我是世界上最好的画公鸡的画家。"卡尔松一边说一边用一个优美的旋转动作降落在小弟旁边。

"真不错，"小弟说，"还有……我能跟你到上面看看你的房子、你的蒸汽机和你的画吗？"

"当然能，"卡

尔松说,"那还用说!衷心欢迎你。改日吧。"

"能快点儿吗?"小弟问。

"别着急,沉住气,"卡尔松说,"我得先打扫一下,不过用不了多少时间。世界上最好的快捷清洁工,猜一猜,是谁?"卡尔松半真半假地问。

"可能是你吧?"小弟说。

"可能,"卡尔松喊叫起来,"可能……你不需要片刻的迟疑。世界上最好的快捷清洁工,就是屋顶上的卡尔松,这是尽人皆知的。"

小弟愿意承认卡尔松在所有方面都是"世界上最好的"。他一定也是世界上最好的伙伴,他已经体验到了这一点。克里斯特和古尼拉很不错,但是不像屋顶上的卡尔松那么有意思。小弟决定,下次他们一起从学校回家的时候,他一定要向他们讲述卡尔松的故事。克里斯特整天讲他那只名叫约伐的狗,小

弟一直因为那只狗而忌妒他。

"但是如果他明天仍然拉着那只老约伐,我就要给他讲屋顶上的卡尔松的故事。"小弟想,"约伐怎么能跟屋顶上的卡尔松相比,我一定要这样说。"

然而对小弟来说,世界上没有任何东西比有一只自己的狗更令他向往。

卡尔松打断他的思索。

"我想找点儿开心的事。"他一边说一边好奇地朝四周看了看,"你没有得到新的蒸汽机吗?"

小弟摇了摇头。蒸汽机,啊!卡尔松现在就在这里,妈妈爸爸可以看到,卡尔松确有其人。还有布赛和碧丹,他们如果在家也会看到。

"你想去问候一下我的妈妈和爸爸吗?"小弟问。

"妙极了。"卡尔松说,"他们看到我一定很高兴,我英俊、绝顶聪明!"

卡尔松在地板上踱来踱去,露出一副得意的神态。

"不胖不瘦,"他补充说,"风华正茂。你妈见到我会很高兴的。"

正在这个时候小弟闻到从厨房里传出的一股轻微的炸肉丸子的香味儿,他知道吃饭的时间快到了。小弟决定饭后再带卡尔松去问候妈妈和爸爸。妈妈在炸丸子的时候,千万别去打扰

她。此外,也可能会发生妈妈或者爸爸与卡尔松谈起蒸汽机和书架被烧成黑点的事儿。一定要阻止出现这样的情况,一定要想方设法阻止。在餐桌旁小弟要用一种妙计使父母亲知道,他们应该怎么样对待世界上最好的蒸汽机手。他只需要一点儿时间,吃完饭以后吧——这时间说最好,他将把全家带到自己的房间里去。

"请吧,这就是你们要看的屋顶上的卡尔松。"他将对他们这样说。他们将会大吃一惊。看他们怎么样大吃一惊肯定很有意思。

卡尔松已经不再走动。他静静地站着,像猎犬一样用鼻子闻味儿。

"肉丸子,"他说,"我特别喜欢个儿小、好吃的小肉丸子。"

小弟有点儿窘迫,回答这类话实际上应该只有一句。

"请留下来和我们吃晚饭吧。"这本来是他应该说的,但是他不敢理直气壮地把卡尔松带到餐桌旁。这与克里斯特和古尼拉在他们家吃晚饭是完全不同的另一件事。如果是他俩,他就可以等家庭的其他成员在餐桌旁坐好以后走进来说:"好妈妈,请克里斯特和古尼拉和我们一起吃一点儿豌豆和甜饼吧!"

但是一位陌生的小个子胖叔叔,他弄坏了蒸汽机、烧坏了书架——啊,那就是另一回事啦。

尽管这位小个子胖叔叔刚才说过他特别喜欢吃个儿小、好吃的肉丸子但也不能去。让他吃上这种丸子对小弟来说很重要,不然的话卡尔松可能再不与小弟玩了。啊,有这么多事与妈妈的小肉丸子联系在一起。

"等一会儿,"小弟说,"我到厨房去拿几个回来。"

卡尔松满意地点了点头。

"好,"他说,"好!不过要快一点儿!单看画儿填不饱肚子,再说画上也没有什么鸡!"

小弟赶紧跑进厨房。妈妈穿着花格子围裙正站在炉子旁边,厨房里弥漫着香喷喷的肉丸子味儿。她不停地摇动煤气灶上的大炸锅,满锅焦黄、酥脆的小肉丸子不停地跳动。

"你好,小弟,"妈妈说,"我们马上吃饭。"

"好妈妈,我想用盘子装几个丸子拿到我屋里去吃。"小弟用极恳切的声音说。

"亲爱的,再过几分钟就该吃饭了。"妈妈说。

"好,不过我还是想先拿几个,"小弟说,"吃完饭我再向你解释原因。"

"好,好,"妈妈说,"那你就先拿几个吧!"

她把六个肉丸子放进一个小盘子里。啊,味道好极了,焦黄、酥脆的小肉丸子,太理想了。小弟双手小心翼翼地端着盘子,回到自己的房间。

"来了,卡尔松。"他打开门的时候喊道。

但是卡尔松不见了。小弟端着肉丸子站在那里,找不到卡尔松了。他大失所望,情绪一落千丈。

"他已经走了。"他对自己高声说。

"劈——噗!"他突然听到有人发出这样的声音:"劈——噗!"

小弟朝四周看了看。在他的床头——毯子底下——他看到一个小鼓包在动。声音是从那儿发出的,转眼间卡尔松从毯子里露出了自己红红的脸。

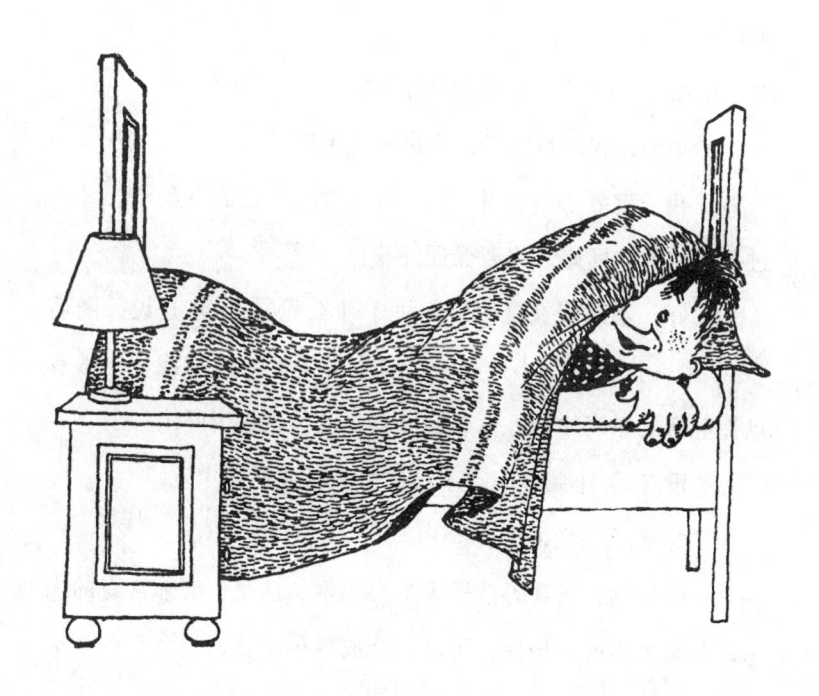

"哈哈！"卡尔松说，"'他已经走了'，你说'他已经走了'——哈哈，我根本没走。我假装走了。"

这时候他看到了肉丸子。他立刻打开肚子上的开关，螺旋桨开始旋转，卡尔松从床上腾起，径直朝盘子飞去。他从盘子旁边一掠而过，顺手夹起一个肉丸子，再上升到屋顶，围着顶灯飞翔，满意地嚼着肉丸子。

"美味佳肴，"他说，"肉丸子香极了！我几乎相信，只有我这位世界上最好的炸丸子厨师才能做出这样的丸子，但是事实证明，不是我做的。"卡尔松说。他朝盘子俯冲下来，又夹起一个丸子。

正在这个时候，妈妈在厨房里喊：

"小弟，我们吃饭了，你快来洗手！"

"我一定要去一会儿，"小弟一边说一边放下盘子，"不过我很快就会回来。你要保证等我！"

"好，不过我在这段时间里干什么呢？"卡尔松说，随后"咚"的一声降落在小弟身边，有点儿不高兴。"我一定得有点儿好玩的东西才行。你确实没有别的蒸汽机了？"

"没有，"小弟说，"不过你可以借我的积木玩。"

"好吧。"卡尔松说。

小弟从他放玩具的柜子里拿出积木。这是一套非常好的积木，有很多不同的构件，可以组合成各种东西。

"给你，"他说，"你可以组装汽车、起重机和很多其他东西……"

"你难道不相信，世界上最好的积木能手知道哪些东西可以搭，哪些东西不能搭吗？"卡尔松问。然后他又快速地把一个肉丸子塞进嘴里，并朝积木扑过去。

"让我们看看，让我们看看。"他一边说一边把所有的积木都倒在地板上。

小弟不得不走，尽管他更愿意留下来，看一看世界上最好的搭积木能手的真本事。

他走到门口时回过头来，最后看了一眼，卡尔松坐在地板上，自我陶醉地哼着歌：

"好啊，好，我无所不知无所不晓……好啊，好，我聪明有绝招……不胖不瘦相当……相当苗条……真好吃！"

最后那句是他吃第四个肉丸子时唱的。

妈妈、爸爸、布赛和碧丹都已经围着餐桌坐下。小弟坐在自己的位子上，围上餐巾。

"你要保证，妈妈，还有你，爸爸。"他说。

"我们要保证什么？"妈妈问。

"先保证。"小弟说。

爸爸不愿意接受这没有前提的保证。

"谁知道呢，说不定你又要我保证给你弄一只狗。"他说。

"不,不是什么狗。"小弟说,"不过如果你愿意的话,你当然可以作那个保证。不,那是另外一回事,没有任何危险,如果你愿意的话。你们一定要守信用!"

"好吧,那我们保证。"妈妈说。

"好好,你们已经保证在蒸汽机的问题上不对卡尔松说三道四。"小弟满意地说。

"哈哈!"碧丹说,"他们从来没见过卡尔松,怎么会说三道四呢?"

"他们当然可以见。他现在正在我的屋子里。"

"不可能,我现在觉得,一个肉丸子卡到我的嗓子里了。"布赛说,"卡尔松真的在你屋子里?"

"他要真在该多好啊!"

这对小弟来说确实是胜利的时刻。啊,如果他们能吃得快一点儿的话,他们会看到……

妈妈微笑着。

"要能看到卡尔松我们确实会感到很高兴。"妈妈说。

"对,卡尔松也这么说。"小弟保证说。

他们总算吃完了水果羹。妈妈总算离开了餐桌。伟大的时刻来到了。

"大家都来。"小弟说。

"不用你请我们,"碧丹说,"我非要看一看那个卡尔松

不可。"

小弟走在前边。

"记住你们所作的保证,"在开自己房间的门之前他说,"蒸汽机的事一个字都不能提。"

他按下门的把手,开了门。

卡尔松不见了。他不见了。小弟床上的毯子底下也没有鼓包了。

但是地板上立着一个用各种积木块搭起的塔。一个很高很窄的塔。尽管卡尔松可以搭出起重机或者别的什么东西,但是这次他只满足于把积木重叠起来,所以变成了这座又高又窄的塔。在塔尖上还装饰了什么东西,显然是表示圆形塔尖,那是一个圆形的小肉丸子。

卡尔松玩帐篷游戏

小弟陷入窘境。妈妈不喜欢别人用她的肉丸子当装饰物，她确信，是小弟拿肉丸子美化塔顶。

"屋顶上的卡尔松……"小弟刚开口，爸爸就严厉地说："我们现在不想再听更多的卡尔松幻想，小弟！"

布赛和碧丹只是怪笑。

"好一个卡尔松。"布赛说，"正当我去拜访他时，他却溜之大吉了！"小弟痛苦地咽下了那个肉丸子，随后把自己的积木收起来。此时此刻再讲卡尔松已毫无益处，但是卡尔松走了以后显得很空虚，特别空虚。

"我们喝咖啡吧，别再管那个卡尔松了。"爸爸一边说一边安抚地拍拍他的面颊。

他们总是在起居室的炉子前边喝咖啡，今天晚上也不例外，尽管已经到了温暖、明亮的春天，大街上的椴树早已经长出了绿色的嫩叶。小弟不喜欢喝咖啡，但是他喜欢和妈妈、爸

爸、布赛和碧丹一起坐在火炉前。

"闭一会儿眼,妈妈。"当妈妈把咖啡盘放在炉子旁边的小桌子上时小弟说。

"我干吗要闭眼?"

"是这样,因为你不喜欢看我吃方糖,我现在想吃一块。"小弟说。

他需要找点儿事情安慰自己,他明显地感觉到了。卡尔松为什么不辞而别?他确实不应该这样做——一走了之,只留下一个小肉丸子。

小弟坐在炉台上他喜欢的座位上,尽量靠近火。晚饭后喝咖啡是一天中最温馨的时刻。他可以和爸爸、妈妈说话,他说什么他们都愿意听,他们不是总有时间这样做。听布赛和碧丹交谈也是很有意思的,听他们互相取笑和讲述"填鸭学校"。很明显,"填鸭学校"不同于小弟所上的小学,它是一种完全

不同和更好的学校。小弟也喜欢讲自己的"填鸭学校",但是除了妈妈和爸爸以外没有人对那里发生的事情感兴趣。布赛和碧丹对此只是一笑,小弟也很谨慎,他怕自己讲出的东西成为布赛和碧丹的笑料。不过他们取笑他也占不到便宜,他是反击大师——当他有布赛这样的哥哥和碧丹这样的姐姐时,他肯定不是善茬儿。

"女教师今天在学校考你的功课时,你会回答吗?"妈妈问。

小弟不喜欢这类话题。但是,因为妈妈刚才对于吃方糖没有说什么,所以他对妈妈提这样的问题也只好忍一忍。

"会,我当然会。"他不耐烦地说。

他一直在等候卡尔松。当他长时间不知道卡尔松身在何处时,有谁能要求他还记得什么功课!

"你们有什么作业?"爸爸说。

小弟被激怒了。他们怎么没完没了?他们坐在炉子旁边不是为了舒服——而是要谈论什么作业。

"字母表,"小弟匆忙说,"完整的、长长的字母表,我会——首先是A,然后是所有的其他字母!"

他又拿起一块方糖,又想起了卡尔松。任他们说吧,小弟想着不知道还能不能再见到卡尔松。

是碧丹使他从梦中惊醒。

"小弟,你听见了吗?想不想挣25厄尔?"

小弟慢慢明白了她说的意思。他当然不反对挣25厄尔,但是要看碧丹让他做什么了。

"25厄尔,太少了点儿,"他直截了当地说,"现在是什么都涨价。你知道吗,比如50厄尔冰激凌①要多少钱?"

"啊,让我猜一猜。"碧丹说,好像在绞尽脑汁地想,"可能是50厄尔吧?"

"对,你看,就是这么多。"小弟说,"这样你就明白了,25厄尔是太少了一点儿。"

"你大概不知道,这里的问题是什么。"碧丹说,"不需要你做什么——只要你别动。"

"别动什么?"

"今天晚上你不得在起居室露面。"

"佩勒要来,知道吗?"布赛说,"他是碧丹的新男朋友!"

小弟点点头。啊,这是他们的如意算盘。妈妈和爸爸去看电影,布赛有一场足球比赛,碧丹坐在起居室里谈情说爱,而把小弟轰到他自己的房间里去——而代价就是可怜的25厄尔。

他怎么会生活在这样的家庭里!

"他的耳朵好看吗?"小弟问,"跟原来那家伙一样长着

---

① "50厄尔冰激凌"是一种售价50厄尔的冰激凌。这是瑞典语中一种特殊的表达方式,比如20世纪80年代,地铁月票70克朗,人们不说月票,而说"70票"。

大扇风耳吧?"

他在逗碧丹。

"你听呀,妈妈。"她说,"你现在明白了,我为什么把小弟轰走。他把到咱家来找我的每一个人都吓跑了。"

"噢,他大概不会。"妈妈不动声色地说。她不喜欢自己的孩子们互相争吵。

"他就是这样做的。"碧丹斩钉截铁地说,"难道他没有吓跑克拉斯吗?他站在那里使劲盯着人家瞧,然后他说'你长的那种耳朵碧丹肯定不喜欢。'你们肯定知道,从此以后克拉斯再也没有来过。"

"别着急,沉住气。"小弟用与卡尔松一模一样的腔调说,"别着急,沉住气!我一定坐在我的屋里,我白尽义务,不要钱。人家不看我,我不要钱。"

"好,"碧丹说,"那就拉钩吧!你保证整个晚上不露面!"

"保证!"小弟说,"我对你所有的佩勒都不感兴趣,放心好了。只要不让我看到他们,我倒找你25厄尔!"

过了一会儿小弟真的坐到自己房间去了,一点儿钱也没要。妈妈和爸爸去了电影院,布赛也不见了。小弟打开门时,他听到从起居室里传出了窃窃私语,那是碧丹坐在里边正和佩勒小声说话。他把门开了几次,想听一听他们说什么,但是听不见。这时候他站在窗子底下,看了看外边的暮色。他从窗子

往街上看,想知道克里斯特和古尼拉在不在那里,但是那里只有几个年龄大的男孩在打架。看看他们打架也挺有意思的,但是很遗憾,他们很快就住手了。然后一切都变得枯燥无味。

这时候空中传来一种声音,他听到了螺旋桨声,转眼之间卡尔松就从窗子飞了进来。

"你好,小弟。"他轻松地说。

"你好,卡尔松。"小弟说,"你去哪儿了?"

"怎么回事?你是什么意思?"卡尔松问。

"啊,你不是走了吗?"小弟说,"你说去问候我的妈妈和爸爸,可是为什么要溜之大吉呢?"

卡尔松叉着腰,那样子真像生气了。

"不,我从来没听说过有这样的怪事。"他说,"我连回去看一看我的房子都不行吗?房子的主人一定要看好自己的房子,这有什么不对呢?我去看房子的时候,你妈妈、爸爸偏在

这时候来看我,那我有什么办法呢?"

他朝屋子的四周看了看。

"说到房子,"他说,"我的塔哪儿去了?谁破坏了我的宝塔?我的肉丸子哪儿去了?"

小弟开始结结巴巴。

"我以为你不会回来了。"他不安地说。

"啊,我当然要回来!"卡尔松说,"世界上最好的积木手搭了一座塔,后来发生了什么?有人在四周建了围墙,让它永存下去?不是,远远不是!扒倒、破坏,他们就是这样做的,还吃了人家的肉丸子!"

卡尔松走过去,坐在一个凳子上生气。

"哦,这是小事一桩,"小弟一边说一边也打响指,跟卡尔松一模一样,"这点儿事用不着在意。"

"怎么能这样说!"卡尔松生气地说,"随随便便地把一切东西都毁了,然后说,这是小事一桩,这样就算完了。我是用我那双可怜的小手搭的那座塔!"

他用自己的胖手指着小弟的鼻子,然后坐在板凳上,显得比任何时候都生气。

"我不玩了。"他说,"如果老这样的话,我真不玩了。"

小弟这下可傻了。他站在那里,手足无措,沉默了很长时间。最后卡尔松说:

"如果我能得到一件小礼物,我可能会高兴起来,但是没有把握。可能我会高兴起来,如果我能得到一件小礼物。"

小弟跑到桌子跟前,急急忙忙地翻抽屉,因为他有很多好东西放在那里。有邮票、石球、彩色粉笔、锡兵娃娃。那里还有一个他特别喜欢的小手电筒。

"你喜欢这个吗?"他一边说一边递过手电筒,让卡尔松看。

卡尔松一把抓过去。

"就是这样的东西才能使我高兴起来。"他说,"这个手电不像我的那座塔那么好,但是如果我得到它,我还是想尽量高兴一点儿。"

"给你吧!"小弟说。

"能亮吗?"卡尔松怀疑地问,并且去按开关。好啊,手电筒亮了,卡尔松的眼睛也亮了。

"多好啊,秋季夜晚很黑,我到屋顶上去的时候可以打着

这个手电筒,这样我就会找到我的那个小房子,而不会在烟囱之间迷路。"他一边说一边打开手电筒。

小弟听了卡尔松的话以后,感到非常满意。他很想到屋顶上去散步,看卡尔松在黑暗中打开手电筒。

"你好,小弟,现在我又高兴了,"卡尔松说,"叫你妈妈和爸爸来和我见面。"

"他们看电影去了。"小弟说。

"看电影去了!他们什么时候见我?"卡尔松吃惊地说。

"啊,现在只有碧丹在家……还有她的新男友。他们坐在起居室里,我不能到那里去。"

"这叫什么事!"卡尔松喊叫着,"你难道没有行动自由吗?我想我们一分钟也不能待在这里。跟我走……"

"啊,我已经保证不露面。"小弟说。

"我也保证,如果有什么不合理,卡尔松会像鹰一样立即扑过去,"卡尔松说,"这与你保证的不是完全一样吗?"

"我保证过整个晚上不在起居室露面。"

"好,那你就不用露面。"卡尔松说,"不过你肯定想看一看碧丹的新男友吧?"

"对,你看得出,我确实想。"小弟急切地说,"她过去有过一个男朋友长着扇风耳,我想看看这位新男友耳朵长得怎么样。"

"好，我也很想看。"卡尔松说，"请等等，我得找点儿乐子，世界上最好的笑话大王——就是屋顶上的卡尔松。"

他朝房子的四周看了看。

"现在我们有办法了。"他一边说一边点头，"一条毯子……这是我们必备的。我知道，我们必须找点儿乐子。"

"你想的是什么乐子？"小弟问。

"你保证过整个晚上都不在起居室露面，对不对？但是如果你披上一条毯子，你不就不露面了吗？"

"不……过……"小弟刚开口说。

"如果你披上一条毯子，你就不露面了，就没有什么'不过'了，"卡尔松坚定地说，"而如果我也有一条毯子，我也就不露面了，碧丹可就倒霉了。像她那么愚蠢，肯定看不见我，可怜可怜的小碧丹！"

他从小弟的床上拉下一条毯子。盖在自己的头上。

"钻进来，钻进来，"他喊叫着，"快钻进我的帐篷！"

小弟钻进毯子，卡尔松站在里面，满意地怪笑着。

"碧丹大概没有说她不愿意在起居室看到一个帐篷吧？每个人都会喜欢看帐篷，特别是一个里边能发光的帐篷。"卡尔松一边说一边亮起手电筒。

小弟不敢肯定碧丹看见帐篷会高兴，但是他自己认为，和卡尔松在毯子底下打着手电会很神秘和有趣。小弟认为，他们

待在他们现在待的地方玩帐篷游戏也不错,别理碧丹了,但是卡尔松不接受他的意见。

"我不能容忍不公正。"他说,"我一定要进起居室,说到做到!"

就这样帐篷开始朝门走去,小弟只得跟着。一只胖胖的小手伸出来,抓住门的把手,小心翼翼地开了门。帐篷走到大厅,它与起居室只隔一条厚厚的门帘。

"别着急,沉住气。"卡尔松小声说。帐篷鸦雀无声地走过大厅的地板,在门帘后边停下。这时候起居室里的窃窃私语听得又清楚了一些,但是还不足以听清楚里边的每一句话。起居室里的灯灭了,碧丹和她的佩勒显然对从外边进来的微微暮色感到满意。

"很好,"卡尔松小声说,"这样我的手电筒会显得更管用。"

就在这个时候他还是关上了手电筒。

"因为我们要给他们一个快乐、亲切的惊喜。"卡尔松小声说,并在毯子底下神秘地笑着。

帐篷慢慢、慢慢地移到门帘后边。碧丹和佩勒坐在对面墙下的一个小沙发上,帐篷慢慢、慢慢地朝那里走去。

"我爱你,碧丹。"小弟听到一个小伙子用很粗的声音说——真够酸的,这个佩勒!

"真心话吗?"碧丹说,然后是一片沉静。

帐篷像一股黑水漫过地板,慢慢地、不声不响地接近沙发,越来越近,越来越近,离沙发只有几步远了,但是坐在那里的两个人既没听到也没看到。

"你爱我吗,碧丹?"碧丹的男友不好意思地问。

他还没得到回答,手电筒的亮光划破了室内的黑暗,径直照在他们脸上。佩勒跳起来,碧丹喊起来,这时候听到一阵怪笑,"咚咚"的脚步朝大厅跑去。

手电筒关了以后,屋里什么也看不见。但是人们能听到,碧丹和她的佩勒听到从门帘处传来的笑声,粗野而得意。

"是我那个讨厌的小弟弟。"碧丹说,"等着我收拾

他……"

小弟笑得前仰后合。

"她当然爱你。"他喊着,"她为什么不呢!碧丹喜欢所有的小伙子,没错!"

后来只听到"扑腾"的声音,再也听不到笑声了。

"别着急,沉住气。"卡尔松小声说。当他们发疯似的朝门跑的时候,帐篷倒了。

小弟尽量沉住气,尽管他还是"扑哧扑哧"地笑,卡尔松绊倒在他的身上。他不知道哪条腿是他的,哪条腿是卡尔松的,他只知道,碧丹随时会把他们压在身下。

他们赶紧从地上爬起来,慌慌张张地朝小弟的房间跑去,因为碧丹已近在咫尺。

"别着急,沉住气。"卡尔松说,他的两条小短腿在毯子底下跑得像鼓槌儿,"世界上最好的长跑冠军,就是屋顶上的卡尔松!"他小声说,但是听得出来他已经气喘吁吁。

小弟跑得也很快。真是急如星火。在千钧一发之际他们躲进了小弟的房间。卡尔松急忙拧钥匙锁上门,然后站在那里满意地怪笑,而碧丹在外面用力敲门。

"等着吧,小弟,看我抓住你再说。"碧丹喊叫着。

"可是我并没有露面呀。"小弟高声说。然后从门后又传出一阵怪笑。是两个人在笑——如果碧丹不是气疯了的话,她应该能听得出来。

卡尔松打赌

有一天小弟从学校回来，额头上有一个大包，样子很沮丧。妈妈正在厨房里，看到他的包时大吃一惊，与小弟所希望的一模一样。

"亲爱的小弟，出了什么事了？"妈妈一边说一边用手搂住他。

"克里斯特拿石头砸我。"小弟生气地说。

"啊，竟有这样的事，"妈妈说，"一个多么讨厌的男孩子！你为什么不进来告诉我？"

"那有什么用呢？你总不能用石头砸他吧。你连牲畜圈的围墙都砸不着。"

"哦，小傻瓜。"妈妈说，"你大概也不会相信我会用石头砸克里斯特！"

"那你砸什么呢？"小弟问，"没有其他东西可砸，起码没有同样值得砸的东西。"

妈妈叹了口气。很明显，不仅克里斯特需要管教，她自己的爱子也好不了多少，但是一位长着温顺蓝眼睛的小男孩怎么可能成为打架大王呢？

"如果你们能改掉打架的习惯该多好啊，"妈妈说，"难道不能通过交谈解决所有的问题吗？你知道吧，小弟，世界上没有任何东西不可以通过好好交谈加以解决的。"

"当然有。"小弟说，"比如昨天，当时我也跟克里斯特打架……"

"完全没有必要，"妈妈说，"你们完全可以通过心平气和的交谈搞清楚谁是谁非。"

小弟坐在桌子旁边，双手托着受伤的头。

"你真的相信，"他一边说一边睁大眼睛看着妈妈，"克里斯特这样对我说：'我想抽你一顿！'这时候我说：'你也配！'我们怎么样通过心平气和的交谈来解决，请你告诉我。"

妈妈答不出，她最后只好不再说和为贵。她的好斗的儿子显得很忧郁。妈妈赶紧拿出热巧克力饮料和新烤的点心给他吃，这些都是小弟喜欢吃的。他上楼梯的时候，就已经闻到新

烤的点心的香味儿，妈妈烤的香甜的点心至少可以使生活变得轻松一些。

小弟若有所思地嚼着一块点心，在他吃的时候，妈妈在他额头的伤口上贴了一帖膏药。然后妈妈轻轻地吻了一下膏药，接着问："今天你们为什么事闹翻了，克里斯特和你？"

"克里斯特和古尼拉说，屋顶上的卡尔松是一种想象。他们说，卡尔松这个人是编造出来的。"小弟说。

"难道他不是吗？"妈妈小心翼翼地问。

小弟从巧克力杯上方抬起头来愤怒地看着妈妈。

"连你也不相信我说的话？"他说，"我曾经问过卡尔松，他是不是编造的……"

"卡尔松说什么？"妈妈问。

"他说，如果他是编造的，那么他就是世界上最好的编造。但是现在他肯定不是。"小弟一边说一边又拿起一块点心。

"卡尔松认为，克里斯特和古尼拉是编造的。他说是不同寻常的愚蠢的编造，我也这样认为。"

妈妈没有回答。她认为，不管小弟的想象是指谁都没有什么意思，因此她只说：

"我认为你应该多跟古尼拉和克里斯特玩，少想卡尔松。"

"不管怎么说卡尔松没拿石头砸我。"小弟说，并用手摸了摸额头上的包。这时候他突然想起了什么，他对妈妈兴奋地

一笑。

"今天我要看一看卡尔松的住处,"他说,"我差一点儿把这件事忘了。"

他刚说完就后悔了。他怎么跟妈妈讲这件事呢,真愚蠢。

但是对妈妈来说,这件事并不比他讲关于卡尔松的其他事情更危险更让人不安,她不假思索就说:

"好啊,这对你大概很有意思。"

如果她真的明白了小弟说的含义,她就不会完全放心。想想看,那位卡尔松住在什么地方!

小弟肚子饱了,从桌子旁边站起来,他突然对自己的世界感到很满意。额头上的包不再疼了,香甜的点心味儿还留在嘴里。太阳透过厨房的窗子照射进来,胖胖的胳膊和花格围裙使妈妈显得那么可爱,他用力抱了一下她,然后说:

"我喜欢你,

妈妈。"

"我真高兴。"妈妈说。

"啊……我喜欢你身上的一切。"

随后他走进自己的房间,坐下来等卡尔松。他将跟他到屋顶上去——如果照克里斯特说的,卡尔松只是个编造的人,那怎么可能呢!

小弟等了很长很长时间。

"我大约三点钟或四点钟或五点钟来,但无论如何不会六点钟前一分钟来。"卡尔松这样说过。

但是小弟仍然不十分明白卡尔松想什么时候来,所以他又问了一次。

"任何情况下都不会晚于七点钟,"卡尔松说,"但几乎不会在八点以前来。你听着,大概正好九点。因为那时候钟会敲响的!"

小弟等了很长很长时间,最后连他也相信,

卡尔松已经走了，变成了一个不折不扣的编造的人，但是这时候他突然听到熟悉的"嗡嗡"声，卡尔松来了，神采奕奕。

"啊，你让我好等啊！"小弟说，"你到底说的什么时候来？"

"大约，"卡尔松说，"我说，我大概会来，我不是来了吗！"

他走到小弟的鱼缸前，把整个脸都扎进去，大口大口地喝水。

"啊呀，小心我的鱼。"小弟不安地说。他真担心，卡尔松会把鱼缸里畅游的小鳟鱼喝进去。

"人发烧的时候要不停地喝水。"卡尔松说，"如果吞进去几条小鱼，那是小事一桩。"

"你发烧了？"小弟问。

"不信！你试试。"卡尔松说，并把小弟的手放在自己的额头上。

但是小弟没有感到卡尔松特别热。

"你有多少度？"他问。

"多少度，三四十

度。"卡尔松说,"至少!"

小弟不久前得过麻疹,知道发烧是怎么回事儿,他摇了摇头。

"我不相信你病了。"他说。

"啊,你多没劲!"卡尔松说,并用脚跺地,"我难道永远不能像其他人那样生病吗?"

"你想生病?"小弟吃惊地问。

"所有人都想生病。"卡尔松说,"我想躺在我的床上,发很高很高的烧,你一定要问我,你感觉怎么样,我会说,我是世界上病得最重的人。你问我,你想要什么东西,我说,我病得这么厉害,什么东西都不想要……除了一大块蛋糕、很多放满巧克力的点心和一大包糖果以外。"

卡尔松充满期盼地看着赤手空拳地站在那里的小弟,他不知道,他从什么地方可以突然得

到想要的一切。

"我希望你能像我妈妈一样，"卡尔松继续说，"你要让我一定得把这苦药吃下去……说如果吃下去我可以得到5厄尔。你把一个温暖的毛围巾围在我的脖子上，我说好痒痒……我又得到5厄尔。"

小弟非常愿意当卡尔松的母亲，这意味着，他要把储币箱里所有的钱都拿出来。储币箱放在书架上，又重又大。小弟到厨房取来一把刀，开始往外抠5厄尔硬币。卡尔松热情相助，对滚出来的每一枚硬币欢呼雀跃。储币箱里还有很多10厄尔和25厄尔的硬币，但是卡尔松最喜欢5厄尔硬币。

然后小弟跑到下面的水果店，几乎把那里所有的水果糖和巧克力都买光了。当他拿出自己的钱时，有一瞬间他想到，他攒的这些钱是为了给自己买一只狗。但是他明白，要当卡尔松的母亲就没钱买狗了。

他回来的时候到起居室绕了一圈——把所有的糖都藏在裤兜儿里。妈妈、爸爸、布赛和碧丹都坐在那里喝饭后的咖啡，但是今天小弟没时间参加。有一瞬间他曾考虑请他们与卡尔松见见面，但是仔细一考虑又放弃了这个念头。因为他们会阻止他与卡尔松到屋顶上去。所以最好还是找另外一天再请他们与卡尔松见面。

小弟从咖啡盘里拿了几块甜点心——因为卡尔松说过，他

也想吃甜点心——然后回到自己房间。

"像我这样病魔缠身的人怎么能等这么长时间呢?"卡尔松用责备的口气问,"每一分钟我的体温都要升高好几度,在我体内现在都可以煮鸡蛋了。"

"够快的了,命都搭上了。"小弟说,"买了那么多东西……"

"不过你肯定还有钱,围巾让我发痒,所以你得给我5厄尔。"卡尔松担心地说。

小弟安慰他。他还剩下几个5厄尔硬币。

卡尔松的眼睛亮了,高兴得双脚跳起来。

"啊,我是世界上病得最重的人,"他说,"快把我扶到床上去。"

直到这时候小弟才想起,他不能飞了,他怎么到屋顶上去呢。

"别着急,沉住气。"卡尔松说,"我背着你,预备——起,我们就飞到我的小房子去了!但是你要注意,别把手指头卷到风叶里去。"

"不过你真的相信,你背得动我?"小弟问。

"我们试试看,"卡尔松说,"像我这样一个病魔缠身的人能把你背到半路就不错了。不过总会有出路的,我看不行的时候,我把你出溜下去。"

小弟觉得飞到半路把他出溜到房顶上不是什么好出路,他显得有点儿犹豫。

"不过肯定能行,"卡尔松说,"只要发动机不熄火。"

"想想看,如果真熄火了,我们就会掉下去。"小弟说。

"'扑通——'我们肯定会掉下去,"卡尔松高兴地说,"但这是小事一桩。"他一边说一边打了一个响指。

小弟坚定了信心,他也认为这是小事一桩。他给妈妈爸爸写了一张纸条放在桌子上。

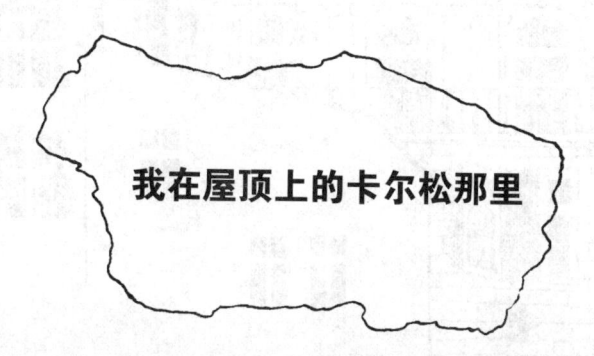

我在屋顶上的卡尔松那里

最好在他们看到这张纸条之前他已经回来了,但是如果他们看不到他,有必要让他们知道他在什么地方,不然他们会像上次他坐火车到外婆家去时一样大发雷霆,当时妈妈曾经哭着说:

"不过,小弟,你坐火车,为什么不跟我说一声?"

"因为我想坐火车。"小弟说。

现在也是如此。他想跟卡尔松到屋顶上去,因此最好不问

谁。如果他们发现他不在了,他就会辩解说,他不是写了这张纸条吗!

卡尔松飞行准备就绪。他启动肚子上方的开关,螺旋桨开始转动。

"起飞,"他高声说,"我们走了!"

他们起飞了,通过窗子,飞向高空。卡尔松先在附近的楼

房上空转了一小圈,看看螺旋桨运行是否良好。螺旋桨运转平稳、正常,小弟不仅一点儿也不害怕,反而觉得很有意思。

最后卡尔松降落在自己的屋顶上。

"让我们看看,你能不能找到我的房子,"卡尔松说,"我不告诉你在烟囱后面,你要自己去找。"

小弟过去从来没有到过任何屋顶,但是他看到过一些老头儿从房顶上往下扫雪,腰上系一根绳子。他一直认为,他们

干这种工作是很幸运的,现在他自己同样感到幸运——尽管他腰上没系绳子。当他降落在一个烟囱旁边时,他感到有些紧张。在烟囱后边确实有卡尔松的小房子。哦,房子非常令人喜爱,有绿色的窗子,一个有趣的楼梯,如果人们愿意的话可以坐在上面。但是此时此刻小弟想尽快走进房子,看看里面所有的蒸汽机、公鸡画和卡尔松的其他东西。

在门的上方有一个让人一目了然的牌匾:

屋顶上的卡尔松
世界上最好的卡尔松

卡尔松敞开大门高声说:

"欢迎,亲爱的卡尔松……还有你,小弟!"

然后他就大步流星地超过了小弟,先进了门。

"我一定要躺在床上,因为我是世界上病得最重的人。"他一边高声说,一边把头埋进墙边的一张红漆简易沙发上。

小弟跟着他进了房间,他充满好奇。

卡尔松的家非常温馨,小弟马上看到了这一点。除了简易沙发以外还有一个工作台,很明显卡尔松也把它当桌子用;一个柜子、几把椅子、一个装有铁风道挡板的开口式炉子,卡尔松肯定在这个炉子上做饭。

但是，任何蒸汽机都没有，小弟朝四周看了很久，连一个也没有发现，最后他问："你的蒸汽机放在哪里？"

"这个嘛，"卡尔松说，"我的蒸汽机……它们全爆炸了。都怪安全阀，没别的原因。不过小事一桩，没什么可惜的。"

小弟又朝四周看了一次。

"不过你的公鸡画呢？它们也爆炸了？"他用明显的嘲讽口气对卡尔松说。

"它们都没有了。"卡尔松说，"那个是什么？"他指着钉在柜子旁边墙上的一个纸片说，在纸片一角的最下边确实有一只公鸡，一只很小很小的红公鸡。纸片的其他部分都是空白。

"'一只非常孤单的公鸡'是这张画的名字。"卡尔松说的成千只公鸡——全算上就是这么一只可怜的小公鸡？

"非常孤单的公鸡，由世界上最好的公鸡画家画的。"卡尔松用颤抖的声音说，"啊，这幅画多么美丽，多么悲伤！但是我现在不能哭，因为一哭体温就上升，那我就要发高烧了。"

他仰面躺在枕头上，用手摸着前额。

"你要像妈妈一样服侍我，开始。"他说。

小弟不十分知道，他如何开始。

"你有药吗？"小弟犹豫不决地问。

"有，但是我什么药也不想吃。"卡尔松说，"你有5厄尔的硬币吗？"

小弟从裤兜儿里掏出一个5厄尔硬币。

"先把它给我。"卡尔松说。小弟把那枚5厄尔的硬币给他。卡尔松把钱币紧紧地抓在手里，露出狡猾而满意的神色。

"我知道我能吃什么药。"他说。

"什么药呢？"小弟问。

"屋顶上的卡尔松公鸡打鸣药'喔喔喔'。这种药一半是水果糖，另一半是巧克力，再加上一点儿饼干渣儿，把它们搅匀。一旦你配好，我就马上服一剂，"卡尔松说，"这药是退烧的。"

"我不信。"小弟说。

"让我们打赌，"卡尔松说，"如果我说对了，我就赢一块巧克力饼。"

小弟想,这大概就是妈妈说的意思,她说谁是谁非应该通过心平气和的交谈来解决。

"让我们打赌。"卡尔松又重复了一次。

"打就打。"小弟说。

他把他买的两块巧克力饼当中的一块放在工作台上,以便让人看清他们赌的是什么东西。然后他按卡尔松的配方调药。他拿出酸水果糖、水晶糖,把它们与同样多的巧克力搅拌在一个杯子里,然后把杏仁螺丝饼砸成碎末,也撒在杯子里。小弟长这么大从未见过这种药,但是这种药看起来很好看,他甚至想他自己也发烧就好了,以便能尝尝这种药。

但是卡尔松坐在床上,像小鸟一样张着大嘴,小弟急忙拿出一个勺子。

"把一大剂都倒在我的嘴里。"卡尔松说。

小弟照办了。

然后他们俩静静地坐着,等待卡尔松退烧。

过了半分钟卡尔松说:

"你赢了。对高烧没作用,把巧克力饼给我!"

"是你得巧克力饼?"小弟吃惊地说,"不是我赢了吗?"

"如果你赢了,我得到巧克力饼也不过分,"卡尔松说,"这个世界总得讲点儿公平吧。另外你这个坏小子,我发烧你却坐在这里总想吃巧克力饼!"

小弟不情愿地把巧克力饼递给卡尔松。卡尔松立即用牙咬,他一边嚼一边说:"我请你不要露出不悦的神情。下次我如果赢了,你将得到巧克力饼。"

他继续津津有味地嚼着,当他把所有的巧克力饼都吃完的时候,就躺在床上,叹息起来。

"有病的人都很可怜。"他说,"我多么可怜!很明显,烧不退的时候人们会加倍吃'喔喔喔公鸡'牌药,但是我不相信一分钟就见效。"

"能见效,我相信双倍剂量会有效。"小弟赶快说,"我们打赌吗?"

小弟确实不傻。他根本不相信,卡尔松的高烧通过吃双倍剂量的"喔喔喔公鸡"牌药就能治好,但是他也想输一次。因为他只剩一块饼了,如果卡尔松赢了,他就可以吃这块了。

"我当然愿意。"卡尔松说,"请你配一个双倍剂量!按病吃药。我们现在唯一能做的就是试试看。"

小弟配好双倍剂量药,一下子就倒进急切地张着大嘴等着吃的卡尔松的嘴里。

然后他们平静地坐在那里等着卡尔松退烧。过了半分钟卡尔松喜气洋洋地从床上跳起来。

"奇迹出现了,"他高声说,"我退烧了。你又赢了。快把巧克力饼拿过来!"

小弟叹了一口气,把最后一块巧克力饼交出来。卡尔松不满意地看着他。

"像你这种没见过世面的老土永远别打赌。"他说,"打赌的人应该像我似的,走南闯北,输赢都不在乎。"

除了卡尔松嚼巧克力饼的声音以外,他俩谁也没说话。后来卡尔松说:

"因为你是一个贪吃的小家伙,所以最好我俩像亲兄弟一样把你剩下的东西平分吃了——你还剩几块糖?"

小弟摸摸裤兜儿。

"三块。"他一边说一边掏出两块水晶糖、一块奶糖。

"三块。"卡尔松说,"三块没法分,这一点连小孩子都知道。"

他把奶糖从小弟伸出的手里拿过去,立即吞了下去。

"现在就好分了。"他说。

然后他用饥饿的目光看着那两块水晶糖,其中一块比另一块大些。

"像我这种和气、懂事的人,会让你先挑。"卡尔松说,"但是你要明白,先挑的人要拿小块的。"他接着说,并严厉地打量着小弟。

小弟思索了一下。

"我愿意你先挑。"他非常巧妙地说。

"那好吧,因为你太固执了。"卡尔松一边说一边抓过那块大的水晶糖顺手放到嘴里。

小弟看着剩在手里的那块小水晶糖。

"不,你知道吗,我记得你说的,谁先挑谁就拿那块小的……"

"听着,你这个馋嘴巴!"卡尔松说,"如果你先挑,那么你会拿哪块?"

"我去拿小块,我真的会那样做。"小弟认真地说。

"那你还吵什么?"卡尔松说,"你不是拿了小块吗?"

小弟有些怀疑,这到底是不是妈妈所说的"一种心平气和

的调解"。

不过小弟不悦总是一会儿就过去。卡尔松退了烧无论如何还是令人高兴的。卡尔松也这样想。

"我一定要给所有的医生写信,告诉他们怎么样治发烧,'请试用屋顶上的卡尔松的"喔喔喔公鸡"牌退烧药',我将这样写。世界上最好的退烧药!"

小弟还没有来得及吃自己那小块水晶糖。那块糖看起来又筋又甜又好看,所以他想先看一看。因为要是吃起来一会儿就没有了。

卡尔松也看着小弟的水晶糖,他看小弟的水晶糖看了很长很长时间,他歪着头说:

"我能把你的糖变没,还让你看不出来,不信的话,我们可以打赌。"

"你才不能呢!"小弟说,"如果我站在这里,手里拿着它,眼睛一刻不离开。"

"我们打赌吧。"卡尔松说。

"不!"小弟说,"我知道,我赢了,你又该要那块水晶糖了……"

小弟感到,这种打赌方式是错的,他跟布赛和碧丹打赌时从来不是这样。

"不过我们可以用通常正确的方法打,以便胜者可以得到

水晶糖。"小弟说。

"照你说的办,你这个馋小子。"卡尔松说,"我们打赌的内容是,我把你的糖变没,还让你看不出来。"

"打就打。"小弟说。

"胡枯斯,普枯斯,菲留枯斯。"卡尔松一边说一边拿起水晶糖。

"胡枯斯,普枯斯,菲留枯斯。"卡尔松说着就把水晶糖塞进嘴里。

"停!"小弟喊叫,"我的的确确看见,你变没了那块……"

"你看见了,"卡尔松说着迅速咽下糖,"那你又赢了。我从来没有遇到过像你这样赌什么赢什么的孩子。"

"啊……不过……水晶糖,"小弟迷惑不解地说,"谁赢谁该得水晶糖。"

"对,确实应该如此!"卡尔松说,"但是我已经把它变没了,可是我没有打赌说我能把它变回来。"

小弟无话可说。但是他想,一旦见到妈妈一定对她说,这种心平气和地解决谁是谁非的办法一点儿都不管用。

他把手伸进空裤兜儿里。啊,兜儿里还有一块,他刚才没发现!一大块又筋又好看的水晶糖,小弟笑了。

"我打赌,我还有一块,"他说,"我打赌我能把它吃下去。"他一边说一边很快把那块水晶糖塞到嘴里。

卡尔松坐在床上,显得很气愤。

"你不是要像母亲一样对待我吗?"他说,"但是你只顾往自己的肚子里填东西。我从来没见过像你这样馋嘴的小孩子。"

他沉默不语地坐了一会儿,样子显得更加忧郁。

"此外,围巾扎肉我也没能得到5厄尔硬币。"他说。

"不错,可是你并没有戴什么围巾。"小弟说。

"整个家也没有什么围巾。"卡尔松气愤地说,"但是如果有,我愿意戴上,它扎我的话,我就可以得到5厄尔硬币。"

他可怜巴巴地看着小弟,眼里充满了泪水。

"你认为,家里没有围巾我就一定要受这个罪吗?"

小弟认为他不应该为此遭受折磨,所以他把最后一枚5厄尔硬币给了屋顶上的卡尔松。

卡尔松的恶作剧

"我想找点儿乐子。"过了一会儿卡尔松说,"我们到附近的屋顶上散散步,总会找到有意思的事做。"

小弟也愿意。他拉着卡尔松的手,走出房门,来到屋顶上。天已接近黄昏,一切都显得那么好看。春天的天空是那么蓝,所有的房子在黄昏中都笼罩着神秘的色彩,远处,小弟经常在那里玩的公园一片葱绿,小弟家院子里那棵高大的杨树散发出的清香一直弥漫到屋顶。

这是一个非常适合在屋顶散步的美丽的夜晚。家家户户开着窗子,人们可以听到各种嘈杂的声音:大人的说话声、孩子的哭笑声、邻居家厨房里洗碗的声音、狗吠声,还有人坐在家里弹钢琴。人们可以听到一辆摩托车在街上轰鸣,它走了以后,又过来一辆马车,每一个马蹄声也都能清楚地传到屋顶。

"如果大家都知道在屋顶上走路是多么有趣的话,就不会有人愿意走在大街上了。"小弟说,"啊,多么有意思!"

"对,还有一件事也挺有意思,"卡尔松说,"那就是很容易掉下去。我会告诉你,什么地方人们每一次都差一点儿掉下去。"

房子密密麻麻地建在一起,人们很容易从一个屋顶走到另一个。那里有很多飞檐、亭子、烟囱、角楼和墙角,真是五花八门。正像卡尔松说的,确实很有意思,因此不时会出现差一点儿掉下去的情况。有一个地方两个房子之间的距离很宽,就是在这个地方小弟差一点儿掉下去,但是卡尔松在最后一分钟抓住了他,当时他的一条腿已经掉到屋檐下。

"多有意思,"卡尔松一边说一边往上拉小弟,"我说的

就是这个地方。再来一次!"

但是小弟可不愿意再来一次。对他来说这地方太"差一点儿"了。有很多地方要手脚并用才不至于掉下去,为了尽量让小弟玩得开心,卡尔松总是找危险的路走。

"我觉得我们应该找点儿乐子。"卡尔松说,"晚上我经常在屋顶上走来走去,找机会跟住在阁楼上的人逗逗乐子。"

"你怎么逗呢?"小弟问。

"当然是因人而异,从来没有重复的。世界上最好的逗乐能手,猜猜是谁!"

正在这个时候附近一个小孩哭叫起来。小弟刚才听到过有小孩子哭,但是后来停了一会儿。小家伙可能累了,但是现在又哭起来,哭声来自最近的一个阁楼。小孩子哭得伤心、可怜。

"可怜的小家伙,"小弟说,"孩子可能肚子疼。"

"我们快去看看。"卡尔松说,"过来!"他们沿着屋脊往前走,一直走到那间阁楼下边。卡尔松小心翼翼地伸进头去看。

"孤零零的一个小孩子。"他说,"我知道,爸爸妈妈到外边瞎溜达去了。"

这时候小家伙哭得更可怜了。

"别着急,沉住气。"卡尔松一边说一边爬过窗台,"我,屋顶上的卡尔松来了,世界上最好的保姆。"

小弟不愿意一个人站在外边,他跟在卡尔松后边爬过窗台,尽管他有这样的担心:要是孩子的妈妈爸爸此时此刻回来了怎么办呢?不过卡尔松一点儿也不担心。他走到小孩床边,把胖食指伸到小孩的下巴颏儿底下。

"普鲁迪—普鲁迪—普鲁特。"他半真半假地说。

然后他转身对小弟说:

"这样对小孩子说,他们马上就不闹了。"

小孩子一惊,马上不哭了,但是恢复平静以后又哭起来。

"普鲁迪—普鲁迪—普鲁特!然后这样做。"卡尔松说。他从床上拉起孩子,把孩子朝屋顶抛了很多次。小家伙可能认为这很有意思,因为突然他没牙的小嘴露出了一点儿微笑。

卡尔松显得很自豪。

"让孩子高兴没什么了不起。"他说,"世界上最好的保……"

他还没来得及说完,孩子又哭了起来。

"普鲁迪—普鲁迪—普鲁特!"卡尔松愤怒地喊着,又把小家伙更加用力地朝屋顶抛来抛去,"普鲁迪—普鲁迪—普鲁特,我已经说过了,你要听话!"

小孩子拼命地哭叫,小弟伸手接过孩子。

"过来,把她给我。"他说。他非常非常喜欢很小很小的孩子,他跟爸爸妈妈吵过很多次,如果他们绝对不愿意给他买一只狗,他们就要给他生一个小妹妹。

他从卡尔松手里接过一个小包,亲昵地抱在自己的怀里。

"别哭,你要乖。"他说。孩子沉静下来,用一双明亮、严肃的眼睛看着他,没牙的小嘴又露出了微笑,平静地牙牙学语。

"这是我的普鲁迪—普鲁迪—普鲁特起了作用。"卡尔松说,"这个方法百分之百的有效,我已经试了几千次。"

"我不知道这个小家伙叫什么名字。"小弟一边说一边用食指抚摩她的光亮的小脸颊。

"古尔-菲娅,"卡尔松说,"很多人都叫这个名字。"

小弟从来没有听说过哪个小孩子叫古尔-菲娅,不过他

想，世界上最好的保姆对于孩子叫什么名字肯定作过比较好的调查。

"小古尔－菲娅，"小弟说，"我觉得你已经饿了。"

因为古尔－菲娅已经抓住他的食指想放到嘴里吮。

"如果古尔－菲娅真饿的话，那好办，这里有香肠和土豆。"卡尔松说，并朝厨房的角落看了一眼，"只要我卡尔松还拿得动香肠和土豆，我就不会让一个孩子饿死。"

小弟不相信，古尔－菲娅能吃香肠和土豆。

"这么小的孩子应该喝牛奶。"他说。

"你以为世界上最好的保姆连孩子能吃什么不能吃什么都不知道？"卡尔松说，"不过没关系——我去找一头奶牛！"

他朝窗子愤怒地看了一眼。

"不过，把一头奶牛那样的庞然大物弄进来并非很容易。"

古尔－菲娅急切地寻找小弟的食指，并轻轻地叫着。看样子她确实饿了。

小弟朝厨房的角落看了看，但是没有找到牛奶。那里的一个盘子里只有三片凉香肠。

"别着急，沉住气。"卡尔松说，"我突然想起来什么地方有牛奶了，有时候我到那里喝一口。再见，我很快就回来。"

卡尔松启动肚子上的开关，小弟还没来得及眨眼，他就飞出了窗子。

小弟害怕起来。想想看,如果卡尔松像往常那样,一去就是几个小时不回来怎么办呢!想想看,如果孩子的妈妈爸爸回来了,找到怀里抱着他们古尔-菲娅的小弟怎么办呢!

不过小弟没有担心太久,这回卡尔松很快就回来了。他自豪地像只公鸡一样从窗子飞进来,手里拿来一个小孩子经常用来喝奶的奶瓶。

"你从哪儿找来的?"小弟惊奇地问。

"从我通常去的奶站,"卡尔松说,"在东马尔姆的一个阳台上。"

"你是偷来的?"小弟十分害怕地说。

"我是借来的。"卡尔松说。

"借来的……那你想什么时候还回去?"小弟问。

"永远不。"卡尔松说。

小弟严肃地看着他,但是卡尔松打了一个响指说:

"一小瓶牛奶——小事一桩!我借牛奶的那家有三胞胎,他们在阳台的冰箱里放满了奶瓶,他们特别喜欢我为古尔-菲娅借牛奶。"

古尔-菲娅伸出自己的小手够奶瓶,饿得直叫。

"我去把牛奶热一下。"小弟说着就把古尔-菲娅递给了卡尔松,卡尔松喊着"普鲁迪—普鲁迪—普鲁特",把古尔-菲娅朝屋顶上抛来抛去,而小弟走到厨房里去热牛奶。

过了一会儿古尔－菲娅就像小天使一样躺在床上睡着了。她吃饱了，不再闹，小弟哄她睡觉，而卡尔松用食指逗她玩，并且喊叫着"普鲁迪—普鲁迪—普鲁特"，不过古尔－菲娅还是睡着了，因为她已经很饱很累了。

"在我们走之前，一定要找点儿乐子。"卡尔松说。

他走到厨房，取出凉香肠片。小弟睁大眼睛看着他。

"你在这里等着看乐子吧。"卡尔松说。他把一片香肠挂在通向厨房门的把手上。

"这是一号。"他一边说一边满意地点着头。然后他大步走向柜子。那里有一个漂亮的白色瓷鸽子，小弟还没明白过来，白色鸽子的嘴上已经叼了一片香肠。

"这是二号。"卡尔松说，"古尔－菲娅将有三号。"

他把香肠片穿在一根小棍上，然后塞到熟睡的古尔－菲娅手里。真滑稽，人们不会相信，古尔－菲娅自己曾来过这里，取了一片香肠以后就睡熟了，不过小弟还是说：

"不，别再胡闹了，你要乖才好！"

"别着急，沉住气。"卡尔松说，"这样可以使她的爸爸妈妈改掉晚上到外边瞎溜达的习惯。"

"怎么改掉？"小弟问。

"他们不敢把一个自己能走路和取香肠的小孩单独留在家里。谁知道她下次会不会去拿爸爸星期天喝的啤酒。"

他让古尔－菲娅幼嫩的小手把穿香肠的小棍握得紧些。

"别着急，沉住气。"他说，"我知道我该做什么，因为我是世界上最好的保姆。"

正在这时候小弟听到外边楼梯上有人来了，他确实吓坏了。

"啊，他们现在回来了。"小弟小声说。

"别着急，沉住气。"卡尔松说，两个人赶紧跑向窗子。小弟听到钥匙在开锁，他相信，一定要逃出去才有希望，但是

不管怎么说,他还是成功地爬到窗台上去了。随后他听到锁被打开了,一个声音这样说:

"妈妈的小苏姗,她总是睡呀,睡呀。"

"对,她总是睡呀,睡呀。"另一个声音说。但是随后就听到有人叫了起来。小弟明白了,这时候古尔-菲娅的妈妈和爸爸已经看到了香肠。

他不想继续听下去,而是把正要藏在一个烟囱后边的世界上最好的保姆推出去了。

"你想看两个坏蛋吗?"当他们休息了一会儿以后卡尔松问,"我在远处另一个亭子间里有两个十足的坏蛋。"

听起来好像是卡尔松自己的坏蛋。情况当然不是这样,不过小弟还是想看看他们。

这时候从坏蛋的亭子间传来又说又笑的声音。

"寻欢作乐。"卡尔松说,"我们去看看,什么事让他们这样开心。"

他们沿着房脊偷偷地走过去。卡尔松伸长脖子往里看,窗子上挂着窗帘,但是上面有一条缝儿,他可以往里看。

"坏蛋有客人。"卡尔松小声说。

小弟也往里看了看,里边坐着两个人,可能就是那两个坏蛋,还有一位个子很小、和蔼可亲的男人,看样子他是从外婆住的农村来的。

"你知道我在想什么?"卡尔松小声说,"我相信那两个坏蛋自己正在捣鬼,不过他们休想得逞!"

他又朝里看了一次。

"我敢保证,他们正在骗系红领带的那个可怜的人。"他小声对小弟说。

两个坏蛋和那个系红领带的人坐在紧靠窗子的一张小桌子周围。他们又吃又喝,两个坏蛋亲热地拍着系红领带的人的肩膀说:

"我们见到你不知有多高兴,亲爱的奥斯卡尔!"

"我也很高兴。"奥斯卡尔说,"当我来到城里的时候,我多么想结交一些可靠的朋友。如果没有朋友,我真不知道会遇到多大困难。还有可能碰上流氓。"

两个坏蛋点头。

"对对,你有可能碰上流氓。"其中一个说,"你真幸运,遇上了飞勒和我!"

"对,如果你不碰上鲁勒和我,可能早遇上麻烦了。"另一个说。

"不过你现在尽情地吃吧喝吧乐吧。"名叫飞勒的那个人说,他又拍了奥斯卡尔肩膀一次,不过后来他做的事情确实让小弟大吃一惊。

他趁此机会把手伸进奥斯卡尔裤子的后兜儿里,从里边掏

出一个钱包,然后小心地把钱包装进自己的裤兜儿里,奥斯卡尔一点儿也没察觉。因为这时候鲁勒正搂着他的脖子拍打他。但是当鲁勒拍打完,把手收回去的时候,奥斯卡尔的表也跟着丢了。鲁勒把他的表装进了自己的后裤兜儿,奥斯卡尔一点儿也没察觉。

但是后来屋顶上的卡尔松小心地把自己的胖手通过窗帘缝儿伸过去,从飞勒的后裤兜儿里把那个钱包拿出来了,而飞勒一点儿也没察觉。这时候卡尔松把自己的胖手又伸过去,从鲁勒的后裤兜儿里把那块表掏了出来,鲁勒一点儿也没察觉。

过了一会儿,当鲁勒、飞勒和奥斯卡尔又吃喝一阵子以后,飞勒把手伸进后裤兜儿,感觉到钱包没了。这时候他愤怒地瞪着鲁勒说:

"你听着,鲁勒,跟我到前廊去,我有事跟你说。"

恰好在这时候鲁勒也摸摸后裤兜儿,发现表没了。他愤怒地瞪着飞勒说:

"很好,我也有事跟你说!"

就这样飞勒和鲁勒来到前廊,可怜的奥斯卡尔一个人坐在屋里。他觉得一个人坐在那里太没意思,就站起身来走到前廊看看飞勒和鲁勒到哪里去了。这时候卡尔松敏捷地爬到窗台上,把奥斯卡尔的钱包放到汤碗里。飞勒、鲁勒和奥斯卡尔已经把汤喝完了,所以钱包不会湿。卡尔松把奥斯卡尔的手表挂

在顶灯上,悬在空中,当他们三人从前廊回来的时候,第一眼就看到了。但是卡尔松没有看见,因为他钻到桌子底下去了,桌布一直垂到地面。小弟也在桌子底下,卡尔松在什么地方,他就愿意待在什么地方,尽管那里有点儿不舒服。

"看啊,我的表挂在那里。"奥斯卡尔说,"它怎么会跑到那里去了?"

他走过去取表,然后把它放在左裤兜儿里。

"我的钱包在这里。"他一边说一边看着汤碗,"真奇怪!"

飞勒和鲁勒眼巴巴地看着奥斯卡尔,飞勒说:

"看来你们乡下人也不容易骗。"

然后鲁勒、飞勒和奥斯卡尔又在桌子周围坐下。

"亲爱的奥斯卡尔,你一定要再多吃点儿多喝点儿。"飞勒说。

奥斯卡尔、鲁勒和飞勒吃呀、喝呀,还互相拍打肩膀。过了一小会儿飞勒就把手伸到桌布底下,把奥斯卡尔的钱包小心地放在地上。他认为这样做比把钱包放在自己的裤兜儿里更保险,但是没那种好事,卡尔松很快拿起钱包,把它递给鲁勒,鲁勒接过钱包说:

"飞勒,我刚才错怪你了,你是个体面的人。"

过了一小会儿鲁勒把手伸到桌布下边,把奥斯卡尔的表放在地板上。卡尔松拿起表,在飞勒的腿上轻轻拧了一下,把奥

斯卡尔的表递给他，飞勒说：

"没有人比你更够哥儿们，鲁勒。"

但是过了一会儿奥斯卡尔说：

"我的钱包哪儿去了？我的手表哪儿去了？"

这时候钱包和表飞快地转到桌布下面，因为飞勒不敢把表放在身上，那样的话奥斯卡尔会跟他们吵闹。奥斯卡尔真的大吵大闹起来，他想找回自己的表和钱包，这时候飞勒说：

"我们可不知道，你到哪儿不小心把你的破钱包丢了。"

鲁勒说：

"我们可没看见你的破表，把你的破烂东西收好！"

这时候卡尔松先把钱包递给奥斯卡尔，随后把表也递给他，奥斯卡尔把两件东西放好以后说：

"谢谢，善良的飞勒，谢谢，鲁勒。不过你们下次可别再跟我开玩笑了。"

随后卡尔松在飞勒的腿上狠狠地踢了一脚，飞勒喊叫起来：

"这是你罪有应得，鲁勒！"

这时候卡尔松又狠狠地在鲁勒的腿上踢了一脚，鲁勒喊叫起来：

"你多愚蠢，飞勒，踢什么人呀？"

鲁勒和飞勒扭打起来，桌上所有的盘子都掉在地上摔得粉

碎,奥斯卡尔吓坏了,他带着自己的钱包和手表溜之大吉,以后再没回来。

小弟也吓坏了,但是他无法溜走,只能静静地坐在桌布下面。

飞勒比鲁勒劲儿大,他把鲁勒赶到前廊,再追过去打他,这时候卡尔松和小弟从桌布底下爬出来,看到地板上都是被摔碎的盘子碎片,卡尔松说:

"其他的盘子都碎了,为什么这个汤碗完好无损呢?它太孤单了,可怜的汤碗!"

他砰的一声把汤碗摔在地板上,然后他和小弟跑到窗子跟前,迅速爬出去。这时候小弟听到飞勒和鲁勒回到房子里,飞勒说:

"你为什么无缘无故地要把表和钱包还给他?你这个蠢货!"

"你真赖,"鲁勒说,"这都是你干的。"

这时候卡尔松笑得肚子都疼了,然后他说:

"我今天玩够了。"

小弟也感觉到,他的乐子已经够多了。

天已经相当黑了,卡尔松和小弟手拉着手,穿过一个个屋顶,回到小弟家屋顶上的卡尔松的房子。当他们到那里以后,听到救火车响着刺耳的警笛飞驰而来。

"你看,什么地方失火了。"小弟说,"消防队在这里。"

"要是这房子失火该多好呀。"卡尔松用企盼的口气说,"只要他们跟我打声招呼,我就会帮助他们,因为我是世界上最好的灭火者。"

他们看到了,救火车就停在这条街下面,周围聚集了一大群人看热闹。但是他们没有发现什么火。相反,他们突然看见一个梯子直落屋顶,跟消防队用的那种云梯一样。

这时候小弟开始想。

"要是……要是……他们是来救我的怎么办?"他说。

因为他突然想起他离开家时放在屋里的那张纸条。现在已经来不及了。

"天啊,你为什么要写纸条呢!"卡尔松说,"没有人反对你到屋顶上待一会儿。"

"有,我妈妈就不同意。"小弟说,"这样跳来跳去的,她肯定很紧张。"

当他想到这一点的时候,便可怜起妈妈,他想妈妈了。

"我们大概可以和消防队开开玩笑。"卡尔松建议。

但小弟不想再搞什么恶作剧了。他静静地站在那里,等着正在爬梯子的消防队员。

"好吧,"卡尔松说,"我也该回去睡觉了。尽管我们过得很平静,也没找到多少乐子,不过我早晨发过三四十度的

烧，我们别忘了这一点！"

他从屋顶上走了。

"再见，小弟。"他高声说。

"再见，卡尔松。"小弟说。

小弟自始至终看着离他越来越近的消防队员。

"你，小弟，"卡尔松消失在烟囱后边之前高声说，"别告诉消防队员我在这里，因为我是世界上最好的灭火者，告诉他们以后，只要哪里一失火，他们就会不停地找我。"

消防队员已经很近了。

"别动，就站在那儿。"一个消防队员对小弟说，"原地别动，我会救你。"

小弟认为他很可爱，但是没有必要。小弟整个下午都在屋顶上跑来跑去，再多走几步也没问题。

"是我妈妈叫你来的吗？"当消防队员抱着他从梯子往下爬的时候他问。

"对，你不信吗？"消防队员说，"不过你……我觉得你们是两个男孩在屋顶上……"

小弟想起卡尔松说过的话，他认真地回答：

"不，除了我没有别的男孩子。"

妈妈对跳来跳去的事确实很紧张。她、爸爸、布赛、碧丹和很多其他人都站在街上迎接小弟。妈妈扑过去，紧紧地抱住

他,又笑又哭。爸爸把他抱上楼,一直紧紧地搂着他。布赛说:

"你真把人吓死了,小弟。"

碧丹一边哭一边说:

"你再不能做这种事了,记住!"

过了一会儿,当小弟躺在床上的时候,他们站在他周围,跟他过生日时一模一样。但是爸爸非常严肃地说:

"你难道不知道我们有多担心?你难道不知道妈妈会哭,会伤心?"

小弟在床上翻个身。

"用不着多担心。"他嘟囔着。

妈妈使劲儿搂着他,严厉地说:

"想想看,你要是掉下去怎么办!我们要是失去你怎么办!"

"那你们会伤心吗?"小弟用企盼的口气问。

"当然,你不信吗?"妈妈说,"世界上任何宝贵的东西都不能代替你,这一点你应该知道。"

"亿万克朗也不能代替。"

"我真那么值钱?"小弟吃惊地说。

"是这样。"妈妈一边说一边再次搂住他。

小弟思索着。亿万克朗,钱多得吓人!他真值那么多钱

吗？一只狼狗，一只纯种狼狗，也就值两百克朗。

"爸爸，"当他想好以后说，"如果我值亿万克朗——那我就先取出两百克朗现金买一只小狗怎么样？"

卡尔松扮鬼

到第二天吃晚饭的时候,家里人才问小弟,他是怎么到屋顶上去的。

"从阁楼的窗子吧?"妈妈问。

"不对,我是跟屋顶上的卡尔松飞上去的。"小弟说。

妈妈和爸爸相互看了看。

"不,别再瞎说了,"妈妈说,"那个屋顶上的卡尔松都让我发疯了。"

"小弟,没有什么屋顶上的卡尔松。"爸爸说。

"没有?"小弟说,"至少他昨天在这里。"

妈妈摇了摇头。

"真不错,学校快放假了,你可以到外婆家去了。"她说,"我希望卡尔松不会跟到那里去。"

这是小弟已经忘掉的烦恼。他要到外婆家去过暑假,会有两个月看不到卡尔松。不是他不适应在外婆家生活,他在那里

一直很开心,但是,啊,他会多么想念卡尔松!小弟从外婆家回来时,如果卡尔松不住在那里了可怎么办呢!

他把胳膊肘放在桌子上,双手支着头,坐在那里苦思着,没有卡尔松生活会变成什么样。

"别把胳膊肘放在桌子上,你应该知道。"碧丹说。

"管管你自己好了。"小弟说。

"别把胳膊肘放在桌子上,小弟。"妈妈说,"你不想再吃点儿菜花吗?"

"不,死也不。"小弟说。

"啊,别这么说,"爸爸说,"你应该说'不,谢谢。'"

小弟想,他们用这样的方法命令一个身价亿万克朗的孩子,但是他没有说出,他反而说:

"我说'死也不',你们肯定明白,我的意思就是'不,谢谢。'"

"但是一位绅士是不会这么说的。"爸爸坚持说,"而你大概很想当一名绅士吧,小弟?"

"不,我宁愿做你这样的人,爸爸。"小弟说。

妈妈、布赛和碧丹都笑了。小弟不明白为什么,但是他

想，他们是在笑爸爸，他很不喜欢他们这样做。

"我想做你这样的人，对大家客客气气。"他一边说一边亲昵地看了父亲一眼。

"我的孩子，"爸爸说，"你为什么不想再吃一点儿菜花？"

"不想，死也不。"小弟说。

"但是吃了对身体有益呀。"妈妈说。

"我相信可能是这样。"小弟说，"因为人们越不喜欢吃的饭，对身体越有益。为什么维生素都在不好吃的饭里？我很想知道原因。"

"啊，这有什么奇怪的，"布赛说，"你大概认为它们应该在奶糖、口香糖里吧？"

"这是很长时间以来你说过的唯一一句理智的话。"小弟说。

晚饭以后他走进自己的房间，他衷心希望卡尔松能来。他很快就要离开家，在此之前想尽可能多地跟卡尔松在一起。

卡尔松可能有同感，因为小弟刚把头伸到窗子外边，他就飞来了。

"今天你不发烧了吧？"小弟问。

"发烧……我，"卡尔松说，"我从来没发过烧。发烧是假装的。"

"你只是装作发烧？"小弟吃惊地说。

"对,我骗你才说我发烧了。"卡尔松一边说一边得意地笑了起来,"世界上最好的笑星,猜一猜是谁?"

卡尔松一分一秒也不能静下来。在他说话的时候,他一直在房间里转,对什么都好奇,翻箱倒柜。

"不,今天我没有发烧。"他说,"我今天浑身是劲儿,很想找点儿乐子。"

小弟很想乐一乐。但是他最想做的,是让妈妈、爸爸、布赛和碧丹看看卡尔松,省得他们整天吵吵嚷嚷地说卡尔松根本不存在。

"请等一会儿,"他很快地说,"我马上就回来。"

他迅速跑进起居室。布赛、碧丹已经走了,真气人,不过妈妈和爸爸还坐在那里,小弟急切地说:

"妈妈,爸爸,你们能一块儿到我房间来一下吗?"

他不敢提卡尔松,在看到他之前最好不告诉他们。

"你能进来坐在我们这里吗?"妈妈说。但是小弟拉住她

的胳膊。

"不,你们一定要到我房间里看一件东西。"

经过劝说他把两个人都带走了,小弟兴高采烈地打开自己房间的门。现在他们自己看吧!

他失望得差点儿哭起来。房间里空无一人——跟他上次想介绍卡尔松时一模一样。

"到底让我们看什么呀?"爸爸问。

"没什么。"小弟含含糊糊地说。

正巧在这个时候电话铃响了,小弟逃过了解释。爸爸去接电话。妈妈在炉子上烙着甜饼,她要去照看,就剩下小弟一人。他坐在窗子旁边,真的生卡尔松的气了,他决定对他实话实说,如果他飞来的话。

但是没有人飞来。相反,衣柜的门开了,卡尔松露出了自己的笑脸。

小弟大吃一惊。

"天啊,你在衣柜里做什么?"他问。

"孵小鸡……不!闭门思过……不!躺在衣架上休息……对。"卡尔松说。

小弟完全忘记了生气的事,他对卡尔松适时出现只是感到高兴。

"这真是一个捉迷藏的极好衣柜。"卡尔松说,"玩捉迷

藏吗？我再躺上去，然后你猜我在哪儿。"

小弟还没来得及回答，卡尔松早已经消失在衣柜里，小弟听到，他正往衣架上爬。

"现在找吧。"卡尔松高声喊着。

小弟把衣柜门敞开，没费吹灰之力就找到了躺在衣架上的卡尔松。

"真没劲，你多讨厌！"卡尔松喊叫着，"你应该先在床上、桌子和其他地方找。如果你还这样，我就不玩了，你多讨厌！"

这时候门铃响了，随后妈妈从衣帽间喊：

"小弟，克里斯特和古尼拉来了。"

这使卡尔松又高兴起来。

"我们可以跟他们开开玩笑。"他小声对小弟说，"快把我关起来！"

小弟关上衣柜的门，他刚关好，古尼拉和克里斯特就来了。他们和小弟同住一条街，在学校里是同一个班。小弟非常喜欢古尼拉，他经常跟妈妈说起她"特别甜蜜"。他也喜欢克里斯特，已经原谅他在自己头上打的那个包。他经常跟克里斯特打架，但是随后又和好如初。此外，他不仅跟克里斯特打架，他与同街的几乎所有孩子都交过手，但是他从来没有打过古尼拉。

"你怎么从来不打古尼拉?"有一次妈妈问他。

"她是那么甜蜜,所以我不打她。"小弟说。

但是古尼拉当然也有时候惹他生气。昨天,当他们放学回家的时候,小弟曾经讲起屋顶上的卡尔松,当时古尼拉讥笑说,卡尔松是一种想象,是一种编造。克里斯特同意她的看法,小弟被激怒后打了他。这时候克里斯特拿起石头砸在小弟的头上。

但是现在他们来了,克里斯特还带来了小狗约伐。看到约伐,小弟甚至连藏在衣橱里的卡尔松都忘记了。小弟认为狗是地球上最可爱的动物。约伐又蹦又叫,小弟搂着它的脖子,用手拍打它。克里斯特站在旁边,平静地看着。他很明白,约伐是他的狗,不是别人的,所以小弟怎么摸他的狗都行。

当小弟抚摩约伐正起劲的时候,

古尼拉狡黠地一笑，随后说：

"你的屋顶上的卡尔松那老家伙在哪儿？我们想，他应该在这里吧。"

直到这时小弟才想起躺在衣柜里的卡尔松。但是因为他不知道卡尔松准备怎么开玩笑，所以他不便告诉克里斯特和古尼拉。他只是说：

"啊啊，你说卡尔松是一种想象，你昨天说他仅仅是一种编造。"

"对，他是编造出来的。"古尼拉一边说一边笑，脸上露出两个酒窝。

"可惜他不是编造出来的。"小弟说。

"他本来就是。"克里斯特说。

"他根本不是。"小弟说。

小弟想，是继续这种所谓的"理智的解决"还是干脆打克里斯特一顿好。在他还没有决定下来之前，就听到衣柜里传来一声"咕——咕——咕"的叫声。

"这是什么？"古尼拉说，像一颗红樱桃一样的小嘴吃惊地张着。

"咕——咕——咕"里边又叫了一声，跟公鸡叫得一模一样。

"你在衣柜里养了一只公鸡？"克里斯特吃惊地问，约伐

愤怒地叫了起来,但是小弟得意得大笑起来,笑得连一句话也说不出来。

"咕——咕——咕"衣柜里传出这样的叫声。

"我想打开看看。"古尼拉说。

她打开柜门朝里看,克里斯特也跑过去看。一开始他们只看到那里挂了很多衣服,别的什么也没有。但是后来他们听到里面一声冷笑,当他们再往里看的时候,看到一位个子很矮的胖叔叔躺在衣架上。他舒舒服服地躺在那里,一只胳膊撑着头,摇着短粗的二郎腿,两只快乐的蓝眼睛闪闪发亮。

不管是古尼拉还是克里斯特一开始一句话也说不出来,只有约伐叫个不停,还是古尼拉先开了腔,她说:

"这位是谁?"

"只是一种想象。"衣架上那位奇怪的人物说,并使劲抖着二郎腿,"一个小小的想象躺在这儿休息,一句话……一种编造!"

"你是……你是……"克里斯特结结巴巴地说。

"一个小小的编造,躺在这里学公鸡叫,就是这样。"这位小个子叔叔说。

"你是屋顶上的卡尔松?"古尼拉小声说。

"对,你以为是什么?"卡尔松说,"你以为是住在92号的古斯塔夫老夫人偷偷地进来,在这儿躺一会儿吗?"

小弟只是笑，古尼拉和克里斯特张着大嘴站在那里，显得很笨。

"现在你们没的说了吧？"小弟最后说。

卡尔松从衣架上跳下来。他走到古尼拉跟前，半真半假地

捏了捏她的面颊。

"还是一个幼稚的小小编造吗?"他说。

这是一个幼稚的编造吗?

"我们……"克里斯特开口说话了。

"你除了叫奥古斯特还叫什么?"卡尔松问。

"我不叫奥古斯特。"克里斯特说。

"你叫什么都没关系。"卡尔松说。

"他们叫克里斯特和古尼拉。"小弟说。

"好,真不敢想象,人什么事都会遇到。"卡尔松说,"不过请不要为你们大家……都不姓卡尔松而伤心。"

他好奇地朝四周看了看,紧接着说:

"我特别想找点儿乐子。我们能不能把椅子或者别的什么东西从窗子里扔出去?"

小弟认为这可使不得,他肯定知道妈妈和爸爸也不会同意。

"啊,他们很古板,就是那么古板,"卡尔松说,"真没法子。那我们就找点儿别的乐一乐吧,不然的话我就不玩了。"他一边说一边撅起小嘴。

"好,好,我们可以找点儿别的乐子。"小弟恳求说。

但是卡尔松已经耍起了牛脾气。

"你们小心点儿,不然我就飞走了。"他说。

不管是小弟,还是克里斯特和古尼拉都明白,如果卡尔松飞走了,那是多么大的不幸,他们百般乞求卡尔松千万别走。

卡尔松坐了一会儿,牛脾气还没有过去。

"不敢保证。"他说,"但是可能我会留下,如果她抚摸着我说'亲爱的卡尔松'。"他用又短又粗的食指指着古尼拉说,古尼拉赶紧抚摩他。

"亲爱的卡尔松,留下来我们一起玩吧。"她说。

"好好,那我就留下。"卡尔松说,孩子们松了一口气,但是为时过早。

小弟弟的爸爸妈妈晚上经常要去散步。这时候妈妈在大厅里说:"过一会儿再见!克里斯特和古尼拉可以玩到八点,八点以后你要上床睡觉,小弟。我会到你屋里跟你说晚安。"

外边的门"咚"的一声关上了。

"她没有说,我可以玩到什么时候。"卡尔松说,他又撅起嘴,

"我不玩了,如果这么不公平的话。"

"你愿意玩多长时间就玩多长时间。"小弟说。

卡尔松把嘴撅得更高了。

"我为什么不能像其他人那样八点被赶走?"卡尔松说,"我不玩了……"

"我也让妈妈八点钟时把你赶走。"小弟马上说,"我们玩什么呢?"

突然卡尔松的沮丧烟消云散。

"我们可以玩魔鬼吓人。"他说,"你们不知道,我只要拿一个小被套就行。如果我每吓死一个人能得到5厄尔的话,我就可以给自己买很多奶糖。我是世界上最好的魔鬼。"卡尔松说,快乐的眼睛闪闪发亮。

小弟、克里斯特和古尼拉喜欢玩魔鬼游戏,但小弟说:

"我们别玩得过分可怕!"

"别着急,沉住气。"卡尔松说,"你用不着教世界上最好的魔鬼怎么样玩魔鬼游戏。我只需把他们吓死一点儿,他们发现不了。"

卡尔松走到小弟床前,拿下被套。

"这个被套可以变成一件魔鬼西服。"他说。

他从小弟写字台的抽屉里找到一支黑色粉笔,用它在被套上画了一张可怕的魔鬼脸,然后他用小弟的剪刀在上边剪了两

个洞当眼睛,小弟想阻止,但没有来得及。

"被套……小事一桩。"卡尔松说,"一个魔鬼必须能看见路,不然的话他可能走到东南亚或者其他的地方。"

他把被套像斗篷一样盖在头上,只有他的两只小胖手从侧面伸出来。尽管孩子们知道被套下面是卡尔松,他们还是有点儿害怕,约伐愤怒地叫起来。当魔鬼发动起自己的螺旋桨、蒙

着被套围着顶灯飞来飞去的时候,约伐就叫得更凶了。那气氛显得确实可怕。

"我是一个有螺旋桨的小魔鬼,野蛮但是很漂亮。"卡尔松说。

孩子们静静地站着,惊恐地看着他,约伐叫个不停。

"当我来的时候,我很喜欢身后螺旋桨的声音。"卡尔松说,"但是如果我装小魔鬼,可最好让声音小一点儿,像这样!"

这时候螺旋桨的声音几乎没有了,比刚才显得更有魔力。

现在就等着找一个魔鬼要吓唬的目标了。

"我要到前廊去,那里总是有人来,我要把他吓休克了。"

电话铃响了,但是小弟没有兴趣去接,他任电话铃响。

卡尔松故意叹息和呻吟。卡尔松认为,一个魔鬼如果不会叹息和呻吟,就失去了意义,这是小魔鬼首先要在魔鬼学校里学的。

这一切占了不少时间。当他们作好到前廊里装魔鬼吓人的准备以后,他们听到一种奇怪的开门声。一开始小弟以为是妈妈爸爸回家来了。但是他看到一根长长的铁棍从信箱处伸进来。这时候小弟突然想起来前几天爸爸给妈妈念的那段报纸。报纸上说,如今这个城市里溜门撬锁的小偷很多。小偷先打电话,看家里有没有人,如果没人接电话,他们就赶紧跑来,撬

开门，把值钱的东西洗劫一空。

小弟害怕了。他知道小偷正在进来，克里斯特和古尼拉也害怕了。刚才克里斯特把约伐锁在小弟的房间里了，免得装鬼吓人的时候它叫，现在他后悔了。

但是只有一个人不害怕，他就是卡尔松。

"别着急，沉住气，"他小声说，"魔鬼吓人的最好时机来了。走，我们藏到起居室去，因为你父亲把金条和宝石大概都藏在那里了。"他对小弟说。

卡尔松、小弟、古尼拉和克里斯特很快躲进起居室。他们爬到家具底下藏起来。卡尔松钻进一个古色古香的衣柜,那是妈妈放衣被用的,然后自己关好门。他刚刚做完这一切,小偷就破门而入。躺在火炉旁边沙发后面的小弟仔细地朝前看着。地板中央站着两个小偷,样子十分可怕。而且——真是无巧不成书——小偷不是别人,正是飞勒和鲁勒。

"一定要找到他们放细软的地方。"飞勒用低沉、沙哑的声音说。

"当然在这里。"鲁勒一边说一边指着那个有着很多小抽屉的古老百宝柜。小弟知道,妈妈平时买东西的钱就放在其中的一个抽屉里,另一个抽屉里放着祖母给她的耳环和胸针。爸爸参加射击比赛得的金质奖章也放在那里。小弟想,如果小偷把那些东西都拿走就太可怕了,他躺在沙发后边差一点儿哭出声来。

"你负责这档子事。"飞勒说,"我趁这会儿到厨房里瞇几眼,看看他们有没有银勺子。"

飞勒走了,鲁勒开始翻箱倒柜。小弟想,小偷肯定能找到家里的钱,小弟越来越伤心。鲁勒拉开第二个抽屉,并且满意地吹着口哨,因为此时他已经找到了耳环和胸针。

但是后来他就不再吹口哨了,因为从柜子里走出一个魔鬼,并且发出低沉而可怕的呻吟。当鲁勒转过身来看见魔鬼

时,声音就卡在嗓子里了,钱、耳环和胸针全掉在地上了。魔鬼围着他转来转去,又呻吟又叹息,并突然奔向厨房。瞬间飞勒跑了过来,脸色苍白,高声喊着:

"鼠勒,一个愧!"

他想说:"鲁勒,一个鬼!"但是他被吓坏了,说成了"鼠勒,一个愧!"也难怪他害怕了,因为那个魔鬼就是冲他来的,发出可怕的叹息和呻吟。鲁勒和飞勒朝门跑过去,魔鬼发出的叫声一直在他们耳边回响。他们跑到衣帽间,又冲到门外。但是魔鬼没有放过他们,一直追到楼梯,在他们后边用一种刺耳、可怕的魔鬼声音高喊:

"别着急,沉住气!我很快就会赶上你们,让我们好好玩一玩!"

不过卡尔松玩魔鬼游戏玩烦了,回到起居室。小弟拾起钱、耳环和胸针,把它们放回原处。古尼拉和克里斯特收拾起飞勒从厨房往起居室跑时掉在地上的所有银勺子。

"世界上最好的魔鬼,就是屋顶上的卡尔松。"魔鬼一边说一边脱掉魔鬼服。孩子们开心地笑着,卡尔松说:

"没有任何东西比魔鬼更能吓跑小偷。如果人们知道这有多好的话,他们会在全城的每一个钱柜旁边拴一个性情暴躁的小魔鬼。"

小弟高兴得跳起来,因为妈妈的钱、耳环、胸针,爸爸的

林格伦作品选集
LINGELUN ZUOPINXUANJI

金质奖章和所有的银勺子都得救了,他说:

"想想看,人们是多么愚蠢,他们竟相信有魔鬼!没有任何超自然的东西,这是爸爸说的。"

他强调说:

"多么愚蠢的小偷,他们竟相信从柜子里能出来一个魔鬼,没有任何超自然的东西,屋顶上的卡尔松除外。"

卡尔松用会开玩笑的狗变魔术

第二天早晨,一个睡眼惺忪、头发蓬乱的小人穿着蓝条睡衣、光着双脚到厨房里去找妈妈。布赛、碧丹已经上学了,爸爸也到办公室去了,但是小弟每天要晚一点儿才上学,这不错,因为他很愿意早晨单独和妈妈待一会儿。尽管他是已经上学的大孩子,但是在没有人看见的时候,他还是喜欢坐在妈妈的腿上。这时候说一说话是很好的,如果有时间,妈妈和小弟还经常互相给对方唱歌和讲故事听。

妈妈坐在餐桌旁,读报纸、喝咖啡,小弟不声不响地趴在妈妈怀里,妈妈静静地搂着他,直到他完全醒来。

昨天晚上散步时间比原来长了一点儿,妈妈和爸爸回家的时候,他早已经在床上睡着了。他踢了被子,当妈妈要给他把被子盖好时,她发现,被子上有两个洞,而且很脏,有谁在上面用黑粉笔画过。妈妈想,小弟这么早就睡了一点儿也不奇怪,但是此时罪魁祸首就在自己膝盖上,不说清楚可不能放

掉他。

"你听着小弟,"她说,"我很想知道是谁把你的被套弄了两个洞,别再说是屋顶上的卡尔松!"

小弟一言不发,可脑子使劲在转。本来是屋顶上的卡尔松弄的,但是不能说。在这种情况下最好保持沉默,连小偷的事也不能说,说了妈妈也不会相信。

"怎么啦?"当她得不到回答时说。

"你怎么不去问问古尼拉呢?"小弟狡猾地说。古尼拉可以告诉妈妈事情的来龙去脉。妈妈一定会相信她说的话。

"哎呀,是古尼拉把被套剪坏了。"妈妈想。她认为小弟是个好孩子,不愿意背后说别人坏话,而是让古尼拉自己说。妈妈拥抱了一下小弟。她决定现在不再追问此事,当她找到古尼拉时一定要跟她理论一番。

"你特别喜欢古尼拉,对吗?"妈妈说。

"对，完全正确……"小弟说。

妈妈又去翻她的报纸，小弟静静地坐在她的腿上想事。他到底喜欢谁呢？首先是妈妈……还有爸爸。布赛和碧丹他有时候也喜欢，对，在绝大多数情况下他喜欢他们……特别是布赛……但有时候他生他们的气，就不喜欢了！屋顶上的卡尔松他喜欢。古尼拉他喜欢……完全正确。他长大了可能要跟她结婚，因为不管愿意不愿意，人总是得有妻子。尽管他更愿意跟妈妈结婚……不过可能不行。

他想呀想呀，突然想到有一件事使他不安起来。

"听我说，妈妈，如果布赛老死了，我一定要和他的妻子结婚吗？"

妈妈笑得放下了手里的咖啡杯。

"我的天啊，你怎么会想这种事？"她说。

听口气妈妈可能觉得他问得可笑，所以他担心再说蠢话，不想再说下去，但是妈妈抓住不放。

"你怎么会想这种事？"

"布赛把他的旧自行车已经给我了，"小弟不情愿地说，"还有他像我这么大时穿的旧冰鞋、旧滑雪板、旧睡衣、旧运动鞋和一切旧的东西。"

"但是我想，他的旧妻子你就免了吧。"妈妈说。真运气，她没有笑话他。

"那我可以和你结婚了吧?"小弟建议说。

"我不知道怎么个结法,"妈妈说,"我已经和你爸爸结婚了。"

对,这是真的……

"多么不走运,我和爸爸爱上了同一个人。"小弟沮丧地说。

但是这时候妈妈忍不住笑了,她说:

"不,你知道吗,我觉得这确实不错。"

"你这样认为?好吧,"小弟说,"那我就要古尼拉吧。"他补充说,"因为总得有一个。"

他继续思索着,他觉得总跟古尼拉住在一起不是特别有意思,她有时候很烦人。此外他愿意跟妈妈、爸爸、布赛和碧丹住在一起。妻子不是他特别想要的。

"我更愿意要的是一只狗而不是妻子。"他说,"妈妈,难道不能有一只狗吗?"

妈妈长叹一声。小弟又开始吵着要讨厌的狗!这件事与屋顶上的卡尔松同样让人烦恼。

"知道吗,小弟,我觉得你现在必须去穿衣服,"妈妈说,"不然你上学要迟到了。"

"老一套,"小弟恶狠狠地说,"我一说到狗,你就打岔说学校!"

不过今天去学校，还是很有意思的，因为他有很多话要跟克里斯特和古尼拉讲。像往常一样，他们放学后一起回来，小弟认为，古尼拉和克里斯特认识了屋顶上的卡尔松以后比过去更有意思了。

"我觉得他特别有意思。"古尼拉说，"你相信他今天还来吗？"

"我不知道。"小弟说，"他只是说他大概会来，什么时候说不定。"

"我希望他今天大概能来。"克里斯特说，"古尼拉和我想跟你回家，我们能去吗？"

"我当然愿意。"小弟说。

还有一位也想跟着。正当孩子们要横过马路的时候，一只黑色卷毛狮子狗朝小弟跑来。它用鼻子闻小弟的膝盖，小声叫了叫，好像说要与他结伴。

"看呀，一只多么可爱的小狗。"小弟极为高兴地说，"看呀，它怕路上的汽车，所以想跟我一起穿过马路！"

小弟很高兴带它过马路，过多少马路都行。狮子狗可能也这样想，因为它过马路时紧贴着小弟的腿走。

"它多么可爱。"古尼拉说，"过来，小狗！"

"不，它想挨着我。"小弟说，并紧紧地抓住狗，"它喜

欢我。"

"它也喜欢我,是真的。"古尼拉说。

这只小狮子狗似乎喜欢世界上所有的人,只要大家喜欢它。他太喜欢它了!他弯下身抚摩着它,逗它玩,对它小声说话,这一切只有一个意思,这只狮子狗是世界上最可爱、最可爱、最可爱的狗。狮子狗摇着尾巴,似乎在表示,它也这样认

为。当孩子们拐到自己住的那条街时,它高兴地叫着,跑着跟过去。

小弟被一种非理智的想法驱使着。

"它可能没有地方住,"他说,"它可能没有主人。"

"不对,它肯定有主人。"克里斯特说。

"住嘴,你!"小弟气愤地说,"你知道什么!"

有狗的克里斯特怎么能理解没有狗是什么滋味呢!

"你过来,小狗。"小弟逗着狗说,他越来越确信,这只狮子狗无处可住。

"你要注意,别让它跟你回家。"克里斯特说。

"啊,不过它可以跟我回家。"小弟说,"我希望,它能跟我回家。"

狮子狗跟着。它一直跟小弟到家门口。然后小弟把它抱在怀里,走上楼梯。

"我要问问妈妈,能不能要这只小狗。"小弟说。但是妈妈不在家。餐桌上放着一张纸条,说她在洗衣房里,如果小弟有什么事可以到那里去找她。

但是狮子狗箭似的跑进小弟的房间,小弟、古尼拉和克里斯特跟在后面。小弟高兴得快疯了。

"它肯定想住在我这里。"他说。

恰好这时候屋顶上的卡尔松"嗡嗡"地从窗子飞了进来。

"你们好!"他高声喊叫着,"它变小了,你们肯定给它洗过澡了吗?"

"这狗不是约伐,请你看好。"小弟说,"这是我的狗。"

"不是他的。"克里斯特说。

"你大概没有狗。"古尼拉说。

"我,我在屋顶上有几千只狗。"卡尔松说,"世界上最好的狗的饲养者……"

"我去你屋顶上的时候,没有看到任何狗。"小弟说。

"它们都在外边飞呢,"卡尔松解释说,"我的狗是飞狗。"

小弟不愿意听卡尔松瞎说,一千只会飞的狗也抵不上这只狮子狗。

"我不相信,这只狗会有主人。"他又说了一遍。

古尼拉朝小狗弯下身来。

"它的颈圈上写着阿尔贝里。"她说。

"这回你总算明白了,谁拥有它。"克里斯特说。

"阿尔贝里可能已经死了。"小弟说。

不管阿尔贝里是谁,小弟都讨厌他,但是他想起了某种好事。

"可能这只狗叫阿尔贝里。"他一边说一边用企求的目光看着克里斯特和古尼拉。他们幸灾乐祸地笑着。

"我有很多只狗叫阿尔贝里。"卡尔松说,"你好,阿尔

贝里!"

狮子狗朝卡尔松跳了跳,高兴地叫了起来。

"你们看,"小弟高声说,"它知道自己叫阿尔贝里。过来,小阿尔贝里!"

古尼拉抓住狮子狗。

"它的颈圈上还写着电话号码。"她不管不顾地说。

"狗还有自己的电话号码。"卡尔松说,"告诉它,给家里的女主人打电话,说它跑丢了。我的狗跑丢了的时候,都是自己打电话。"

他用自己的小胖手抚摩着狮子狗。

"我有一只狗也叫阿尔贝里,它前天跑丢了。"卡尔松说,"这时候它想打电话告诉家里人,但是它颈圈上的电话号码出了点儿问题,把电话打到国王岛上的老少校夫人那里去了,她一听电话里是只狗,就说:'电话号码错了。''错了您怎么还接呢?'阿尔贝里说,因为它是一只非常聪明的狗。"

小弟不愿意听卡尔松神侃。此时此刻除了那只小狮子狗以外,他对什么都不感兴趣,当卡尔松说他想找点儿乐子的时候,小弟一副无所谓的样子,但是这时候卡尔松撅起了大嘴说:

"如果你说来说去就是这只狗的话,我就不玩了。应该找点儿有意思的事情做。"

古尼拉和克里斯特也赞同卡尔松的意思。

"我们应该玩变魔术。"卡尔松不再生气以后说,"世界上最好的魔术师猜猜看是谁?"

小弟、古尼拉和克里斯特马上猜到,肯定是卡尔松。

"那我们就决定玩变魔术。"卡尔松说。

"好。"孩子们说。

"我们决定,入场券是一块奶糖。"卡尔松说。

"好。"孩子们说。

"我们决定,所有的奶糖都用于公益事业。"卡尔松说。

"啊。"孩子们想了想以后说。

"而且只有一项真正的公益事业,那就是屋顶上的卡尔松。"卡尔松说。

孩子们互相看了看。

"我不怎么明白……"克里斯特刚开口说。

"我们就这样定了,"卡尔松高声说,"不然我就不玩了。"

事情就这样定了,所有的奶糖都归屋顶上的卡尔松。

古尼拉和克里斯特到大街上,告诉所有的孩子,在小弟家里有一场大型魔术表演,周零用钱至少有5厄尔的孩子都到水果店买一块奶糖作为入场券。

古尼拉站在小弟房间的门口,收孩子们交来的奶糖,然后投入上面写着"为了公益事业"的箱子里。

克里斯特找出椅子,在地板上摆成一排,让观众们坐。墙角挂着一块毯子,毯子后面有唧唧喳喳的声音,还有一只狗在不时地叫。

"我们能看到什么?"一个叫凯利的男孩问,"很可能是俗套,那样的话我就把奶糖要回来。"

不管是小弟，还是古尼拉、克里斯特都不喜欢凯利，因为他太烦人。

藏在毯子后面的小弟这时候走了出来，他怀里抱着小狮子狗。

"你们将看到世界上最好的魔术师和会开玩笑的狗阿尔贝里。"他说。

"像刚才说的……世界上最好的魔术师。"一个声音从毯子后边传出,卡尔松走出来。他头上戴着小弟爸爸的高帽子,肩上披着小弟妈妈的花条围裙,下巴底下系着一个小领结。围裙当做魔术师一般用的黑斗篷。

大家鼓掌欢迎,只有凯利例外。卡尔松转了一圈,自我感觉良好。他摘掉帽子,让大家看帽子里是空的,跟魔术师平时的动作一模一样。

"请看,先生们,"他说,"这里什么也没有,绝对没有!"

"他现在应该从帽子里变出来一只兔子。"小弟想,因为他曾经看到过一个魔术师就是这样变的,"如果能看到卡尔松变出一只兔子会非常有意思的。"他想。

"像刚才说的……这里什么也没有。"卡尔松忧郁地说,"如果你们不往里放点儿东西,里边永远也不会有。"他继续说,"我看到这里坐着一大堆馋嘴巴的小孩子在吃奶糖。我们现在拿帽子转一圈,大家每人往里放一块糖,这是一件非常重要的公益事业。"

小弟拿着帽子转一圈,里边很快有了一大堆奶糖,他把帽子递给卡尔松。

"摇起来有点儿响。"他一边说一边抽打帽子,"如果里边装满了奶糖,一点儿都不会响。"

他把一块奶糖放到嘴里嚼了起来。

"确实显得非常公益。"他一边说一边满意地嚼着糖。

凯利没有往帽子里放奶糖,尽管他手里有一大袋。

"好,亲爱的朋友……和凯利,"卡尔松说,"这里是开玩笑的狗阿尔贝里。这只狗无所不能。打电话、飞翔、烤面包、谈话、抬腿……什么都会!"

这时候小狮子狗确实对着凯利坐的椅子抬起一条腿,地板上立即出现一泡尿。

"你们看到了,我绝对没有夸张,"卡尔松说,"这狗确

实无所不能。"

"哎哟!"凯利一边说一边把椅子从尿里移开,"这种事每只狗都会。还是让它讲一讲话吧,讲话是比较困难的,哈哈!"

卡尔松转过身来对狮子狗说:

"你觉得讲话困难吗,阿尔贝里?"

"当然不困难,"阿尔贝里说,"只有我抽雪茄时讲话才困难。"

小弟、古尼拉和克里斯特确实吓了一跳,因为听起来跟阿尔贝里讲话完全一样,但是小弟知道,是卡尔松自己搞的鬼名堂。不过没关系,他自己想要一只普通的狗,不是要会讲话的狗。

"亲爱的阿尔贝里,"卡尔松说,"你能不能为我们的朋友……和凯利讲一点儿你的生活情况?"

"很愿意。"阿尔贝里说。

就这样它开始讲。

"几天前的一个晚上我看了场电影。"它一边说一边高兴地围着卡尔松蹦蹦跳跳。

"哎呀,你去看电影了?"卡尔松说。

"对,跟我坐在同一张靠背椅上的还有两只狗蝇。"阿尔贝里说。

"真的?"卡尔松说。

"当我们看完电影来到大街上的时候,我听到一只狗蝇对另一只狗蝇说:'我们是走路回家,还是趴在狗身上回家?'"

所有的孩子都认为,这是一场非常精彩的表演,尽管没有多少魔术。只有凯利坐在那里显得很不高兴。

"告诉它,也让它烤点儿面包。"他用讽刺的口气说。

"你想烤几块面包吗,阿尔贝里?"卡尔松问。阿尔贝里打了个哈欠,坐在地板上了。

"不,我烤不了。"它说。

"哈哈,我就知道你烤不了。"凯利说。

"是不能,因为我家里没有发酵粉了。"阿尔贝里说。

所有的孩子都非常喜欢阿尔贝里,只有凯利还是那么愚蠢。

"那就让它飞一飞吧,"他说,"飞一飞不需要发酵粉吧。"

"你想飞吗,阿尔贝里?"卡尔松问。

阿尔贝里好像在睡觉,但是当卡尔松问它时,它还是回答了。

"我当然可以飞。"它说,"不过你也得飞,因为我答应过妈妈,一个人不能在外边飞。"

"那就过来吧,小阿尔贝里。"卡尔松一边说一边把阿尔贝里抱在怀里腾空而起。

转眼间他们就飞起来了,卡尔松和阿尔贝里。他们先飞向屋顶,围着屋顶转了几圈,然后径直地从窗子飞出去了,这时候连凯利都惊奇得脸色刷白。

所有的孩子都冲到窗子跟前,站在那里看卡尔松和阿尔贝里在各家的屋顶上空飞翔,但是小弟急切地高喊:

"卡尔松,卡尔松,快把我的狗带回来!"

卡尔松照他的话做了。他很快飞了回来,把阿尔贝里放到地板上。阿尔贝里抖抖毛,样子显得很惊喜。大家认为,这大概是它一生中的第一次飞行。

"好,今天到此结束,我们已经没有什么节目再给大家表演,但是你有一个。"他一边说一边轻轻推了凯利一下。

凯利不知道他是什么意思。

"奶糖。"卡尔松说。

凯利掏出糖袋,把整袋糖都给了卡尔松,不过他首先拿出一块自己吃了。

"没有这么馋的孩子。"卡尔松说,然后他兴致勃勃地朝四周看了看。

"公益箱在哪里?"他问。

古尼拉拿来箱子。她想,卡尔松有这么多奶糖了,这回他应该分给大家每人一块了,但是卡尔松没有分。他拿过箱子,贪婪地数着糖。

"十五块。"他说,"够晚饭吃了!再见吧,我要回家吃晚饭了!"

就这样卡尔松从窗子后消失了。

所有的孩子都回家了,古尼拉和克里斯特也走了,就剩下小弟和阿尔贝里,小弟觉得真好。他抱起狮子狗,坐下来和它说话。狮子狗舔他的脸,然后就睡着了。狗睡着的时候发出轻轻的呼噜声。

但是后来妈妈从洗衣房出来了,一切都变得令人烦恼。妈妈绝对不相信阿尔贝里没有住处。她按狗颈圈上的电话号码打电话,对人家说,她的孩子捡了一只黑色的卷毛狮子小狗。

小弟站在她的身边,怀里抱着阿尔贝里,他自始至终小声叨念着:

"亲爱的上帝,请让他们说,这不是他们的狗!"

但这是他们的狗。

"亲爱的,"当妈妈放下电话时说,"这是一个叫斯塔

方·阿尔贝里的男孩子的狗,狗的名字叫伯比。"

"伯比?"小弟问。

"对,是这个名字,一只狮子狗。斯塔方已经哭了整整一个下午,七点钟他来领伯比。"

小弟什么也没说,但是他的脸色有点儿苍白,他的眼睛显得很亮。他用手抚摩着狮子狗,并在它耳边小声说着,但是妈妈听不见:

"小阿尔贝里,我希望你是我的狗。"

但是在七点钟的时候,斯塔方来了,他领走了自己的狮子狗。这时候小弟躺在床上,哭得心都要碎了。

卡尔松赴生日宴会

现在夏天又到了,学校放了假,小弟将到外祖母家去,但是首先要办一件很重要的事。小弟将满八岁。啊,他盼生日已经盼了很久……几乎从刚满七岁就盼!非常奇怪,生日与生日和圣诞节与圣诞节之间相距的时间一样长。

生日前的晚上他与卡尔松做了一次短时间的交谈。

"我有一个生日宴会。"他说,"古尼拉和克里斯特都会来我这里,我们把餐桌布置在我的房间里……"

小弟沉默,并显得很阴郁。

"我非常乐意邀请你,"他说,"但是……"

妈妈已经生屋顶上的卡尔松的气了,请求邀请卡尔松参加生日宴会是徒劳无益的。

卡尔松这次比以往把嘴撅得更高了。

"我不玩了,如果我不能参加的话。"他说,"我大概也有某种开心的事!"

"好,好,你可以来。"小弟连忙说。他一定要跟妈妈谈——无论如何都要谈,他开生日宴会不可能没有卡尔松。

"我们吃什么?"当他不再生气的时候问。

"当然是蛋糕。"小弟说,"我有一个生日蛋糕,上面插着八支蜡烛。"

"真的?"卡尔松说,"我有一个建议。"

"什么建议?"小弟问。

"你能不能请你妈妈给你八个蛋糕、一支蜡烛呢?"

小弟不相信妈妈会接受这个建议。

"你会得到一些好的礼物吧?"卡尔松问。

"这我不知道。"小弟说。

他叹息着。他当然知道自己想要什么——地球上没有比这个东西是他更想要的,但是他得不到。

"只要我活着,就不会得到一只狗,"他说,"但是我肯定会得到一大堆其他礼物,所以我还是会很高兴,那一整天我也不会想什么狗的事,这个决心我已经下了。"

"啊,你可以有我,"卡尔松说,"而我相信,这比一只狗更有价值!"

他歪着头看着小弟。

"我正在想你会得到什么礼物。"他说,"我不知道,你会不会得到奶糖?如果有的话,我认为,它一定要直接捐给公益事业。"

"好,如果我得到一袋奶糖,我将会给你。"小弟说。

他愿意为卡尔松做任何事情,现在他们要分手了。

"卡尔松,后天我就要到外祖母家去,要在那里待整个夏天。"小弟说。

卡尔松一开始显得很不高兴,但是随后郑重其事地说:

"我也要到我外祖母家,她比你外祖母可外祖母多了。"

"她住在什么地方,你外祖母?"小弟问。

"在一栋房子里。"卡尔松说,"你相信她整夜都在外边跑吗?"

后来他们没有更多地谈论卡尔松的外祖母或者小弟的生日

宴会或其他什么事情,因为时间已经很晚,小弟一定要上床睡觉,以便在他生日那天能及时醒来。

他躺在床上,等着门被打开,大家涌进来——带着生日托盘、礼物和一切东西——在这之前那几分钟是最让人焦急难忍的时刻。小弟觉得,他激动得确实心慌了。

现在他们来了,门外响起"祝你生日快乐"的歌声。门被打开了,大家都来了,妈妈、爸爸、布赛和碧丹。

小弟直挺挺地坐在床上,眼睛显得很明亮。

"祝你生日快乐,亲爱的小弟。"妈妈说。

大家一起向他说"祝你生日快乐"。蛋糕上插着八支蜡烛,托盘里放着各种礼物。

礼物有好几件。不过没有以往过生日时那么多。小弟数来数去,礼品盒没有超过四件。不过爸爸说:

"今天稍晚的时候还会有很多,你不需要一大早将礼物都得到。"

小弟对四个礼品盒感到很高兴:一盒水彩、一把玩具手枪、一本书和一条新牛仔裤,各样东西他都很喜欢。他们真好,妈妈、爸爸、布赛和碧丹!谁能像他一样有这么好的妈妈、爸爸和哥哥、姐姐呢!

他试着打了几枪,声音非常好。全家人都坐在他的床边听

着,啊,他多么喜欢他们!

"啊,这个小不点儿来到世界上已经八年了。"爸爸说。

"对,"妈妈说,"时间过得多快!你记得吗,那天斯德哥尔摩下着雨。"

"妈妈,我生在斯德哥尔摩吗?"小弟问。

"对,你是生在这儿。"妈妈说。

"那布赛和碧丹呢,他们生在马尔默吗?"

"对,他们生在那里。"

"而你,爸爸,你生在哥德堡,你说过。"

"对,我是哥德堡人。"爸爸说。

"你生在哪儿,妈妈?"

"在埃舍尔图那。"妈妈说。

小弟突然用手搂住妈妈的脖子。

"多么幸运,我们从四面八方聚在一起!"

大家都觉得是这样。他们对小弟又唱了一遍"祝你生日快乐",他用玩具手枪射击,发出震耳的响声。

这一天在他等着生日宴会的时候,他打了很多枪。他对爸爸说的那句话"今天稍晚的时候还会有很多"考虑得相当多。在幸福的一瞬间他曾考虑过,是不是会出现某种奇迹,他会得到一只狗。但是他明白,这是不可能的。他责备自己,怎么会想这种蠢事呢?他下定决心,在整个生日这天不再考虑狗的事,要高高兴兴的。

小弟是很高兴,下午妈妈开始布置他的房间里的桌子。她在桌子上摆了很多花和最好的粉红色杯子——三个。

"妈妈,应该是四个。"小弟说。

"为什么?"妈妈惊奇地问。

小弟卡住了。他不得不说他还请了屋顶上的卡尔松,尽管妈妈肯定不高兴。

"屋顶上的卡尔松也来。"小弟一边说一边用眼睛盯着妈妈。

"哦哦哦哦,"妈妈说,"哦哦哦哦!可能会吧,因为今天是你生日。"

她用手抚摸着小弟长着浅色头发的脑袋。

"多么幼稚的编造,小弟,真不敢相信你已经满八岁……你知道自己多大了吗?"

"我风华正茂。"小弟一本正经地说,"卡尔松也是。"

生日总算熬到了,此时此刻已经到了"今天稍晚的时候",但是他还是没有看见更多的礼物。

最后他得到一件。还没有放暑假的布赛和碧丹从学校回到家里,他们把自己关在布赛的房间里,不准小弟去,他听见他们在里边笑,他们拿纸弄什么东西。小弟非常好奇,但是不能进去,真把他气坏了。

过了很长时间他们才出来,碧丹一边笑一边递给他一个包。小弟非常高兴,他想立刻撕掉包装纸。这时候布赛说:

"你一定要先读上面的诗。"

他们是用很大的印刷体写的,以便小弟能自己读,他读道:

> 每天和每一时刻
> 你都为有一只狗在吵闹。

姐姐和哥哥

比你想象得要周到。

为你买只头等小狗,

你说,好不好?

这只丝绒狗

驯服、柔软和圆滚,

不发脾气不狂叫,

也不往地毯上乱撒尿。

小弟站在那里默不做声。

"把礼包打开,知道吗?"布赛说。

但是小弟把包扔在地上,眼泪夺眶而出。

"啊,小弟,怎么啦?"碧丹喊起来。

"你不高兴啦?"布赛说,显得很不幸。

碧丹用双臂搂着小弟。

"请原谅,我们只是跟你开开玩笑,知道吗?"

小弟用力挣脱开,泪水流过他的双颊。

"你们知道,"他抽噎着说,"你们

知道，我想要的是一只活狗，你们不应该存心气我。"

他离开他们跑进自己的房间，趴到自己的床上。布赛和碧丹在后面跟着，妈妈也跑了过来。但是小弟理也不理他们。他哭得浑身打战，整个生日的气氛都被破坏了。小弟本来下定决心，没有得到狗也要高高兴兴，但是当他们送给他一只丝绒狗的时候……当他想到这一点的时候，越哭越伤心，他把脸深深地扎到枕头里。妈妈、布赛和碧丹站在床周围，他们也很伤心。

"我一定给爸爸打电话，请他早一点儿回家。"妈妈说。

小弟哭着……爸爸回家来有什么用呢？一切都让人扫兴，生日被破坏了，什么也于事无补了。

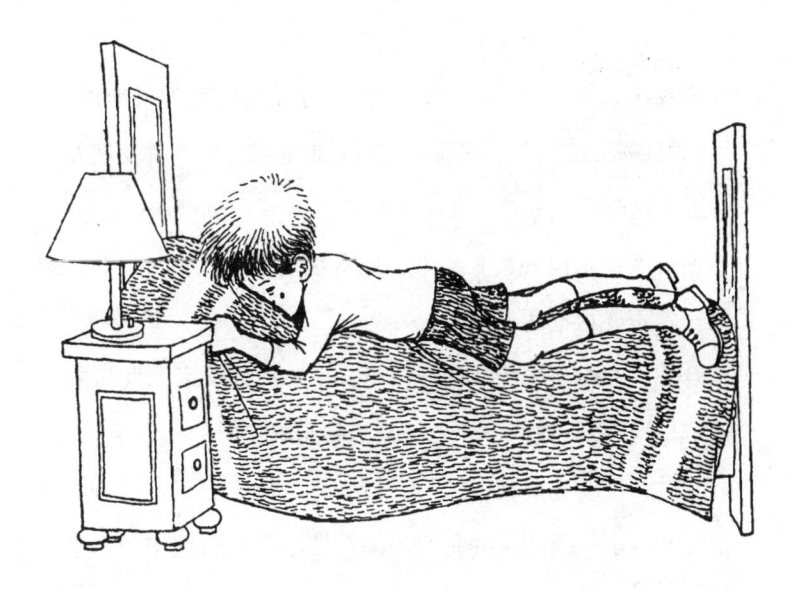

他听见妈妈去打电话……但是他还在哭。他听见说爸爸过一会儿就回来了……但是他还在哭。他永远也不会再高兴了,他真不如死了。这样的话,布赛和碧丹拿着自己的丝绒狗永远也不会忘记,在小弟活着过生日的时候他们是怎么样对待他的。

突然他们大家都站在他的床边——爸爸、妈妈、布赛和碧丹。他把脸更深地扎进枕头里。

"小弟,有个东西在衣帽间等着你。"爸爸说。

小弟不搭话,爸爸推了他肩膀一下。

"是你的一位要好的小朋友在衣帽间等你呢,听见了吗?"

"是古尼拉还是克里斯特?"他没好气地说。

"不对,是一个叫比姆卜的。"妈妈说。

"我认识的人没有叫比姆卜的。"小弟更加没好气地说。

"可能是这样,"妈妈说,"但是他非常愿意与你交朋友。"

正在这时候从衣帽间传来狗叫声,声音很低很小。

小弟浑身肌肉都紧张起来,他紧紧地搂住枕头……啊,现在他一定不要再胡思乱想了!

但是这时候再次传来狗的叫声,小弟猛地从床上坐起来。

"是狗吗?"他问,"是一只活的狗吗?"

"对,是给你的狗。"爸爸说。

这时候小弟迅速地冲到衣帽间,转眼间他就回来了,手里

抱着——啊，千真万确——手里抱着一只达克斯狗。

"这只活的狗是我的？"小弟小声说。

当他抱着狗的时候，眼睛里仍然含着泪水。他的样子似乎认为，这只小狗随时都会消失得无影无踪。

但是比姆卜没有消失。比姆卜在他的怀里，比姆卜在舔他的脸，小声叫着吻他的耳朵。比姆卜是实实在在的活狗。

"现在高兴了吧，小弟？"爸爸说。

小弟长出一口气。爸爸怎么会问这样的问题呢？他很高兴，但是正如人们常说的，乐极生悲，人特别高兴也会流泪。

"那个丝绒狗，你知道吗，小弟，把它当做比姆卜的玩具吧。"碧丹说，"我们不是存心招你生气……没有那么坏。"她补充说。

小弟原谅了一切。他没再听她说什么，因为他在跟比姆卜说话。

"比姆卜，小比姆卜，你是我的狗。"

然后他对妈妈说：

"我觉得，比姆卜比阿尔贝里更可爱。因为粗毛达克斯狗是狗当中最可爱的。"

这时候他想起来，古尼拉和克里斯特随时都会来，噢呀，噢呀，他真不明白，人一天会有那么多好事。想想看，一会儿他们会看到，他已经有狗了，一只实实在在的狗，而且是世界上最可爱、最可爱、最可爱的狗。

但这时候他变得不安起来。

"妈妈，我能把比姆卜带到外祖母家去吗？"

"当然可以。你坐火车时把它放在这个篮子里。"妈妈一边说一边指着一个布赛从衣帽间拿进来的狗篮子。

"噢噢噢噢！"小弟说，"噢噢噢！"

正在这时候门铃响了。古尼拉和克里斯特来了，小弟朝他们跑过去，高声说："我已经有

了一只狗——这是我自己的狗!"

"是吗,它多么可爱。"古尼拉说。但是后来她突然想起了什么,便说:

"祝你生日快乐!这是克里斯特和我的礼物。"

她递过一袋奶糖,然后她弯下腰,对比姆卜又一次高声说:

"啊,它多可爱呀!"

小弟听了很高兴。

"几乎与约伐一样可爱。"克里斯特说。

"几乎更可爱,"古尼拉说,"甚至比阿尔贝里更可爱。"

"对,比阿尔贝里可爱多了。"克里斯特说。

小弟认为,古尼拉和克里斯特两个人都非常好。他请他们到生日餐桌前就座。

妈妈已经在餐桌上摆满了很多很多小面包,里边夹着火腿、奶酪,还有很多点心。餐桌中间放着一个生日蛋糕,上面有八支蜡烛。

妈妈从厨房端来一大壶热巧克力并马上倒进四个杯子里。

"我们要不要等一等卡尔松?"小弟谨慎地问。

妈妈摇摇头。

"我觉得我们不必管那个卡尔松了。因为你知道,我差不多可以保证他不会来。从现在起我们完全用不着管他了。因为你现在已经有了比姆卜。"

对，现在他确实有了比姆卜……但是小弟还是希望卡尔松能参加他的生日宴会。

古尼拉和克里斯特在桌子旁边坐下，妈妈把夹肉面包递到他们手里。小弟把比姆卜放在小篮子里，他自己也坐下。

妈妈走了，就剩下孩子们自己了。

布赛把头伸进来，高声说：

"你能留下一点儿蛋糕吗？碧丹和我也想吃一块。"

"好，我当然可以留！"小弟说，"尽管不怎么合理，因为在我出生之前，你们已经吃了七年独食。"

"别强词夺理。我要吃一大块。"布赛一边说一边关上门。

他刚关上门，就传来"嗡嗡"声，卡尔松飞了进来。

"你们都开始了？"他高声说，"你们吃了多少啦？"

小弟安慰他说，他们一点儿也没吃呢。

"好！"卡尔松说。

"你应该对小弟说'祝你生日快乐'。"古尼拉说。

"是吗？对，祝你生日快乐！"卡尔松说，"我坐在什么地方？"

没有卡尔松的杯子，当他发现后，便撅起大嘴，显得很生气。

"我不玩了，如果那么不公平。为什么我不能有个杯子？"

小弟赶紧把自己的给他。他蹑手蹑脚地到厨房里为自己拿

了另一个杯子。

"卡尔松,我得到一只狗。"他回来的时候说,"它躺在那儿,名字叫比姆卜。"

"是吗,真有意思。"卡尔松说,"这个肉夹面包归我……那个归我……那个也归我!"

"这是真的。"后来他说,"我给你带来一件生日礼物,

我是所有人当中最好的。"

他从裤兜儿里掏出一个哨子,递给小弟。

"你可以用它对你的比姆卜吹,我也经常对我的狗吹。我的狗叫阿尔贝里,会飞。"

"它们都叫阿尔贝里吗?"克里斯特问。

"对,几千只都叫这个名字。"卡尔松说,"我们什么时候切蛋糕?"

"谢谢大好人卡尔松送我口哨。"小弟说,"啊,用这个口哨对着比姆卜吹会多有意思。"

"不过,有时候我要借用一下,"卡尔松说,"可能要经常借。"他一边说一边不高兴地问:

"你也得到奶糖了?"

"对,我当然得到了!"小弟说,"古尼拉和克里斯特给的。"

"它应该直接用于公益事业。"卡尔松一边说一边抓过糖袋。他把糖袋装进口袋,拿起三明治大吃特吃起来。古尼拉、克里斯特和小弟紧吃慢吃才吃到一点点,不过妈妈准备了很多。

在起居室里坐着妈妈、爸爸、布赛和碧丹。

"你们听,他们在里边吃得多高兴。"妈妈说,"啊,我

真高兴，小弟有了自己的狗，当然照顾起来也一定很麻烦，可是有什么办法呢。"

"对，现在他会忘掉关于卡尔松的很多幻想，这一点我敢保证。"爸爸说。

在小弟房间里孩子们又说又笑，妈妈说：

"我们不进去看看他们？这些小家伙非常可爱！"

"好，我们进去看看他们。"碧丹说。

他们大家——妈妈、爸爸、布赛和碧丹，想进去看看小弟的生日宴会。

是爸爸开的门。不过是妈妈首先叫起来的，因为是她首先看见一位小胖子坐在小弟旁边。

这位小胖子耳朵上沾了很多奶油蛋糕。

"啊，我差点儿休克。"妈妈说。

爸爸、布赛和碧丹静静地站在那里看。

"卡尔松还是来了，你看见了吧，妈妈。"小弟高兴地说，"啊，生日过得多么吉祥。"

那位小胖子抹去嘴上的奶油蛋糕，然后他用一只肥胖的手向妈妈、爸爸、布赛

和碧丹打招呼,手上的奶油直朝周围飞溅。

"你们好!"他高声说,"你们过去肯定没有荣幸见我吧?我的名字叫屋顶上的卡尔松,哎呀,哎呀,古尼拉你少拿点儿,我还想再吃点儿呢!"

他抓住古尼拉用叉子叉着蛋糕的手,强迫她放下。

"从来没见过这么馋嘴的小姑娘。"他说。

然后他自己吃了一大块。

"世界上最好的蛋糕美食家,就是屋顶上的卡尔松。"他说,脸上露出太阳般的微笑。

"快来,我们走吧。"妈妈小声说。

"好,我就不留你们啦。"卡尔松说。

"答应我一件事。"当他们关好门时爸爸对妈妈说,"你们大家,你、布赛,还有碧丹,答应我一件事!不要对任何人讲,绝对不要对任何人讲!"

"为什么呢?"布赛问。

"没有人会相信。"爸爸说,"如果他们相信了,我们这辈子就不会再有一分钟安宁。"

爸爸、妈妈、布赛和碧丹拉钩,他们保证不对任何人讲起小弟结交的这位奇怪的伙伴。

他们说话算数。没有任何人听他们讲过关于卡尔松的一个

字。因此卡尔松得以继续住在没有人知道的那间小房子里,尽管他的房子就在斯德哥尔摩极其普通的一条街道上的一栋普通的屋顶上。卡尔松可以四处走动,可以安安静静地找乐子,他也正是这样做的。因为他是世界上最好的笑星。

当所有的三明治、所有的点心和蛋糕都吃完以后,古尼拉和克里斯特回家了,比姆卜也睡着了,这时候卡尔松跟小弟告别。卡尔松坐在窗台上准备起程。窗帘慢慢地摆动着,天气很温暖,因为是夏天了。

"大好人卡尔松,我从外祖母家回来的时候,你大概还会住在屋顶上吧?"小弟说。

"别着急,沉住气。"卡尔松说,"如果我外祖母放我回来的话。但是不敢保证,因为她认为,我是世界上最好的外孙子。"

"那你是吗?"小弟问。

"对,我的上帝,除了我能有谁呢?你能想到谁?"卡尔松问。

他打开差不多位于肚脐上方的开关,螺旋桨开始转动。

"当我回来的时候,我要吃更多的蛋糕。"他高声说,"因为吃蛋糕不会发胖。再见,小弟!"

"再见,卡尔松。"小弟高声说。

卡尔松就这样飞走了。

在小弟床边的小篮子里,比姆卜躺着睡觉。小弟弯下身子看着它。他闻着它,用手抚摩着小狗的头。

"比姆卜,明天我们要到外祖母家去。"他说,"晚安,比姆卜!睡个好觉,比姆卜!"

第二部

屋顶上的卡尔松又飞来了

小飞人卡尔松
Xiaofeirenkaersong

屋顶上的卡尔松又飞来了

世界这么大,有很多房子,有大房子和小房子;好看的房子和难看的房子;旧房子和新房子。有一栋很小很小的房子属于屋顶上的卡尔松。卡尔松认为,他的房子是世界上最好的房子,正适合世界上最好的卡尔松。小弟也这样认为。

小弟和他的妈妈、爸爸、布赛和碧丹住在斯德哥尔摩一条极普通的街道上的一栋极普通的房子里,卡尔松的小房子就坐落在他们家的房顶上,正好在烟囱后面,房子的匾额上写着:

屋顶上的卡尔松
世界上最好的卡尔松

你可能认为这很奇怪,怎么会有人住在屋顶上,但是小弟说:

"这有什么奇怪的呢?人们想住哪儿就住哪儿。"

妈妈和爸爸也认为，人们想住哪儿就住哪儿，但是他们一开始不相信有什么卡尔松。布赛和碧丹也不相信，他们不敢相信一位小胖子叔叔住在上面，他的后背还有螺旋桨，可以飞。

"你在骗人，小弟。"布赛和碧丹说，"卡尔松只是一种编造。"

为了保准儿，小弟问卡尔松，他是不是一种编造，但是卡尔松说：

"他们自己可能在编造。"

妈妈和爸爸暗想,当一些孩子感到孤单的时候,他们虚设假装的伙伴,卡尔松就是这样的伙伴。

"可怜的小弟,"妈妈说,"布赛和碧丹已经长大了,没有人跟他玩,因此他才想象出那个卡尔松。"

"对,不管怎么样我们要给他买一只小狗,"爸爸说,"他已经想了很久了。他有了小狗自然就会忘记卡尔松。"

就这样小弟得到了比姆卜。他有了属于自己的狗。那天他刚满八岁。

也正好在这一天,妈妈、爸爸、布赛和碧丹总算看到了卡尔松。啊,他们确实看到了他!事情是这样的:

小弟在自己房间里举行生日宴会。他邀请了克里斯特和古尼拉,他和他们在一个班。当妈妈、爸爸、布赛和碧丹听到他们在小弟屋里又说又笑时,妈妈说:

"走,我们去看看他们!他们是那么可爱!"

"对,我们去看看。"爸爸说。

当妈妈、爸爸、布赛和碧丹朝小弟房间里看时,他们看到的是何等景象!一个小胖子坐在餐桌旁边,满脸都是奶油蛋糕,吃得都快撑死了,他高声说:

"你们好,我的名字叫屋顶上的卡尔松。我相信,你们过去

没有看见我的荣幸。"

妈妈差点儿休克了。爸爸也很紧张。

"不要对任何人讲这件事,"他说,"绝对不要对任何人讲。"

"为什么呢?"布赛问。

爸爸解释为什么。

"想想看,如果人们要打听有关卡尔松的情况,那生活会变成什么样子呢?他会上电视,你们大概知道。我们会在楼梯上的电视电缆和摄像机前奔波,每半小时就会有一次记者招待会,他们要给卡尔松和小弟照相。可怜的小弟,他将成为'找到卡尔松的男孩'……我们的生活将不会再有一刻的安宁。"

妈妈、布赛和碧丹都明白这一点,因此他们三个人都保证不对任何人讲卡尔松的事。

现在的情况是,明天小弟就要到住在乡下的外祖母家,他要在那里度过整个夏天。他对此很高兴,但是他惦记着卡尔松。在这期间他什么事不能做呢!想想看,如果他走了怎么办

呢!

"亲爱的卡尔松,当我从外祖母家回来的时候,你一定还要住在屋顶上。"小弟说。

"这我可不清楚,"卡尔松说,"我也要到外祖母家去。她比你外祖母还要外祖母,她认为我是世界上最好的外孙,如果她让世界上最好的外孙离开她,她会发疯的,对不对?"

"她住在什么地方,你外祖母?"小弟问。

"住在一个房子里。"卡尔松说,"你真的相信她整夜都在外边瞎跑吗?"

更多的情况小弟一无所获。第二天他去了外祖母家。他带着比姆卜。待在乡下很有意思,小弟整天疯玩,但卡尔松他还是经常想念的。暑假一结束,他就返回了斯德哥尔摩,刚踏进家门,他就问起了卡尔松的事。

"妈妈,你看见过卡尔松吗?"

妈妈摇摇头。

"没有,我没看见。他大概搬走了。"

"你怎么这么说?"小弟说,"我希望他还住在屋顶上,他一定会回来。"

"不过你已经有了比姆卜。"妈妈试图安慰他。她认为没有卡尔松也许更好。

小弟抚摩着比姆卜。

"对,当然。它非常可爱。但是它没有螺旋桨,不能飞,和卡尔松玩更有意思。"

小弟跑进自己的房间,打开窗子。

"卡尔松,你在上面吗?"他扯开嗓子喊,但是没有人回答。第二天小弟就开始上学了。他现在已经上二年级了。每天下午他都坐在自己的屋里做作业,他有意把窗子开着,以便听一听,是不是有像卡尔松那样的螺旋桨的声音传来。但是他听到的唯一声音是街道上的汽车声,有时候有飞机从屋顶上飞过,但都不是卡尔松那样的声音。

"对,他可能已经搬家了。"他伤心地自言自语,"他大概永远也不会再回来了。"

他每天晚上躺在床上的时候,就想起卡尔松,有时候他为卡尔松的搬走在被子底下偷偷哭泣。他日复一日地上学、做作业,就是没有卡尔松。

一天下午小弟坐在自己的房间里捣鼓邮票。他的集邮本里已经有了相当多邮票,但是有一部分还没贴好。小弟动手贴,很快就要好了。只剩下一张,他最后留下一张最好的。这是一张德国邮票,上面是"小红帽和狼",啊,真好看,小弟心想。他把这张邮票放在眼前的桌子上。

就在同一瞬间他听到窗子外边有"嗡嗡"的声音。这种声音听起来很像……啊,真的,像卡尔松!真是卡尔松,他从窗

子冲进来,高声说:

"你好,小弟!"

"你好,卡尔松。"小弟高声喊着。他冲过去,幸福地站在那里,看着卡尔松围着顶灯转了几圈,然后"咚"的一声落在小弟面前。卡尔松关闭螺旋桨——他拧肚子上的一个开关——他刚一做完,小弟就想跑过去拥抱他,但是卡尔松用自己的小胖手轻轻推了他一下说:

"别着急,沉住气!有吃的东西吗?有没有肉丸子或其他什么?或者有点儿蛋糕?"

"没有,妈妈今天没做肉丸子。过生日的时候,我们才有蛋糕。"

卡尔松长出一口气。

"这叫什么家庭呢?只有'过生日的时候'……但是如果来了一位几个月没有见的可敬可爱的老朋友呢?我认为你妈妈总得意思意思。"

"好,不过我们不知道……"小弟刚要解释。

"不知道?"卡尔松说,"你们应该预料到!你们应该能预料我今天会来,这一点就足可以使你妈妈忙个不停,一只手炸肉丸子,另一只手搅拌奶油。"

"我们中午吃法隆香肠。"小弟不好意思地说,"可能你想吃……"

"几个月没有见过面的关系密切的老朋友来访时,就吃法隆香肠!"

卡尔松长叹一声。

"噢噢，要跟这家人打交道，就得学会什么都能忍让……把法隆香肠拿来！"

小弟用最快的速度跑进厨房。妈妈不在家，她去看医生了，所以无法问她。但是她知道，小弟可以请卡尔松吃法隆香肠。盘子里有五片吃剩的香肠，小弟把香肠拿给卡尔松。卡尔松像饿虎扑食一样冲过去。他嘴里塞满香肠，露出非常满意的表情。

"噢噢，"他说，"香肠还不难吃。当然不像肉丸子那么香，但是对一些人要求不能太高。"

小弟知道，卡尔松说的"一些人"就是指他，因此他赶快把话岔开。

"你在外祖母家过得愉快吗？"他问。

"太愉快了，简直无法用语言表达，"卡尔松说，"因此我不想讲。"他一边说一边狼吞虎咽地吃着香肠。

"我也很愉快。"小弟说。他开始把在外祖母家所做的一切讲给卡尔松听。

"她很慈善很慈善，我的外祖母。"小弟说，"你想不到，我去了她有多么高兴。她用全身的力气拥抱我。"

"为什么？"卡尔松问。

"因为她喜欢我，你知道吗？"小弟说。

卡尔松停止嚼香肠。

"你难道不相信我的外祖母更爱我吗?你难道不相信,她把我抱起来,拥抱我,直到我的脸发紫,因为她非常非常喜欢我,你不相信吧?但是我一定要告诉你,我的外祖母有一双铁一样硬的小手,如果她再多爱我一百克,她就把我的命要了,我也就不能像现在这样坐在这里。"

"是吗?"小弟说,"拥抱你的肯定是个子很大的外祖

母。"

他的外祖母没有用那么大的力气拥抱他,但是她也很喜欢小弟,她对他一直非常疼爱,这一点他要让卡尔松明白。

"尽管她可能是世界上最爱唠叨的人,"小弟想了一会儿后说,"她不停地唠叨,什么换袜子,不要和拉赛·扬松打架,等等。"

卡尔松放下手中的盘子。

"你大概不相信我的外祖母更爱唠叨,对吧?你大概不相信,为了能唠叨够,她上好闹钟,每天早晨五点就爬起来唠叨,我必须换袜子,不能与拉赛·扬松打架。"

"你也认识拉赛·扬松?"小弟惊奇地问。

"不认识,谢天谢地。"卡尔松说。

"但是为什么你外祖母……"小弟有些不明白。

"因为她是世界上最爱唠叨的人,"卡尔松说,"可能你现在才明白这一点。认识拉赛·扬松的你怎么可以大言不惭地认为你外祖母是世界上最爱唠叨的人呢?我从来没有见过那小子,而且永远也不想见他,而我的外祖母却能跟我唠叨一整天别跟拉赛打架,谁更爱唠叨呢?"

小弟思考着。真奇怪……他非常不喜欢外祖母唠叨他,但是他突然感到,他必须超过卡尔松,把外祖母说得过分一些。

"我的双脚刚弄湿一点儿,她就开始唠叨,非要我换袜

子。"小弟信誓旦旦地说。

卡尔松点点头。

"你大概不相信,我的外祖母让我换袜子的情形,对吧?你大概不相信,有一次我刚一踩进水坑,她就满村子追我,不停地唠叨'快换袜子,小卡尔松,快换袜子'……你不相信,对吗?"

小弟胜过卡尔松的信心有点儿动摇了。

"哦,可能是吧……"

卡尔松推他坐在一把椅子上,双手叉腰站在他面前。

"啊,你不会相信,但是好好听着,我讲讲事情的原委。我在外边踩水坑,知道吧?别提多有意思了。正在兴头上,外祖母跑来了,高声叫着,全村都能听到:'快换袜子,小卡尔松,快换袜子!'"

"那你怎么说的?"小弟问。

"我说不换就是不换,因为我是世界上最不听话的孩子,"卡尔松蛮自信地说,"所以我从外婆身边跑开,爬到一棵树上躲心静。"

"她大概很失望。"小弟说。

"看得出来,你不了解我的外祖母。"卡尔松说,"外祖母追过来了。"

"也上树了?"小弟吃惊地说。

卡尔松点点头。

"你大概不相信我的外祖母能爬树,对吧?你呀,她能,多高她都能爬。要是只唠叨还好了呢。'快换袜子,小卡尔松,快换袜子!'她一边说一边爬上我坐的那根树枝。"

"那你怎么办呢?"小弟问。

"对,我怎么办呢?"卡尔松说,"没说的,我乖乖地换了袜子。在离地面很高的一根疙疙瘩瘩的小树枝上,危险极了,我坐在那里换袜子。"

"哈哈,你说的都是谎话!"小弟说,"在树上你还有袜子可换?"

"你真有点儿愚蠢,"卡尔松说,"我怎么能没有袜子换呢?"

他撩起裤腿,指着短粗的腿上穿的灌肠似的花格袜子说:

"不是袜子这是什么?"他说,"难道这不是袜子?一双,如果我没有拿错的话。我坐在树枝上换,把左脚上的换到右脚上,再把右脚上的换到左脚上,难道我没换?还不是为了让我的外祖母满意吗?"

"对,但是你两只脚上穿的不还是湿袜子吗?"小弟说。

"我说过要干的了吗?"卡尔松说,"我说过吗?"

"没有,但是那样的话……"小弟结巴起来,"那样的话你换袜子完全没有必要了!"

卡尔松点点头。

"你现在明白了,谁有世界上最爱唠叨的外祖母了吧?你的外祖母唠叨是必要的,因为她有一个像你这样的屡教不改的外孙子。但是我的外祖母是世界上最爱唠叨的,因为她唠叨我完全没有必要,这回你的那个木头脑袋瓜子明白了吧?"

然后他哈哈大笑起来,轻轻推了小弟一下。

"好啦,好啦,小弟,"他说,"我们现在不再谈我们俩的外祖母,我认为我们应该找点儿乐子。"

"对啊对啊,卡尔松,我也赞成。"小弟说。

"你是不是又有了新的蒸汽机?"卡尔松问,"你记得吗,我们把前一台蒸汽机炸成碎片多有趣吧?如果你有了新的,我们可以再来一次吧?"

但是小弟没有得到新的蒸汽机,对此卡尔松显得很沮丧。但是当他看到妈妈放在小弟房间角落里的吸尘器时露出了惊喜,妈妈刚才曾在那里打扫卫生。他高兴地叫了一声,跑过去拧开关。

"世界上最优秀的吸尘器操作手,猜一猜是谁?"

他把开关拧到最大功率。

"如果不让我周围清洁一点儿的话,我就不玩了。"他说,"这里太脏,很需要打扫一下。你们多幸运,找来了世界上最好的吸尘器操作手打扫卫生。"

小弟很明白,妈妈把整个房间都已经吸过了。他把这话告诉卡尔松,但是卡尔松冷笑起来。

"女人是不善于操作这类机器的,这一点每个人都知道。

不行啊，必须得这样。"卡尔松一边说一边动手吸一块洁白的窗帘，卡到吸尘器吸管里的窗帘"嗞嗞"地响着。

"不行，别吸了！"小弟喊起来，"窗帘太薄，你没看见它堵在里边吗……别吸了！"

卡尔松耸了耸肩膀。

"啊，如果你想活在垃圾堆里的话，我无所谓。"他说。

他没关吸尘器，就往外拽窗帘，但是窗帘卡得很紧，吸尘器怎么也不肯松口。

"别来劲啊！"卡尔松对吸尘器说，"屋顶上的卡尔松在此，世界上最好的拔河运动员。"

他用力一拽，窗帘出来了，但是已经变得黑糊糊的，此外还裂了个口子。

"噢，看看，窗帘成了什么样子。"小弟伤心地说，"看看，窗帘多黑了！"

"对对，你认为这样的窗帘不需要用吸尘器吸，臭小子。"卡尔松说。

他抚摩着小弟的头。

"不过别气馁，你肯定能成为一个好小伙子，尽管你现在很脏。现在我要用吸尘器吸一吸你……还是你妈妈已经吸过你了？"

"没有，她确实没有吸过我。"小弟说。

卡尔松立即拿来吸尘器。

"啊，看这女人，"他说，"满屋子都吸过了，偏偏把这个最脏的东西忘了！请过来，我们从耳朵开始！"

小弟过去从来没被吸尘器吸过，但是现在可尝到了，他浑身痒得又笑又叫。卡尔松吸得很认真。他吸小弟的耳朵、头发、脖子周围、胳肢窝、后背、肚子，直到双脚。

"这叫秋季大扫除。"卡尔松说。

"你可不知道有多痒痒。"小弟说。

"对，所以我还得另加钱。"卡尔松说。

随后小弟也想给卡尔松做秋季大扫除。

"现在轮到你啦。快来，我用吸尘器吸你的耳朵！"

"不用啦，"卡尔松说，"我去年九月就洗过它们了。这里还有更急的事要做。"

他朝屋子四周看了看，发现小弟的邮票放在桌子上。

"到处都是令人讨厌的小纸片，赶快当垃圾扔掉。"他说。小弟还没来得及阻止，他早把那张"小红帽"邮票吸进了吸尘器。

这时候小弟可生气了。

"我的邮票！"他高喊着，"你把我的'小红帽'吸进去了，我永远不会原谅你。"

卡尔松关上吸尘器，双手放在胸前。

"请原谅!"他说,"请原谅一位听话、助人、干净的小人儿,我是弄巧成拙了,请原谅!"

听起来他真的想哭了。

"做什么也没救了,"他说,声音有些颤抖,"好心总是没好报……只有责怪!"

"好啦,"小弟说,"好啦,别难过了,但是你知道,

'小红帽'……"

"你吵的就是那个古老的小红帽吧?"他问,这时候他不再哭了。

"她是我邮票上的小红帽,"小弟说,"是我最好的邮票。"

卡尔松静静地站在那里思索。他的眼睛渐渐亮起来,露出诡秘的微笑。

"世界上最好的编造游戏大王,猜一猜是谁?猜一猜我们玩什么游戏……'小红帽与狼'!我们这样玩:吸尘器是狼,我是猎人,我划开它的肚子,小红帽就出来了。"

他急切地朝四周看了看。

"你什么地方有斧子?这类吸尘器坚硬如铁。"

小弟没有斧子,对此他感到很庆幸。

"你可以打开吸尘器,假装划开狼的肚子。"

"如果弄虚作假的话,可以。"卡尔松说,"当我划开狼的肚子时,我通常不这样做。但是因为这栋可怜的房子里没有这类器物,那我只好假装了!"

他趴到吸尘器上,使劲咬吸尘器的把手。

"蠢家伙!"他高声喊叫着,"你怎么可以吞进去小红帽呢?"

小弟认为卡尔松玩的游戏太小儿科了,但是看起来还是很

有意思的。

"别着急,沉住气,小红帽!"卡尔松喊叫着,"戴上你的帽子,穿上你的拖鞋,因为你很快就会出来!"

卡尔松打开吸尘器,里边所有的东西都撒到地毯上,一大堆脏东西。

"哎呀,你应该把里边的东西倒在一个纸袋里。"小弟说。

"纸袋……故事里有吗?"卡尔松说,"故事里边有猎人划开狼的肚子,把小红帽倒在一个纸袋里,里边有吗?"

"没有。"小弟说,"里边当然没有……"

"没有,那就闭上你的嘴!"卡尔松说,"别存心找那些故事里没有的东西烦我,那样我就不玩了!"

然后他就没再说,因为这时候从窗子外面刮来一阵风,一大堆灰尘都刮进他的鼻子里去了。他不停地打喷嚏。喷嚏正对着灰尘堆,把一张小纸片吹起来,正好落到小弟眼前。

"看呀,那就是小红帽。"小弟一边喊一边赶紧跑过去,捡起那张沾满灰尘的小邮票。

卡尔松露出满意的神色。

"够意思吧,"他说,"我只打了一个喷嚏就把事情解决了。这回你大概不再唠叨小红帽了吧!"

小弟把邮票弄干净,他显得相当高兴。

这时候卡尔松又打了个喷嚏,一股灰尘又从地板上飞起。

"世界上最好的喷嚏大王,猜一猜是谁?"卡尔松说,"我可以把所有的灰尘都喷回原处,你等着瞧!"

小弟没听见他说的话,此时他只想把自己的邮票贴好。

但是卡尔松站在飘飞的灰尘中打着喷嚏。他打呀,打呀,几乎所有的灰尘都从地板上飞走了。

"你看到了吧,不需要什么纸袋,"卡尔松说,"现在一切灰尘又都复归原位。一切又都井井有条,这正是我希望的。

如果我周围不漂亮一点儿,我就不玩了!"

但是小弟只顾得看自己的邮票,现在邮票都贴好了,多漂亮呀!

"我是不是再把你的耳朵吸一遍?"卡尔松说,"你耳朵聋了。"

"你说什么?"小弟问。

"啊,我说你是不是成心让我一个人又拉又拽,弄得我的手都起泡了。我还给你浑身都打扫了卫生,现在你该跟我上去,给我打扫一下卫生了。"

小弟放下集邮册,跟卡尔松到屋顶上去……那里没有他更想要的东西。他只到过卡尔松在屋顶上的小房子一次,那次差点儿把妈妈吓死,她叫来了消防队,把他从楼顶上抱下来。

小弟思索着。那是很久以前的事,他现在已经是一个大孩子,什么屋顶都能爬。但是妈妈知道这一点吗?他很想知道这一点。她没有在家,所以他不能问她,可能最好的方法是不问。

"啊,你去吗?"卡尔松说。

小弟又考虑了一次。

"但是我们飞的时候,你把我掉下去怎么办呀?"小弟不安地问。

卡尔松显得满不在乎。

"啊啊,"他说,"世界上有的是小孩子,多一个或者少一个,小事一桩。"

小弟真的生卡尔松的气了。

"我不是什么小事一桩,如果我出溜下去……"

"别着急,沉住气。"卡尔松一边说一边抚摸他的头,"你不会出溜下去。我会使劲抱住你,就像我外祖母抱我一样,因为虽然你是个小脏鬼,我还是很喜欢你的。特别是此时此刻,当你彻底做了秋季大扫除以后我就更喜欢你了。"

他又抚摸了小弟一下。

"啊,是有点儿奇怪,但是我还是喜欢你,一个愚蠢的小不点儿。等着吧,我们到屋顶上时,我会用力拥抱你,让你满脸发紫,就像我的外祖母拥抱我一样。"

他打开肚子上的开关,螺旋桨转动起来,卡尔松紧紧地抱住小弟,他们飞出窗子,升入蓝天。那块被撕破的窗帘慢慢地飘动着,好像在说再见。

在卡尔松家

坐落在屋顶上的小房子确实很温馨,特别像卡尔松的这类房子。卡尔松的房子有着绿色的窗子,一个小台阶或者叫游廊台阶,坐在那里非常舒服。晚上人们坐在那里看星星,白天坐在那里喝咖啡、吃酥饼,当然要有酥饼才行。夜里可以睡在那里,如果屋子太热的话;早晨醒来时可以看太阳从东马尔姆区的屋顶上升起。

啊,这确实是一栋非常温馨的房子,它正好夹在一座烟囱和一堵火墙之间,很不容易被人看见,如果不是人们偶然到屋顶上去,正好走到烟囱后边的话。但是很少有人到那里去。

"这里一切都跟下边不一样。"当卡尔松把小弟放在他房子的台阶上时,小弟这样说。

"啊,谢天谢地。"卡尔松说。

小弟朝四周看了看。

"这么多屋顶。"他说。

"屋顶有几公里长，"卡尔松说，"我们可以沿着屋顶走，要找多少乐子都行。"

"你觉得我们是不是找点儿乐子？"小弟急切地问。他还记得上次他和卡尔松在屋顶上玩得有多么开心。

但是卡尔松严厉地看着他。

"你想逃避打扫卫生，对吗？为了使你们家变得干净一点儿，我差点儿累死，而你现在想到处溜达，找乐子。这是不是你的如意算盘？"

小弟一点儿也没有什么如意算盘。

"我很愿意帮你打扫，如果需要的话。"他说。

"好，那好。"卡尔松说。

他打开房门，小弟走进了世界上最好的卡尔松的家。

"哦，没什么。"小弟说，"如果需要的话……"

然后他沉默了很长时间，眼睛睁得大大的。

"看来需要。"他最后说。

卡尔松的房子里只有一个房间。房间里有一个工作台，他在上面刨木头、吃饭和放东西。有一个沙发，他在上面睡觉，跳着玩和藏东西。有两把椅子，可以坐，可以放东西，往柜子里塞东西时还可以蹬着。但是柜子里已经放了很多其他东西，无法再放，放在地上不行，挂在墙壁的钉子上也不行，因为那里已经有其他的东西……相当多。卡尔松有一个开口的炉子，

炉子上放着很多物件,有一个锅,他可以做饭。炉架上放着的东西也不少,但是屋顶上几乎什么也没有挂,只有一个铁钻、一包核桃、一把玩具手枪、一把钳子、一双拖鞋、一把刨子,还有卡尔松的睡衣、洗碗布、火钩子、一个背包和一包樱桃干儿,其他的就没有了。

小弟在门槛附近静静地站了很长时间,不停地朝四周看。

"我相信你会目瞪口呆。"卡尔松说,"这儿的东西跟楼下边你们家的不一样,你们几乎没有什么东西。"

"对,确实是这样,这里有很多东西。"小弟说,"我知道你想打扫卫生。"

卡尔松扑到沙发上,舒舒服服地躺在上面。

"你误解了,"他说,"我不想打扫。你应该打扫……因为我已经在你那里辛辛苦苦地干过了,对不对?"

"你一点儿也不想再帮助一下?"小弟不安地问。

卡尔松躺在枕头上打起了小呼噜,人舒舒服服地躺在床上很容易这样。

"想,我当然想帮助。"当他打完呼噜以后说。

"那就好。"小弟说,"我担心你想……"

"啊,我当然要帮助。"卡尔松说,"我会自始至终为你唱歌,为你加油。加油,加油,听起来就像是伴舞。"

小弟有点儿不敢相信。他在家里从来没有打扫过多少卫

生，当然他经常把玩具收拾起来，妈妈要说上三次四次五次他才肯收拾，尽管他心里觉得太麻烦、没必要，但是为卡尔松打扫卫生完全是另外一回事。

"从什么地方开始呢？"小弟问。

"笨蛋，你先捡核桃皮，"卡尔松说，"挖地三尺大可不必，因为我一向很注意，从来不让任何东西脏得无法收拾。你只需要稍微动一下。"

地板上有很多东西，除了核桃皮以外，还有很多橘子皮、樱桃核、香肠皮、纸团、火柴棍等等，几乎看不见地板。

"你有吸尘器吗？"小弟想了一会儿以后问。

卡尔松非常不喜欢这个问题，看得出来，他不满地看着小弟。

"有些人很懒，我必须这样说！我有世界上最好的扫帚、最好的簸箕，但是对某些懒虫来说没有用处，啊啊，他们想用吸尘器，这样有些人就可以当甩手掌柜的。"

卡尔松哼了一声。

"如果我愿意的话，我可以有几千台吸尘器。但是我不想像某些人那样图舒服。我想锻炼身体。"

"我同意你的观点。"小弟歉意地说，"但是……啊，再说你也没有供吸尘器用的电。"

这时候他想起来了，卡尔松的房子非常不现代化。既没有电，也没有自来水。晚上他用一盏煤油灯照明，他从墙角下接雨水的桶里取水用。

"你的房子也没有垃圾管道，"小弟说，"你确实需要有。"

"我没有吗？"卡尔松问，"你怎么知道我没有？快扫吧，我会把世界上最好的垃圾管道给你看。"

小弟叹了口气。他拿起扫把开始扫地。卡尔松双手抱着后脑勺躺在那里看着，非常得意。他为小弟唱歌，就像他说过的

那样：

> 白天的时刻就要过去，
> 休息只有对勤劳者
> 在结束劳作之后
> 才会感受到舒服和惬意。

"正是，正是这样。"卡尔松一边说一边把头更深地扎在枕头里，以便更舒服一些。然后他又唱起来，而小弟扫呀，扫呀。正在这个时候卡尔松说：

"在你继续扫地的时候，你给我拿点儿咖啡来。"

"我？"小弟说。

"对，谢谢！"卡尔松说，"尽管我不愿意因为我增加你的麻烦。你只需要生起炉子，取一点儿水，煮上咖啡粉。咖啡我可以自己喝。"

小弟沮丧地看着一点儿也没有打扫干净的地板。

"我正在扫地，你难道不能准备咖啡吗？"他建议说。

卡尔松深深地叹了口气。

"整个北欧能找到像你这样懒的人吗？"他问，"当你扫地的时候……抽空儿煮点儿咖啡困难吗？"

"啊，当然不困难。"小弟说，"不过，如果我说出我的

看法……"

"但是你不能,"卡尔松说,"别强词夺理了。相反,你应该对为了你拼死拼活、给你用吸尘器把耳朵吸干净的人助一臂之力,我不知道别的还帮你什么。"

小弟放下扫把,他提起水桶去取水。他从劈柴堆里掏出劈柴填在炉子里,费了九牛二虎之力点火,但是没有成功。

"我不会生火。"他不好意思地说,"你能不能……我的意思是,帮我点着火就行?"

"别来这套!"卡尔松说,"当然,如果我没有躺着,那是另外一回事,我会告诉你应该怎么做,但是我现在正好躺着,你怎么可以要求我什么事都要为你做好呢?"

小弟理解他。他又做了一次尝试,这时候突然"啪"地响了一声,火在炉子里燃烧起来。

"点着了。"小弟满意地说。

"你看怎么样!你需要一点儿冲劲,别的都不需要。"卡尔松说,"把咖啡坐在炉子上,准备好一个美丽的小托盘,找来几块酥饼。煮咖啡的时候,你把地板扫完。"

"那咖啡……你真的要一个人喝吗?"小弟说。他有时候确实很俏皮。

"不错,咖啡我自己能喝。"卡尔松说,"但是你也可以喝一点儿,因为我无比盛情好客。"

当小弟扫完地,把所有的核桃皮、樱桃核和纸团都撮进卡尔松的大垃圾桶时,他和卡尔松坐在床边喝起了咖啡。他们吃了很多酥饼。小弟坐在那里,他感到待在卡尔松那里特别自在,尽管为他打扫卫生有点儿劳累。

"你那个垃圾管道在什么地方?"当小弟咽下去最后一块酥饼的时候问。

"让我告诉你,"卡尔松说,"提着垃圾桶跟我走!"

他在小弟前边大步流星地走到游廊的台阶上。

"那里。"他指着雨水管道说。

"怎么可以……你是什么意思?"小弟说。

"走过去,"卡尔松说,"你会看到世界上最好的垃圾管道。"

"要我把垃圾倒在街上?"小弟说,"不可以这样做。"

卡尔松抢过垃圾桶。

"你会看明白的。过来!"

他提着桶沿着屋顶飞快地走着。小弟有些害怕,想想看,如果卡尔松走到屋顶上的雨水管前停不住脚怎么办呢!

"慢一点儿!"小弟喊叫着,"慢一点儿!"

卡尔松放慢了速度。但是他已经到了屋顶的最边上。

"你在等什么?"卡尔松高声说,"过来!"

小弟坐下来,小心翼翼地挪到雨水管前。

"世界上最好的垃圾管道……落差二十米。"卡尔松一

边说一边把垃圾桶弄了个底朝天。樱桃核、核桃皮和纸团像瀑布一样流向大街,正好掉在一位走在林荫道上抽烟的绅士头上。

"哎呀!"小弟说,"哎呀,哎呀,哎呀,看啊,掉在他头上了!"

卡尔松耸了耸肩膀。

"谁让他走在垃圾道的下边呢?我正在做秋季大扫除呢!"
小弟显得很不安。

"啊,不过核桃皮正掉在他的衬衣上,樱桃核掉在他的头发上,让人觉得很不舒服。"

"小事一桩。"卡尔松说,"他在生活中肯定有比几块核桃皮掉在衬衣上更烦恼的事,对此他应该感到高兴。"

但是抽烟的绅士并没有显出高兴的样子。人们可以看到,他气得发抖,随后人们听到他呼叫警察。

"有些人就是为了区区小事吵个没完没了。"卡尔松说,"相反,他应该感到高兴。因为如果樱桃核在他头发里生根发芽,长出一棵美丽的小樱桃树,他就可以整天四处漫步,采摘樱桃,到处吐核。"

街上没有来任何警察。吸烟的绅士只得带着核桃皮和樱桃核回家。

卡尔松和小弟爬回卡尔松房子的屋顶。

"我也想吐一吐樱桃核。"卡尔松说,"趁你还在的时候,你去把挂在屋顶上的那袋樱桃拿来。"

"你相信我能够着吗?"小弟问。

"爬到工作台上去够。"卡尔松说。

小弟照办了,然后卡尔松和小弟坐在游廊前边的台阶上,一边吃干樱桃一边四处吐核,樱桃核沿着屋顶轻轻地滚下去,发出的声音特别动听。

夜幕降临,柔和、温暖的秋季暮色笼罩着所有的房子和屋顶。小弟又朝卡尔松的身边靠了靠。天渐渐变黑,坐在游廊前边的台阶上吐樱桃核快活极了。房子的形象突然改变了,变得朦胧、神秘,最后变得漆黑,好像是有人用一把大剪刀把它们从黑纸上剪下来的,只有窗子像被人贴上了四方的金边纸。黑暗中出现了越来越多的明亮的四方框,因为此时人们在家里已经开灯了。小弟试图数一数有多少,开始只有三个,后来变成十个,再后来就很多很多了。人们可以看到窗子里有人在动,干着这样那样的事情,人们可能会想,他们在干什么,他们是谁,为什么住在那里而不是别的地方。

是小弟在想这些事情。卡尔松没有想。

"他们一定要有住处,可怜的人。"卡尔松说,"所有的人都不可能在屋顶上有房子。所有的人都不可能是世界上最好的卡尔松。"

卡尔松酥饼"若"人

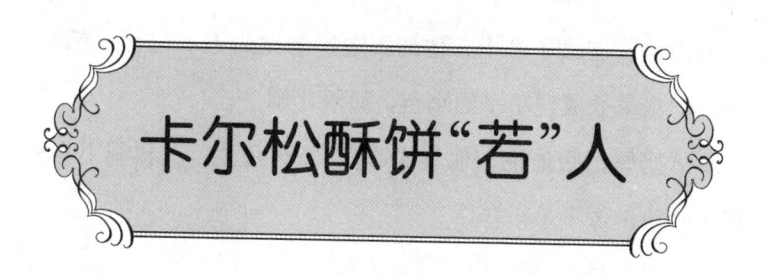

小弟在卡尔松家时,妈妈去看医生了。她在那里待的时间要比预计的长得多,当她回到家里时,小弟早已安安稳稳地坐在自己的房间里看邮票。

"你好,小弟,"妈妈说,"你又坐在那里捣鼓你的邮票了?"

"对,我在看邮票。"小弟说,这话一点儿也不假。就在不多会儿前他还待在屋顶上,这一点他没有告诉妈妈。妈妈当然很聪明,几乎无事不晓,但是爬屋顶这类事她肯定不明白。他下决心不讲出关于卡尔松的任何事情。现在不能讲,等到全家坐在一起的时候再讲,他要在餐桌旁给大家一个惊喜。此外,妈妈显得有点儿不高兴,她皱着眉头,平时并不这样,小弟不知为什么。

后来家里其他人陆续回来了。大家坐在餐桌周围吃晚饭,妈妈、爸爸、布赛、碧丹和小弟。他们吃白菜包肉,像平时一

样,小弟把所有的菜都挑出来,他不喜欢吃白菜,只喜欢吃里边的肉馅。在桌子底下,他的脚边躺着比姆卜,它什么都吃。小弟把白菜叠成湿乎乎的小包,递给比姆卜。

"妈妈,跟他说,他不能这样。"碧丹说,"比姆卜会变得挑食……像小弟一样。"

"对,对!"妈妈说,"对,对!"

但是她好像心不在焉。

"我小的时候,什么都得吃,不吃不行。"碧丹说。

小弟对她伸出舌头。

"是吗,说得多好听!但是我没发现这对你有多少益处。"

这时候妈妈突然流下了眼泪。

"别吵了,好孩子,"她说,"我受不了你们吵嘴啦。"

她是不是冲着他们来的?她为什么不高兴呢?

"医生说我贫血,他说我过于劳累,一定要去外地休息……具体怎么样,现在还不知道。"

餐桌旁边鸦雀无声,有很长时间没有人说一句话。多么令人悲伤的消息!妈妈病了,多么令人伤心,他们都有这个感觉。她要到外地去,小弟觉得更糟糕了。

"我希望,我每天放学回家的时候,你都能站在厨房里烤酥饼。"小弟说。

"你就考虑你自己。"碧丹严厉地说。

小弟靠在妈妈身上。

"对，不然我就没酥饼吃了。"他说。但是妈妈还是心不在焉，她在与爸爸说话。

"我们想办法找一名保姆，具体怎么办现在还不知道。"

不管是爸爸还是妈妈都显得很悲伤，餐桌旁丝毫也没有平日的快乐气氛。小弟知道一定得做点什么来活跃一下气氛，此事非他莫属。

"不管怎么样，请你们猜点儿有意思的事。"他说，"猜一猜谁回来了！"

"谁……哦，大概不是卡尔松吧。"妈妈说，"请他别来，告诉他，来了我们会不愉快！"

小弟用责备的目光看着她。

"我认为跟卡尔松一起很愉快，没有什么烦恼。"

这时候布赛笑了起来。

"这下可热闹了。妈妈不在，只有卡尔松和一个保姆为所欲为了。"

"你别吓死我。"妈妈说，"想想看，如果让保姆看见卡尔松，那怎么得了？"

爸爸严厉地看着小弟。

"绝对不行。既不能让保姆看见卡尔松，也不能告诉她关于卡尔松的事，你要保证，小弟！"

"卡尔松想飞到哪儿就飞到哪儿，"小弟说，"但是我保证不讲卡尔松的事。"

"对任何人都不能讲，"爸爸说，"请你不要忘记我们说好的事。"

"对，不对任何人讲，"小弟说，"当然得对学校的女老师讲。"

但是爸爸摇摇头。

"绝对不能对女老师讲！在任何情况下都不能讲！"

"噢噢噢，"小弟说，"那我也不能讲保姆的事。因为跟保姆打交道比跟卡尔松打交道更糟。"

妈妈长叹一声。

"我们还不知道能不能找到保姆。"她说。

但是第二天她就在报上登了广告，只有一个人应聘，她就是包克小姐。几小时以后她就来了。小弟前几天患了中耳炎，所以总是在妈妈身边起腻，特别想坐在妈妈的腿上，尽管他已经长大，不应该再这样。

"但是我得了中耳炎，所以我要坐。"小弟一边说一边爬到妈妈的膝盖上。

这时候门铃响了，是包克小姐来了。小弟再也不能坐在妈妈的腿上了。但是在包克小姐在的时候，他自始至终攀着妈妈坐的椅子背，把发炎的耳朵靠在妈妈的胳膊上，耳朵疼的时候

还小声呻吟。

小弟原来以为,包克小姐一定年轻、美貌、温柔,差不多像学校的女老师一样,但是恰恰相反。她是一位古板、说一不二的老太婆。她高大、结实,有好几层下巴,还有一双令小弟胆战心惊的"怒眼"。他立即感到,他不喜欢她。比姆卜肯定也不喜欢她,因为它使劲地叫个不停。

"啊,还有狗。"包克小姐说。

妈妈显得有点儿不安。

"包克小姐不喜欢狗?"她问。

"喜欢,如果它们懂人意的话。"包克小姐说。

"比姆卜是不是特别懂人意,我也不知道。"妈妈不安地说。

包克小姐不住地点头。

"不过它会变得懂人意,如果我决定接受这份工作的话。我过去养过狗。"

小弟内心真希望,她不接受。就在这时候,他的耳朵又疼了,他又小声呻吟起来。

"啊啊,狗叫,孩子哭。"

包克小姐一边说一边做了个鬼脸。她是想开个玩笑，但是小弟并不觉得好笑，他好像在默默地对自己说：

"我还有一双老'咯吱咯吱'响的鞋。"

妈妈听见了这句话，她脸都红了，赶紧说：

"我希望您能喜欢孩子，包克小姐，您大概喜欢吧？"

"对，如果他们有教养的话。"包克小姐一边说一边瞪着小弟。

妈妈再一次露出不安的神情。

"小弟是不是那么有教养，我不知道。"她小声说。

"但是他会变得有教养。"包克小姐说，"等着瞧吧，我过去照看过孩子。"

小弟害怕了。他多么同情包克小姐过去照看过的孩子们，但是现在自己将成为这样的一个孩子，他显得很害怕也就不奇怪了。

妈妈也有点儿犹豫，她抚摸着小弟的头发说：

"就他而言，大人平时态度和蔼可亲效果最好。"

"但总是不起作用，我已经看到了。"包克小姐说，"孩子也需要硬的一手。"

然后包克小姐提出要多少工资，建议把她称作"管家"，而不称作"保姆"，事情就这样定了。

恰好在这时候爸爸从办公室回来了，妈妈介绍说：

"我们的管家——包克小姐!"

"我们的长角甲虫①。"小弟说。然后他飞速跑到门外。比姆卜跟在他后边"汪汪"地叫个不停。

第二天妈妈去外祖母家了。她走的时候,大家都哭了,特别是小弟。

"我不愿意一个人和长角甲虫在一起。"他抽泣着说。事情只能这样,这一点他知道。布赛、碧丹每天上学,下午很晚才回来,爸爸下午五点钟才从办公室回家。每天有很多小时他要一个人对付长角甲虫,因此他哭了。

妈妈亲吻他。

"你一定要变得有出息……为我争口气!你首先要做的是不能叫她长角甲虫!"

灾难第二天就开始了。当小弟放学回家时,厨房里再没有为他准备好热巧克力饮料和酥饼的妈妈,只有包克小姐,她似乎一点儿也不愿意看到小弟。

"饭前吃东西会破坏胃口,"她说,"这里没有酥饼。"

不过她还是烤了酥饼。在窗子跟前晾了一大盘酥饼。

"可是……"小弟说。

"没有什么'可是'。"包克小姐说,"此外,我也不希望

---

① 长角甲虫:"包克"这个姓还有另外一个意思,即长角甲虫。长角甲虫蛀家里的各种东西。此处的意思是整天在家里忙做饭、洗衣服等家务。

小孩子到厨房里来。进你的房里做作业,把外衣挂起来,洗一洗手,好,快点儿!"

小弟走进自己的房间,又气又饿。比姆卜正躺在篮子里睡觉,当小弟回来时,它快得像火箭一样跑过来。家里起码有一位想看到他。小弟用双手抱住比姆卜。

"她对你是不是也这样愚蠢?哦,我真受不了她!'把外衣挂上,洗一洗手'……我是不是还要拉开窗帘透透气和洗一洗脚,对吗?我经常在没有人告诉我的时候,把外衣挂起来,这是真的!"

他把外衣扔到比姆卜睡觉的篮子里,比姆卜马上躺在上面,还在一只袖子上咬了一下。

小弟走到窗前,站在那里往外看。他站在那里感到很沮丧,很想念妈妈。这时候他突然看到了什么东西,使他为之振奋。在街对面的屋顶上,卡尔松在练习飞行。他在烟囱之间飞来飞去,还不时地在空中翻跟头。

小弟急切地向他打招呼,卡尔松迅速地飞了过来,当他冲进窗子时,小弟不得不退到一旁,免得碰到他的头。

"你好,小弟,"卡尔松说,"我是不是做了对不起你的事,你为什么这么不高兴?你身体不好吗?"

"不,都不对。"小弟说。随后他向卡尔松讲了自己的苦处。妈妈出门了,他们请了一个长角甲虫,唠叨、讨厌和小

气,他放学回家的时候,连一块酥饼也不能吃,尽管有一大盘酥饼晾在窗子跟前。

卡尔松的眼睛开始闪闪发亮。

"你真运气。"他说,"世界上最好的长角甲虫驯养者,猜一猜是谁?"

小弟马上明白是卡尔松。但是卡尔松究竟怎么对付包克小姐,他想象不出来。

"我先'若'她生气。"卡尔松说。

"你的意思是'惹'对吗?"小弟说。

卡尔松不喜欢这类愚蠢的咬文嚼字。

"如果我想说'惹',我肯定会说'惹'。'若'与'惹'差不多是一回事,尽管更让人难受,你仔细听这个字就听出来了。"

小弟试了试,必须承认,卡尔松说得有道理。"若"听起来比"惹"更让人难受。

"我觉得我应该先搞一点酥饼'若'人,"卡尔松说,"你要帮助一下。"

"怎么帮助?"小弟问。

"到厨房去,跟长角甲虫聊天。"

"不过……"小弟说。

"没有什么'不过'。"卡尔松说,"跟她聊天,以便把她

的目光从酥饼盘子引开一会儿。"

卡尔松开怀大笑起来。然后他拧动开关，螺旋桨旋转起来。卡尔松兴高采烈地飞出窗子。

小弟大大方方地走进厨房。现在当他要帮助世界上最好的长角甲虫驯养人时，他就不再害怕了。

包克小姐这次看到他更加不高兴。她正给自己煮咖啡，小弟知道，她想美美地休息一会儿，喝点儿咖啡，吃点儿新烤的酥饼。看来很明显，只有孩子饭前吃东西不好。

包克小姐愤怒地看着小弟。

"你想干什么？"她问，她的声音像她的目光一样愤怒；小弟想，现在必须和她聊天。但是天啊，和她聊什么呢？

"当我长到像包克小姐那么大的时候，猜猜看我会做什么？"最后他说。

在同一时刻他听到窗外有螺旋桨的声音，这声音他一下子就听出来了。他唯一能看到的，是一只胖乎乎的小手伸到窗台上，从盘子里拿走一块酥饼。小弟狡猾地一笑，包克小姐没有发现。

"你长大了干什么？"她不耐烦地问。这确实不是她想知道的。她只想尽快摆脱小弟的纠缠。

"对，请猜一猜。"小弟说。

这时候他又看到了那只小手一晃而过，又拿了一块酥饼，

小弟又狡猾地一笑。他想忍住，但是欲罢不能。他特别想笑，就不停地"咯咯"笑起来。包克小姐愤怒地看着他。她肯定认为，他是世界上最烦人的孩子。特别是此时此刻，她正想美美

林格伦作品选集
LINGELUN ZUOPINXUANJI

地喝一会儿咖啡的时候。

"猜一猜,我像包克小姐那么大的时候想干什么?"他一边说一边又狡黠地一笑。因为这时候他又看到两只小手把盘子里剩下的酥饼都拿走了。

"我没有时间站在这里听你讲蠢话,"包克小姐说,"你长大了做什么不关我的事。但是只要没长大,你就必须讲礼貌、听大人的话和做作业,赶快离开厨房。"

"好,当然。"小弟说,他笑得只好靠在门上,"但是当我像包克小姐那么大的时候,我一定开始减肥,这一点是肯定无疑的。"

包克小姐好像要冲向他。但是就在这时候从窗子外边传来像牛一样的叫声。她迅速转过身去,这时候她发现酥饼全没了。

"天哪,我的酥饼哪儿去了?"

她跑到窗前。她可能认为,她会看到小偷怀里抱着所有的酥饼跑着离开那里。但是斯万德松家住在四楼,那么长腿的小偷是不会有的,这一点她肯定明白。

包克小姐气得瘫在椅子上。

"可能是鸽子。"她小声说。

"听声音像头牛。"小弟说,"今天可能外边有头牛在飞,它喜欢酥饼。"

"别犯傻了。"包克小姐说。

这时候小弟又听到窗子外边卡尔松飞翔的"嗡嗡"声,为了不让包克小姐发现这一点,他扯开嗓子高声唱起来:

> 一头母牛长着闪亮的翅膀
> 从天空盘旋而降,
> 一头母牛喜欢酥饼
> 它把看到的酥饼全部拿空。

小弟小时候跟妈妈一起唱歌,他自己认为这首《母牛之歌》很好听。包克小姐却不喜欢。

"别再说你的蠢话。"她高声喊起来。

正在这时候从窗子旁边传来一个响声,吓他们俩一跳。随后他们俩看到了发出声音的东西,在空盘子里放着一枚5厄尔的硬币。

小弟又狡黠地一笑。

"一头多么不寻常的母牛,"他说,"它拿了酥饼还付钱。"

包克小姐气得满脸通红。

"这是多么愚蠢的玩笑!"她一边喊叫一边冲向窗子,"楼上一定有人偷酥饼,还投下5厄尔硬币取乐。"

"楼上没有人。"小弟说,"我们住在最高层,再上去就

是屋顶了。"

包克小姐被气疯了。

"我真不明白,"她喊叫着,"我什么都不明白。"

"对,我已经注意到了。"小弟说,"但是不用为此伤心,真聪明的人不多。"

这时候小弟脸上挨了一巴掌。

"真不知道害羞,我要好好教训一下你。"包克小姐喊叫着。

"不,你不能这样做,"小弟说,"否则妈妈回家时,就不认识我了。"

小弟含着眼泪,他快要哭了,他过去从来没挨过巴掌,他不喜欢别人打他。他愤怒地看着包克小姐。这时候她抓住他的胳膊,把他拉进他的房间。

"你必须坐在这里,为你的过错羞愧。"她说,"我锁上门,拿走钥匙,这样你就不会再溜进厨房。"

然后她看了看表。

"可能一个小时就足够使你变得听话。三点钟的时候我来开门。在此之前你想好怎么样向我道歉。"

包克小姐走了。小弟听到她怎么样拧钥匙。此时他被锁在屋里,无法出去,真不是滋味儿。他对包克小姐十分生气,但同时他也感到有点儿内疚,因为他的表现也不太好。妈妈肯定

认为，他惹长角甲虫生气，不讲礼貌。

妈妈，啊……他思索着要不要哭一哭。

但是这时候他听到"嗡嗡"声，卡尔松从窗子进来了。

卡尔松设酥饼宴

"饭前吃点儿东西能怎么样。"卡尔松说。

"我在游廊前的台阶上摆好了巧克力饮料和酥饼!"

小弟在愣愣地看着他,啊,没有人像卡尔松那样妙不可言,小弟真想拥抱他。他也尝试过了,但卡尔松把他推开了。

"别着急,沉住气!你现在不是在外祖母家。啊,你参加吗?"

"要能参加就好了,"小弟说,"实际上我被锁在屋里了。我真像囚徒一样坐在牢房里。"

"长角甲虫真的相信,嗯?"卡尔松说,"她还能为所欲为一会儿。"

他的眼睛开始发亮,他在小弟面前小步跑动着,显得非常得意。

"你知道吗?我们玩一个游戏,你坐在监牢里,非常害怕那个讨厌的狱卒,一位非常勇敢、健壮、英俊和不胖不瘦的英

雄前来救你。"

"哪个英雄?"小弟问。卡尔松用责备的目光看着他。

"猜猜吧,看你能否猜得出!"

"啊,原来是你。"小弟说,"我觉得你必须马上把我救走。"

卡尔松没有异议。

"因为他——英雄也是个急性子,"卡尔松肯定地说,"快得像只隼。啊,真的,勇敢、健壮、英俊和不胖不瘦,他马上会来救你,那么勇敢。哎呀,哎呀,他来了!"

卡尔松用力抓住小弟,敏捷、勇敢地飞起来。比姆卜看见小弟从窗子飞走便不停地叫,小弟高声说:

"别着急,沉住气!我很快就回来。"

在卡尔松游廊前边的台阶上十块酥饼排成一行,样子非常好看。

"每个都是老老实实买来的。"卡尔松说,"我们平分,你拿七个,我拿七个。"

"大概不行。"小弟说,"七加七等于十四,而这里只有十块酥饼。"

卡尔松赶紧抓过来七块酥饼,把它们放成一小堆。

"反正这些都是我的。"他一边说一边用小胖手捂住酥饼堆,"如今你们在学校里净做那些无谓的算术。但是我可不受

那份罪。我们每个人七块，我已经说过了，这是我的。"

小弟点点头。

"我最多只能吃三块。可是你的巧克力饮料放在什么地方？"

"在楼下长角甲虫那里，"卡尔松说，"我们现在到那里去取。"

小弟惊恐地看着他，他没有任何兴趣再见包克小姐，他可能再挨巴掌。他也不明白，怎么样才能够到可可粉筒。它不像酥饼那样放在窗台上，而是放在炉子旁边的架子上，正对着包克小姐的眼睛。

"天啊，怎么取呢？"小弟问。

卡尔松大笑起来。

"像你这样愚蠢的小孩子当然想不出！但是正巧世界上最好的玩笑大王处理这件事，你只管放心吧。"

"好，但是怎么样……"小弟刚要问。

"你，"卡尔松说，"告诉我，你注意过这栋楼里的敲打地毯的阳台吗？"

小弟当然注意过。妈妈经常在那里敲打厨房里的地毯，离厨房的门只有半截楼梯远。

"离你们的外门只有十步，"卡尔松说，"甚至像你这个小磨蹭鬼也能很快跑到。"

小弟一点儿也没听懂。

"我为什么要跑到那里去呢?"

卡尔松叹了口气。

"我一定要把什么都给你解释清楚吗,你这个小笨蛋孩子!好,请你洗耳恭听我是怎么想的。"

"好,我听着。"小弟说。

"是这样,"卡尔松说,"你这个小笨蛋孩子跟卡尔松飞到阳台上降落,然后向下跑半个楼梯,长时间地用力按门铃,明白吗,你?厨房里愤怒的长角甲虫听到门铃就会走下来开门……这样厨房就没人了!勇敢、不胖不瘦的英雄就从窗子飞进去,手里拿着可可粉再飞出来。你这个小笨蛋再一次按门铃,惹她生气,你再跑回阳台。愤怒的长角甲虫看见门外没有人抱着送给她的红玫瑰时会变得更加生气。她会喊叫着关上门。你这个小笨蛋孩子

继续在阳台上冷笑，直到不胖不瘦的英雄过来把你接到酥饼宴上去。好啦好啦，小弟，猜一猜谁是世界上最好的玩笑大王……我们现在开始！"

小弟还没来得及说什么，他已经从屋顶朝敲打地毯的阳台飞去。卡尔松带着他做了一次俯冲，他感到风在耳边呼啸，胃也难受，比他在"绿林"儿童乐园坐过山车还厉害。随后一切都像说的那样进行。卡尔松飞向厨房的窗子，小弟跑下去长时间地用力按门铃。他很快就听到有人走近衣帽间的脚步声。这时候他大笑起来，赶紧跑回阳台。转瞬间门就开了，包克小姐探出头。他通过阳台的玻璃能够看到她。很明显，卡尔松说得对……愤怒的长角甲虫看到门外没有人时变得更加愤怒。她高声地自言自语地说了几句，长时间地站在门外，似乎在等按门铃的人会突然出现在她的面前。但是按门铃的人却偷偷地在阳台上冷笑，随后他继续自己的鬼把戏，直到那位不胖不瘦的英雄过来，把他接到设在游廊台阶上的酥饼宴。

这是小弟参加过的最好的一次酥饼宴。

"我现在感觉特别好。"他说，他坐在台阶上，旁边是卡尔松。他嚼着酥饼，喝着巧克力饮料，看着斯德哥尔摩在阳光下闪闪发亮的屋顶和楼塔。酥饼很香，巧克力饮料也很好喝，是他自己在卡尔松的炉子上煮的。所有的东西：牛奶、可可粉和糖，都是卡尔松从小弟家厨房拿来的。

"每一样东西都是付过钱的,很多5厄尔硬币放在餐桌上,"卡尔松说,"实实在在,无可非议。"

"你从什么地方弄来这么多5厄尔硬币?"小弟问。

"从几天前我在大街上捡到的一个钱包里。"卡尔松说,"里面装的都是5厄尔硬币和其他的钱!"

"丢钱的人多么可怜,"小弟说,"他一定很伤心。"

"可能,"卡尔松说,"如果他是出租汽车司机。他就应该看好自己的东西!"

"你怎么会知道丢钱包的是一位出租车司机?"小弟惊奇地问。

"他掉钱包时我看见了,知道吗?"卡尔松说,"从他的帽徽上可以看得出他是出租车司机,我可一点儿也不愚蠢。"

小弟用责备的眼光看着卡尔松。他认为对捡到的东西确实不应该这样处理,他一定要把这一点告诉卡尔松,但是现在不必讲……另找个机会。此时此刻他只想坐在台阶上享受阳光、酥饼、巧克力饮料,与卡尔松待在一起。

卡尔松很快就把七块酥饼吃下去了。小弟吃得可没有那么快。他正在吃第二块。第三块还放在身边的台阶上。

"啊,我感到非常舒服。"小弟说。

卡尔松俯下身,贪婪地看着他。

"不,你不舒服。你一点儿也感觉不到舒服。"

林格伦作品选集
LINGELUN ZUOPINXUANJI

他把小手放在小弟的头上。

"跟我想的完全一样!一种典型的酥饼烧。"

小弟露出惊奇的神色。

"是什么……酥饼烧?"

"人如果吃酥饼吃多了就要发烧。"

"你不是吃得更多吗?"小弟说。

"你说得对。"卡尔松说,"但是你看,我三岁的时候得过酥饼烧,人只得一次,就像得了一次麻疹和百日咳就不再得一样。"

小弟一点儿也没有生病的感觉,他试图告诉卡尔松。但是卡尔松硬把他按在台阶上,不停地往他脸上喷巧克力饮料。

"为了使你不休克。"卡尔松解释说。然后他抓住小弟的最后一块酥饼。

"你不能再吃酥饼了,有生命危险!多亏我发现了这块可怜的小酥饼,不然它会孤苦伶仃地待在台阶上。"卡尔松一边说一边把酥饼狼吞虎咽地吃下去。

"但是现在它不孤苦伶仃了。"小弟说。

卡尔松满意地拍着肚子。

"对,它现在跟自己的七个伙伴在一起,特别开心!"

小弟也很开心。他躺在台阶上,尽管有酥饼烧,他还是觉得很舒服。他已经吃饱了,所以他很愿意把那块酥饼给卡尔松

吃。

这时候他看了看自己的手表,差几分三点。小弟笑起来。

"包克小姐快给我开门了。我多么想看看她进我的房间发现我已经不在时的表情啊。"

卡尔松友善地拍着他的肩膀。

"有什么要求就来找卡尔松吧,他会为你安排一切。快跑进屋里取我的望远镜。它挂在从沙发那边数第十四个钉子上,相当高,要爬到工作台上。"

小弟笑了。

"好,不过我正在发酥饼烧,不是必须静卧不起吗?"

卡尔松摇了摇头。

"静静地躺着傻笑……你相信这样有助于你的酥饼烧?正好相反,你越爬墙、爬屋顶,恢复健康越快,不信你可以去读任何一本医学书籍。"

因为小弟很希望酥饼烧退掉,所以他顺从地跑进屋里,爬上工作台,把挂在从沙发那边数第十四个钉子上的望远镜取下来。在这个钉子上还挂着一张画,画的一角有一只小红公鸡,这是卡尔松自己的画。小弟还记得,卡尔松是世界上最好的公鸡画家。他曾经画过一幅"一只很孤单的红色小公鸡肖像"画——画的题目是这样写的,比小弟一生所看到的任何公鸡都要孤单的小红公鸡,但是他没有时间仔细看,马上快三点了,

他很忙。

小弟拿回望远镜的时候,卡尔松已经作好飞行准备,他还没来得及开口,卡尔松已经带着他飞过大街上空,降落在对面的屋顶上。

这时候小弟明白了。

"哎呀,多好的地方,如果我有一个望远镜,我真想往我

的房间里看看!"

"你有,你也想往里看。"卡尔松一边说一边把望远镜放在眼睛上,随后小弟借过望远镜看。从望远镜里他看到自己的房间跟他在房子里看一样清楚。比姆卜躺在篮子里睡觉,那里有小弟的床,有放着作业的桌子,墙上挂着钟。钟正好打三点,但是包克小姐还没露面。

"别着急,沉住气。"卡尔松说,"她正走过来,因为我感觉到脊柱在打战,身上直起鸡皮疙瘩。"

他从小弟手里抢过望远镜,放在眼前。

"我说什么来着,现在门开了,她来了,甜蜜、可爱,像一个吃人肉的酋长。"

他开心地大笑起来。

"好好,她睁大了眼睛!小弟哪儿去了?他要是从窗子掉下去可怎么办!"

包克小姐可能是这样想的,因为她急急忙忙走到窗前。小弟真有点儿同情她。她探出头,朝街上看,好像她希望能在那里看到小弟。

"不,他不在那里。"卡尔松说,"大失所望,对吧?"

包克小姐显得很平静。她走回房间。

"她现在要找你。"卡尔松说,"她在床上找……在桌子后边……在床底下,哈哈哈……等一等,她走进衣帽间,她以

为你躺在衣服堆里在哭。"

卡尔松又笑起来。

"到了我跟她开玩笑的时候了。"他说。

"怎么开?"小弟问。

"这样。"卡尔松说。小弟还没来得及开口,卡尔松已经带着他穿过大街上空,把他放回他自己的房间。

"再见,小弟,请你对长角甲虫客气一点儿。"卡尔松说,然后他就飞走了。

小弟不认为这种开玩笑的方法有什么好的,但是他已经答应尽力配合,所以他偷偷地走到桌子旁边,悄悄地坐下,翻开算术书。他听到包克小姐在衣帽间里到处找,他忐忑不安地等待她走出来。

她来了。她一眼就看见小弟了。她背对着衣帽间的门静静地站在那里,不错眼珠地看着他。她眨了好几次眼,似乎想证实一下,她是否看错了。

"我的天啊,你藏到哪儿去了?"她最后说。

小弟装作无辜的样子,把目光

从算术书上移开。

"我没有藏,我一直坐在这里做算术题。我不知道包克小姐在玩捉迷藏的游戏。不过没关系……请你再藏到衣帽间去,我很愿意找你。"

包克小姐什么也没说。她站在那里,默默地想了一会儿。

"我不会生病了吧?"她自言自语地说,"在这户人家里发生了那么多奇怪的事。"

就在这时候,小弟听到有人从外边把门偷偷锁上了,小弟冷笑了一下。世界上最好的长角甲虫驯养者从厨房的窗子飞进来,要让长角甲虫领教一下被锁在房子里是什么滋味。

包克小姐并没有发现。她只是静静地站在那里,若有所思。最后她说:

"真是奇怪!好吧,你现在可以出去玩了,我去做晚饭。"

"谢谢,你真好。"小弟说,"那我就不再被关在房子里了?"

"对,你解放了。"包克小姐一边说一边朝门走去。她用手按门的把手,先按一下,再按一下,可是门就是打不开。她用整个身体去压,无济于事。门被锁上了。

包克小姐气得大发雷霆。

"谁把门锁上了?"她喊叫着。

"是包克小姐自己吧?"小弟说。

"废话！我在屋里，怎么会从外边把门锁上！"

"我不知道。"小弟说。

"可能是布赛或碧丹吧？"包克小姐说。

"不会，他们还在学校呢。"小弟肯定地说。

包克小姐一屁股坐在椅子上。

"你知道我在想什么？"她说，"我在想这房子里有鬼。"

小弟点点头，啊，不错，如果包克小姐相信，卡尔松是一个鬼，她可能就回家不干了。因为一闹鬼，她就不愿意待在这里了。

"包克小姐怕鬼吗？"小弟问。

"恰恰相反，"包克小姐说，"我特别喜欢它们！想想看，如果这里有鬼的话，我也可以上电视了！你知道吗，他们有一个系列节目，专门请人讲自己与鬼打交道的故事，我一天经历的事情就足够编十个电视节目的。"

包克小姐显得极为满意。

"这回肯定会把我妹妹弗丽达气死，我敢保证。因为弗丽达曾上过电视讲她自己看见过的鬼怪和她曾经听到过的鬼怪的声音，还讲了什么我就不知道了。不过现在我肯定会超过她。"

"包克小姐听到过鬼怪的声音吗？"小弟问。

"听到过，你还记得吗，当酥饼不翼而飞的时候，窗子外边传来的怪叫声？我会在电视上模仿那个声音，以便让大家听

一听鬼是怎么叫的。"

包克小姐马上"嗷嗷"地叫了一声,吓得小弟从椅子上跳了起来。

"差不多就是这样。"包克小姐满意地说。这时候从窗子外边传来更为吓人的一种叫声,包克小姐脸变得刷白。

"在回应我,"她小声说,"鬼怪在回应我,这一点我也要在电视里讲。我的天啊,不知道弗丽达会多么生气!"

她绘声绘色地告诉小弟,弗丽达怎么样在电视里添油加醋地讲鬼怪的故事。

"如果人们相信她说的话,那么整个瓦萨区就魔鬼成群了,当然绝大部分待在我们家里,不过我的房间里从来没有过,只在弗丽达的房间里有。有一天晚上,一只魔鬼的手在墙上写了段话,警告弗丽达,想想看,多么可怕!她大概活该。"包克小姐说。

"什么样的警告?"小弟问。

包克小姐想了想。

"啊,是怎么写的来着? ……对了,是这样写的:你小心点儿!你的极为有限的日子应该过得严肃一点儿!"

小弟似乎没有明白这些话是什么意思,他也确实不明白。包克小姐只得解释。

"这是对弗丽达的一种警告,要她改邪归正,不可再胡说

八道。"

"她改了吗?"小弟问。

包克小姐一笑。

"没有,我敢保证。她依然信口雌黄,以为自己是什么电视明星,尽管她只上过一次电视。但是现在我知道有一个人能超过她。"

包克小姐搓着手,她为自己最终可以超过弗丽达而兴奋不已,对她和小弟被反锁在屋里已经不在乎了。她心满意足地坐在那里,把自己的经历与弗丽达的鬼怪故事比来比去,直到布赛放学回家。

这时候小弟喊叫着:

"快来开门!我和长角……和包克小姐被锁在屋里!"

布赛开了门,大吃一惊。

"天啊,谁把你们锁在这儿啦?"他问。

包克小姐露出一副神秘的样子。

"下次你看电视就明白了。"

这时候她得赶紧去做晚饭。她大步流星地走进厨房。

包克小姐坐在椅子上,脸色比刚才更苍白,用手默默地指着墙。

不仅弗丽达得到了一只魔鬼的手所写的警告,包克小姐也得到了警告。警告用潦草的大写字母写在墙上,老远就能

看到：

"你要小心点儿！你的价钱昂贵的酥饼应该有更多的肉桂！"

卡尔松与电视机

爸爸带着新的忧愁回家吃晚饭。

"可怜的孩子们,看样子你们只得自己照顾自己几天了。为了商务上的事,我必须马上去伦敦。你们觉得怎么样?"

"很好,"小弟说,"只是你别跑到螺旋桨的叶片里去。"

这时候爸爸笑了。

"我几乎不能想象,在我和你妈妈不在家的情况下你们怎么生活。"

布赛和碧丹认为一切都会很好。碧丹说,偶尔有一次爸爸妈妈不在家会很有意思。

"好,不过想想小弟怎么办呢?"爸爸说。

碧丹温柔地抚摩着小弟浅色的头发。

"我会像母亲一样照顾他。"她信誓旦旦地说。但是爸爸不十分相信,小弟也不十分相信。

"当我最需要你的时候,你可能正跟你的男朋友在外边疯

呢。"小弟嘟囔着说。

布赛尽力安慰他。

"那时候有我呢。"

"你可能在东马尔姆体育场,对吧。"小弟说。

布赛笑了起来。

"还有长角甲虫呢,她不会跟男朋友去疯或者去踢足球。"

"不会,很遗憾。"小弟说。

他坐在那里,试图感受一下他多么不喜欢包克小姐。但是这时候他发现有些奇怪——他不再生她的气,一点儿气也没有。小弟觉得很奇怪。这是怎么回事?只要和一个人共同被锁在屋里两小时就能学会容忍她?还不能说他突然喜欢包克小姐——远没有达到这个程度——不过她对他变得仁慈一些了。多可怜,她不得不和那个弗丽达住在一起!小弟知道,和讨厌的姐姐、妹妹住在一起是什么滋味。不过碧丹总还没像弗丽达那样坐在电视里添油加醋地讲什么鬼怪。

"我不希望夜里你们单独在家,"爸爸说,"所以我最好问一问包克小姐,在我出差的时候她是否愿意住在这里。"

"要我日夜和她在一起?"小弟说。但是他内心觉得有人照顾他还是不错的,即使是长角甲虫也好。

包克小姐非常愿意与孩子们住在一起。当她单独与小弟在一起的时候,她说出了原因。

"夜里是鬼怪活动最厉害的时候,你知道吗?现在我可以搜集一个电视节目的材料,将来弗丽达在电视上看见我时,就会把她气死。"

小弟变得不安起来。想想看,爸爸不在家的时候,包克小姐把一大群电视台的人引到家里来,万一有人看到卡尔松怎么办呢?哎呀,那时候他肯定要上电视,尽管他不是什么鬼怪,而仅仅是卡尔松,以后家里就永远不会再有安宁,就像妈妈爸爸担心的那样。小弟知道,他一定要警告卡尔松,请他要格外小心。

第二天晚上小弟才想起来做这件事。当时他一个人在家。爸爸已经去伦敦,布赛和碧丹去了自己愿意去的地方,包克小姐回弗列伊大街的家,想问问弗丽达最近有没有看见新的鬼怪。

"我很快就回来。"她走的时候对小弟说,"如果来了鬼怪,请它们多坐一会儿,哈哈哈!"

包克小姐很少开玩笑,几乎从来不笑。如果她偶尔笑了,人们都怕哪个地方要遭难了。但是此时此刻她特别活跃,她都下了楼梯,小弟还能听到她的笑声,笑声在墙壁间回响。

她走后不久,卡尔松就从窗子飞进来了。

"你好,小弟,我们现在做什么?"他问,"你有没有我们可以爆炸的蒸汽机或者我们可以'若'长角甲虫生气的东

西:只要开心什么都行,不然我就不玩了!"

"我们可以看电视。"小弟建议。

想想看多么可怕,卡尔松的话表明,他根本没有意识到上电视的事!他长这么大从来没有看见过电视机。小弟把他领进起居室,很自豪地指给他看他们家新买的23英寸的电视机。

"朝那儿看!"

"那个箱子里是什么东西?"卡尔松问。

"不是什么箱子,是电视。"小弟解释说。

"这类箱子里有什么东西?"卡尔松问,"有酥饼吗?"

小弟笑起来。

"绝对没有!你来看是什么。"

他打开电视机,这时候一位叔叔出现在电视机屏幕上,他在报告瑞典北部诺尔兰地区的气候情况。

卡尔松惊奇地瞪着自己的圆眼睛。

"你们是怎么把他弄进去的?"

小弟大笑起来。

"啊,你觉得呢?是他小时候爬进去的,你明白了吧。"

"你们要他做什么?"卡尔松想知道。

"哎呀,你难道不知道我在开玩笑。"小弟说,"他不是小时候爬进去的,我们也不想让他做什么。他就在那儿,你明白吗?他在讲明天的天气情况。因为他是气象员,你知道吗?"

卡尔松冷笑一声。

"你们把一位特别的汉子塞进箱子里,仅仅为了让他讲明天的天气情况——到时候你们不就可以看到吗!问我好啦……有雷鸣闪电,有雨有冰雹,有风暴和地震,现在你满意啦?"

"明天白天,沿着诺尔兰海岸将有暴风雨。"电视屏幕上的气象员说。

卡尔松高声地笑了。

"好，我说什么来着……暴风雨！"

他走近电视机，把自己的鼻子贴在气象员的鼻子上。

"还有地震，别忘了！可怜的诺尔兰人，他们竟有这样的气候！但是他们应该感到高兴，因为他们毕竟还有天气。想想看，如果他们像这里一样，坐在屏幕外边就什么也没有了。"

他友好地拍了一下屏幕上的那位叔叔。

"这个小老头儿，"他说，"比我还小，我喜欢他。"

然后他就跪下，看电视机的底部。

"他到底是从哪条路进去的？"

小弟试图解释，这仅仅是个图像，屏幕里的不是一个真人，但是这时候卡尔松已经发怒了。

"你这两下子可以骗别人，笨蛋！他明明在动，知道吗？诺尔兰北部的天气，死人能这么讲吗，对不对？"

小弟对电视机的原理知道得不多，但是他尽最大的努力讲给卡尔松听。他也想借这个机会向他提出警告。

"你知道吗，包克小姐很想上电视。"他说，但是这时候卡尔松大笑起来。

"长角甲虫上这么个小箱子里去！那个大胖球，她把自己折四折差不多了。"

小弟叹口气。看来卡尔松什么也不明白，小弟只得从头开始。但是没有希望，最后他还是让卡尔松明白，这样一台设备

有什么奇特功能。包克小姐自己不需要爬进去,她可以舒舒服服地坐在几十公里之遥的地方,人们仍然可以在电视屏幕上看到一个活生生的她,小弟肯定地这样说。

"活生生的长角甲虫……哦,太可怕了!"卡尔松说,"最好把这个箱子扔掉,或者用它换有酥饼的箱子,你们上算。"

恰巧在这时候屏幕上出现了一位漂亮的女播音员。她友善地微笑着,卡尔松瞪大了眼睛。

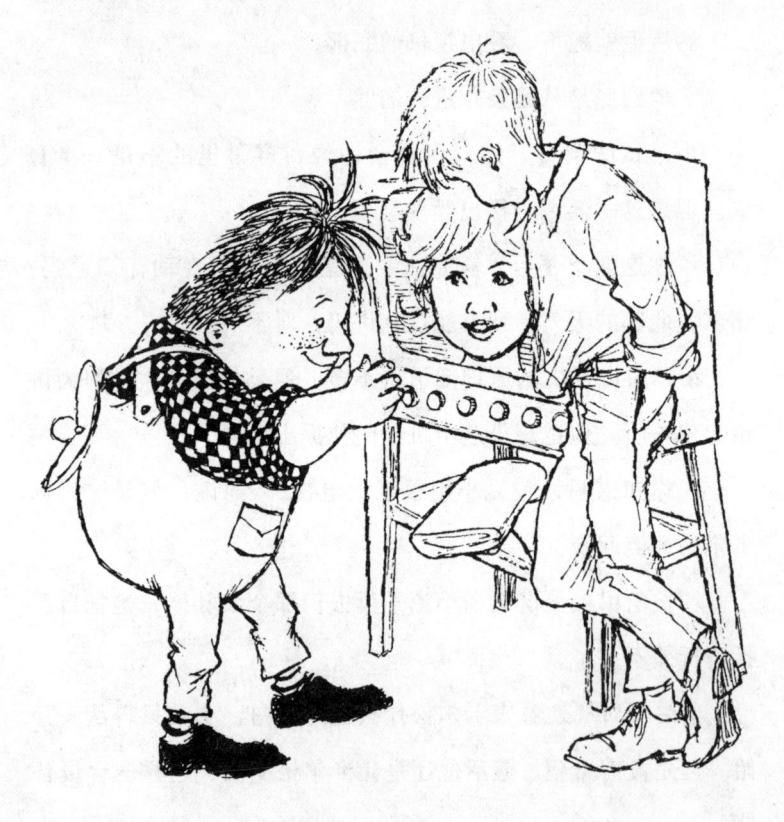

"当然啦,"他说,"要换的话一定换成有非常好吃的酥饼的箱子。因为我看到,这箱子里边还有很多我一开始没有明白的东西。"

女播音员继续对卡尔松微笑,卡尔松也对她微笑,同时他把小弟推了一下。

"看这个小妞!她喜欢上我了……真好,因为她肯定看到一个英俊、绝顶聪明、不胖不瘦、风华正茂的男人。"

突然女播音员消失了,两个非常丑陋的先生不住嘴地讲话。卡尔松不喜欢他们。他动手拧电视机上所有旋钮和开关。

"不,别瞎拧。"小弟说。

"要拧,因为我要把那个小妞拧回来。"卡尔松说。

他乱拧一通,但是女播音员还是没出来。唯一的结果是,两个本来就丑陋的先生变得更丑了。他们的腿变得又小又短,额头变得很高很高,惹得卡尔松高声笑起来。有很长时间他不停地开呀关呀取乐。

"我让这两位先生来他们就来,让他们走他们就走。"卡尔松满意地说。

只要卡尔松把这两个先生拧出来,他们就不停地讲呀讲呀。

"我个人认为是这样。"其中一位说。

"我不关心这些事,"卡尔松说,"你回家睡觉吧!"

他"砰"的一下关上电视机,高兴地笑了。

"想想看,这位老头儿大概气坏了,他都不能讲出自己的看法!"

不过这时候卡尔松已经厌烦电视了,他想找别的乐子。

"长角甲虫哪儿去了?把她叫到这儿来,我要驯化她。"

"驯化……怎么驯化?"小弟不安地问。

"驯化长角甲虫,"卡尔松说,"有三种办法。人们可以'若'它们生气,跟它们开玩笑或者驯化它们,啊!其实这三种办法是一回事,但是驯化是彼此交手。"

小弟变得更加不安了。想想看,如果卡尔松与包克小姐交手,她肯定会看见他,这是万万不可发生的。妈妈爸爸不在家的时候,他一定要保护他,不管有多么困难。他必须想出某种办法吓唬他,让他自己知道不能与包克小姐见面。小弟一边思索一边狡猾地说:

"你,卡尔松,你大概不想上电视吧?"

卡尔松用力摇着头。

"到那个箱子里去?我?只要我身体健康,能够自卫的话,我是不会去的。"

但是说完以后他似乎又思索了一下。

"当然也可以……如果那个小姐也同时在的话!"

小弟坚决地说,卡尔松不能胡思乱想。哎呀,如果卡尔松

上电视,肯定是跟长角甲虫同时去。

卡尔松吓了一跳。

"长角甲虫和我在同一个箱子里……噢呀,噢呀,如果过去诺尔兰没发生过地震的话,这回可就有了,没错!你怎么会想出这样的事?"

这时候小弟把包克小姐想出来的关于鬼怪的电视节目以及想借此气死弗丽达的事统统讲了出来。

"长角甲虫看过鬼怪吗?"卡尔松问。

"没有,没有看见过,"小弟说,"但是她曾经听到过窗子外边的鬼叫。她认为你就是一个鬼怪。"

小弟详详细细地把弗丽达与长角甲虫、卡尔松与电视,以及他们彼此之间的关系讲了一遍,但是如果他以为这一切会吓住卡尔松的话,他就大错特错了。卡尔松拍打着膝盖,高兴地叫起来,叫完以后,他用拳头捶打小弟的后背。

"请你善待长角甲虫!她是你们家里最好的家具。不管怎么说要善待她!因为我们现在确实要有乐子了。"

"怎么个乐法?"小弟不安地问。

"哎呀!"卡尔松喊叫着,"不仅弗丽达会气死,啊,坚持下去,所有的长角甲虫和电视台的人,你们将会看到,谁将气昂昂地来!"

小弟更加不安起来。

"谁会气昂昂地来呢?"

"瓦萨区的小鬼怪!"卡尔松高声说,"噢呀,噢呀!"

这时候小弟泄气了。他提出过劝告,就像妈妈爸爸说的那样。现在只得随卡尔松的便了,事情一向都是这样。卡尔松开玩笑、装鬼怪和驯化谁,愿干什么就干什么吧,小弟不想再阻止他。当他这样决定以后,他感觉到,这可能是很有意思。他还记得上次卡尔松装神弄鬼,吓跑了企图偷妈妈钱和银餐具的小偷。卡尔松也没忘。

"你还记得吗,我们玩得多么有趣?"他说,"还有……我上次用的那件鬼怪衣服哪儿去了?"

小弟只得承认,妈妈已经把它拿走了。她对那次卡尔松糟蹋那个被套非常生气。但是后来她补好了窟窿,把鬼怪衣服又改成被套了。

卡尔松听了以后冷笑一声。

"小里小气的真气死我。这家子什么事都不让人省心。"

他坐在椅子上,撅起大嘴生气。

"要是老这样,我就不玩了。你们愿意弄什么鬼就弄什么鬼,随你们的便。"

但是随后他就跑到放亚麻布的柜子跟前,打开门。

"真幸运,这里不是还有很多亚麻布被套吗?"

他抓过一条妈妈最好的亚麻布被套,但是小弟赶紧跑过

去。

"啊,不,不行!别动……这里有很多不用的旧被套,也能用。"

卡尔松显得很不满意。

"不用的旧被套,我原来想,瓦萨区里的小鬼怪应该穿上漂亮一点儿的节日礼服。不过没关系……这毕竟不是一个好人家……把破烂儿拿过来!"

小弟找出几件破旧的被套递给卡尔松。

"如果你把它们缝在一起,就变成一件鬼怪衣服。"他说。

卡尔松抱着被套,满脸不高兴。

"如果我把它们缝在一起!你的意思是如果你把它们缝在一起。过来,我们飞到我家,如果我们正在缝的时候长角甲虫来了就坏事了。"

差不多有一个小时小弟坐在卡尔松家里缝鬼怪衣服。他在学校的手工课既学过长针脚,也学过反针脚和十字针脚,但是把两块破被套缝在一起,他没有学过。他只得自己动脑子想办法。他试图求助于卡尔松。

"你至少可以帮一下吧。"小弟说。

卡尔松不停地摇头。

"如果是你妈妈的话,我可能帮一下,她需要我帮助。那样的话她大概就不会把我的鬼怪衣服拿走了!你缝一件新的理所当然。快开始,别讨价还价了!"

此外卡尔松说,他没有时间缝,他要马上画一幅画。

"人有了灵感的时候马上就得画,你知道吗,我刚才就来了灵感。'扑腾'一声,灵感来了!"

小弟不知道灵感是什么,不过卡尔松向他解释,灵感是所有画家患的一种病,有了它就想画呀,画呀,没有时间缝鬼怪衣服。

林格伦作品选集
LINGELUN ZUOPINXUANJI

卡尔松自己坐在炉子旁边画画儿。窗子外边已经黑了,但是卡尔松的屋里却很明亮和惬意,煤油灯亮亮的,炉火通红。

"我希望你在学校上手工课时既勤奋又能干,"卡尔松说,"因为我想要一件很合体的鬼怪衣服。我喜欢领子周围绣着花边或者羽状绣花。"

小弟没有回答。他只是缝呀缝呀,炉火烧得"噼噼啪啪"地响,卡尔松画画儿。

"你在画什么?"小弟问。

"画好了你就看到了。"卡尔松说。

最后小弟总算把鬼怪衣服缝好了,他认为肯定能穿。卡尔松试穿,感到很满意。他在屋子里飞了几圈,作了一次演示。

小弟颤抖起来。他觉得卡尔松真像个鬼,样子很可怕。可怜的包克小姐,她想看鬼,现在鬼真的来了,谁见了都会吓坏。

"现在长角甲虫可以给电视台的人送消息去了。"卡尔松说,"因为瓦萨区里的小鬼怪很快就要来了,有螺旋桨、野蛮、英俊和可怕。"

卡尔松在屋里飞来飞去,高兴得开怀大笑。他不再理会自己的画儿,小弟走过去想看看他到底画了什么。

"我的家兔肖像",最下边的角上写着这些字。但是卡尔松只画了一个很小的红色动物,特别像一只狐狸。

"这不是狐狸吗?"小弟问。

卡尔松飞过来,落在他的身边。他歪着脑袋,看自己的画。

"对,是一只狐狸。千真万确,世界上最好的画狐狸的画家画了一只狐狸。"

"不过……"小弟说,"'我的家兔肖像'……那只家兔在哪儿?"

"它们在狐狸肚子里。"卡尔松说。

卡尔松的通话线

第二天早晨起床的时候,布赛和碧丹两人身上都起了奇怪的红色疙瘩。

"猩红热。"包克小姐看了以后说。被请来的医生讲了同样的话。

"猩红热!赶快去传染病医院!"

他指着小弟说:

"他要暂时隔离。"

这时候小弟哭起来了。他不想被隔离,因为他不知道隔离是怎么回事,但是听起来很讨厌。

"哎呀,"医生走了以后布赛说,"这仅仅意味着你不用上学了,不能见其他孩子。免得传染,你明白吧。"

碧丹躺在床上,眼里含着泪水。

"可怜的小弟,"她说,"你会多么孤单!我们应该打电话让妈妈回来。"

但是包克小姐连听也不愿意听。

"绝对不行！斯万德松夫人需要静养，请你们记住她也是病人。我在家照看他！"

她对站在碧丹床边哭得一把鼻涕一把眼泪的小弟点了点头。

更多的话没有时间再讲了，因为接布赛和碧丹的救护车已经来了。小弟哭着，不错，他有时候对哥哥、姐姐很生气，但他还是非常喜欢他们，所以他们要去医院的时候，他很伤心。

"再见吧，小弟。"当布赛被救护人员拉走的时候说。

"再见，小宝贝，别伤心！我们很快就会回来。"碧丹说。

小弟大哭起来。

"你真相信！但是如果你们死了怎么办！"

后来包克小姐直跟他吵……他怎么可以说得了猩红热就得死这样的蠢话呢！

这时候小弟走进自己的房间。比姆卜在那里，他把比姆卜抱进怀里。

"现在我只有你了，"小弟一边说一边拥抱比姆卜，"当然还有卡尔松。"

比姆卜大概知道小弟不高兴，它舔他的脸。这好像正是它要说的：

"对，但是不管怎么说你还有我。还有卡尔松！"

小弟长时间坐在那里,感受着有比姆卜在的乐趣。然而他依然很想念妈妈。他记得,他曾答应给她写信,他决定说做就做。他写道:

亲爱的妈妈,这个家似乎在切(彻)底解体,布赛和碧丹得了星(猩)红热住在医院,我在隔离。隔离不疼但可能也星(猩)红了。爸爸在伦敦,他是不是活着,我倒是没听说他丙(病)了,也许丙(病)了,因为大家都丙(病)了。我很店(惦)记你,你感觉好吗?丙(病)很重吗?我想讲讲卡尔松有关的事,但不能,因为你会不放心,长角甲虫说你需要静养,她没有丙(病),卡尔松没有丙(病),尽管他们很快会丙(病)。再见,可爱的妈妈,安心休息!

"我不再写了,"小弟对比姆卜说,"因为我不想吓坏她。"

然后他走到窗前,跟卡尔松通话。啊,他真的与他通话。卡尔松昨天晚上做了一点儿小发明。他在自己房子的屋顶和楼下小弟的房间架了一条通话线。

"我们不能盲目装神弄鬼。"卡尔松说,"不过现在卡尔松架设了世界上最好的通话线,当长角甲虫坐在某个合适的地方,在夜里侦察我这个可怕的小鬼时,你就可以及时跟我通话,决定装神弄鬼。"

通话线由安装在卡尔松屋檐下的一个牛铃和一根由牛铃通到小弟窗子的绳子组成。

"你一拉绳子，"卡尔松说，"我那边铃就响了，转瞬间瓦萨区里的小鬼怪就来了，大家就会大吃一惊，难道不美妙吗？"

当然美妙，小弟也这样以为，不仅仅是因为装神弄鬼。过去他等呀等呀，等卡尔松来拜访他。现在他只要想和卡尔松讲话，就可以与他通话。

此时此刻小弟正想与卡尔松交谈，他拉了拉绳子，就听见牛铃在卡尔松的屋顶上响起来。很快就听见卡尔松的螺旋桨声，但是从窗子飞进来的是一个昏昏沉沉、满脸不高兴的卡尔松。

"你认为这个东西能当闹钟用吗？"他不高兴地说。

"啊，对不起，"小弟说，"你还躺在床上睡觉吧？"

"在你叫醒我之前应该这样问一问。总是睡得像死猪一样的你，很难知道我们这些连眼皮都合不上一次的可怜人是什么滋味。我们偶尔安宁一会儿时，你们要耐心地等，即使是朋友也要屏住呼吸，不能像失火似的拉铃。"

"你睡不好觉？"小弟说。

卡尔松迷迷糊糊地点头。

"啊，我如果是真睡不好倒也不错。"

小弟觉得，听他的口气很伤心。

"你够可怜的……你真的睡得特别糟?"

"特别糟。"卡尔松说,"啊,也就是说夜里我睡得很死,像一块石头,上午也行,最不好的是下午,我躺在床上折腾来折腾去。"

他静静地站了一会儿,好像在为自己的失眠而伤心,但是随后就在屋里东张西望起来。

"如果我能得到一件小礼品,我大概就不再为你打扰我睡觉而生气了。"

小弟不希望卡尔松老是不高兴,他开始寻找自己的东西。

"我的口琴,你想要吗?"

卡尔松抓过口琴。

"要,我一直想要一件乐器,啊,谢谢,我要这个……因为你大概没有大提琴吧?"

他把口琴放在嘴里,吹出几个可怕的音阶,然后他用圆圆的眼睛看着小弟。

"你听我说,现在我要马上吹个曲子,名字为'鬼怪的哀怨'。"

这时候小弟说,在这个家里吹个哀怨的曲子很合适。家里的人都病了,他向卡尔松讲了猩红热的事情。

"想想看,多么可怜的布赛和碧丹。"小弟说。

但是卡尔松说,猩红热小事一桩,用不着挂在心上。另

外，当家里大闹鬼怪的时候，布赛和碧丹住在传染病医院也不错。

他刚说完小弟就吓了一跳。他听见包克小姐在门外边走动，他知道她随时都可能走进他的房间。卡尔松也明白，此时此刻很紧急。他"扑通"趴在地板上，很快滚进小弟的床底下，快得像个线团。小弟迅速坐到床上，把浴衣盖在大腿上，浴衣垂下来，把卡尔松盖得很严实。

就在同一时刻门开了，包克小姐手拿笤帚和簸箕走了进来。

"我想把这里打扫打扫。"她说，"你暂时到厨房去！"

小弟很紧张，头上开始冒汗。

"不，我不愿意，"他说，"我必须坐在这里隔离。"

包克小姐愤怒地看着他。

"你知道你床底下有什么吗？"她问。

小弟急得脸都红了……莫非她已经看见卡尔松了？

"我床底下……没有什么。"他结结巴巴地说。

"要真是这样就好了。"包克小姐说，"那里有很多尘土，我想把它们扫掉。挪一挪！"

小弟简直要急疯了。

"不，我一定要坐在这里隔离。"他喊叫着。

这时候包克小姐开始嘟嘟囔囔地打扫屋子的另外半边。

"我的上帝,那就坐在这儿吧,等我扫完了这半边再说!到时候你到那半边去隔离,多拧的孩子!"

小弟咬着手指甲思索,啊,那时候怎么办呢?但是他突然颤抖起来,开始大笑。卡尔松在胳肢小弟的膝盖下边,他痒得难忍。

包克小姐瞪了他一眼。

"啊啊,你母亲、哥哥、姐姐躺在医院里受罪,你还有心思笑呢!有人刚才还哭呢,现在说好就好了。"

小弟再一次感到卡尔松在胳肢他的膝盖,这时候他狂笑起来,差点儿从床上滚下来。

"我能知道吗,什么事让你这么开心?"包克小姐生气地说。

"嘿嘿,"小弟笑着说,"我想起了一件有趣的事……"他绞尽脑汁,想找出一个故事来。

"那个公牛追赶马的故事,马被吓得只好爬到树上,包克小姐听过这个故事吗?"

布赛经常讲这个故事,但是小弟从来没被他讲的故事逗笑过,因为他非常可怜被逼得无奈只好爬树的马。

包克小姐也不想笑。

"别讲这类老掉牙的荒谬故事。你明明知道,马是不能爬树的。"

"对,它们不能爬树。"小弟说,跟布赛经常说的一样,"但是它后边有一头疯狂的公牛,它能做什么屁事呢?"

布赛讲过,当人们讲"屁事"的故事时,可以说"屁事"。但是包克小姐却不这样认为。她愤怒地瞪着小弟。

"你坐在这里笑呀骂呀,而你母亲、哥哥和姐姐躺在医院里受罪。我必须说,我真感到吃惊……"

恰好这个时候,她的话被打断了。从床下突然传出小鬼怪的哀怨,只有几个很短的可怕音调,但是包克小姐吓得跳了起来。

"上帝呀,这是什么声音?"

"我怎么知道。"小弟说。

但是包克小姐知道,她知道!

"这是来自另一个世界的音调。千真万确。"

"来自另一个世界……什么意思?"小弟问。

"来自鬼怪世界。"包克小姐说,"在这个房间里只有你和我,我们谁也发不出这样的音调。这不是人的声音。你难道没听见……听起来完全像一个灵魂在受难!"

她睁大眼睛看着小弟。

"上帝保佑,现在我一定要给电视台的人写信。"

她扔下手里的笤帚和簸箕,坐在小弟的桌子旁边。她拿起纸和笔,吃力地写了很长时间,然后念给小弟听。

"你好好听着!"

致瑞典广播和电视。我的妹妹弗丽达曾经参与幽灵和鬼怪的系列节目。我认为这不是一台好节目,弗丽达怎么看,那是她自己的事。这类节目应该办得好一些,也能够办得好一些,因为我自己现在就在一个真正闹鬼的家庭

里，你们可以看一看一系列我的鬼怪经历。

  1. 窗外传来哞哞的奇怪叫声，肯定不是牛，因为我们住在四层，只是听起来像牛叫。

  2. 很多东西神秘失踪，比如酥饼和锁在屋子里的小孩子。

  3. 我在屋里的时候，门从外边被锁上了，你们能解释原因吗？

  4. 打扫卫生时突然响起哀乐，人听了以后只想哭。

  请你们尽快来，因为这些可以编成一个很说明问题的节目。

致崇高的敬意！

赫尔图·包克

  又：你们怎么想起来让弗丽达上电视呢？

  然后包克小姐急匆匆地跑出去寄信。小弟看了看床下的卡尔松，他睁着大眼睛躺在那里，但是这时候他兴高采烈地爬了出来。

  "好啦！"他高声说，"等晚上再说，天黑了以后，长角甲虫肯定遇到确实应该写信告诉电视台的事情。"

  小弟高兴地笑了，他亲切地看着卡尔松。

  "只要我和你在一起，隔离也挺有意思。"小弟说。

一转眼他想起了经常和他在一起玩的克里斯特和古尼拉。本来他应该伤心，因为他有一段时间没有见到他们了。

"跟卡尔松一块儿玩也一样，可能更有意思。"小弟想。

但是现在卡尔松没时间跟他玩儿了，他说他要飞回家去修理消声器。

"瓦萨区里的小鬼怪怎么能像一个小型歼击机隆隆地飞来飞去呢，你明白吗？应该神出鬼没、充满恐惧，让长角甲虫看了以后毛骨悚然。"

然后卡尔松和小弟重新设计了一套信号系统。

"如果你拉一下，"卡尔松说，"意思是'赶快过来'；如果你拉两下，意思是'千万别过来'；如果你拉三下，意思是'多好啊，世界上有一个人，英俊、绝顶聪明、不胖不瘦、英勇无畏，像你——卡尔松一样完美无缺。'"

"为什么后一种情况我还要拉铃呢？"小弟问。

"啊，因为人们要把友好、鼓舞人心的事情差不多每五分钟一次报告给你的好朋友，我不可能经常跑到这里来，这一点你应该明白。"

小弟若有所思地看着他。

"我是你的朋友，对吗？但是我不知道你什么时候对我讲过这类事情。"

这时候卡尔松笑了。

"不管怎么说这是有区别的。你,你是一个傻瓜!"

小弟点了点头。他知道卡尔松是对的。

"不过,你还是很喜欢我的,对吗?"

"对,我确实很喜欢你。"卡尔松信誓旦旦地说,"我自己也不明白为什么,但是当我下午失眠的时候经常考虑这个问题。"

他用手摸一摸小弟的面颊。

他飞到窗子上,挥手告别。

"我确实喜欢你,肯定有原因……可能是因为你和我不一样,可怜的小家伙!"

"如果你拉通话铃急如星火,"他说,"就意味着不是真的急如星火,就是'我现在又要叫醒你了,亲爱的卡尔松,带着你的大皮包到我这里来,取走我所有的玩具……所有的东西都归你了!'"

随后卡尔松就飞走了。

但是比姆卜趴在地板上,在他眼前摇晃着尾巴,发出"吧嗒吧嗒"的抽地毯的声音。这是它对某人高兴的表示,希望别人注意它。小弟趴在它旁边。这时候比姆卜高兴得又跑又叫,然后它爬到小弟的胳膊上,闭起了双眼。

"你觉得我待在家里不上学,被隔离,都非常好。"小弟说,"你,比姆卜,你肯定认为我是世界上最好的人。"

瓦萨区里的小鬼怪

小弟度过了一个漫长、孤单的白天,他盼望着夜晚的到来。他觉得好像在盼圣诞节之夜。他与比姆卜玩,看自己的邮票,为了不落在同班同学的后边,他也做了些算术题。当他觉得克里斯特已经放学回家的时候,就给他打电话,告诉他关于猩红热的事。

"我不能去学习了,因为我被隔离了,你明白了吧!"

他认为隔离相当不错,克里斯特肯定也认为不错,因为他什么也没说。

"你可以把这件事告诉古尼拉。"小弟说。

"你不觉得在家无聊吗?"当克里斯特开口讲话的时候问。

"没有,没有,"小弟说,"因为我有……"

他后来没有说下去。他本来想说"卡尔松",但是因为爸爸的原因没有说。诚然去年春天克里斯特和古尼拉多次见过卡尔松,但那是在爸爸说不能与任何人讲关于卡尔松的事情之

前。如今克里斯特和古尼拉可能把卡尔松已经忘了，小弟觉得忘了更好。

"因为这样，他就变成了我个人的秘密卡尔松。"他想。他匆匆忙忙地对克里斯特说再见。

"再见吧，我没有更多的时间了。"

跟包克小姐一起吃饭很沉闷，但是她做的肉丸子很好吃。尾食他吃了有香草冻的苹果饼，这时候他觉得包克小姐不是特别不可救药。

"长角甲虫最好的东西是苹果饼，"小弟想，"而苹果饼里最好的东西是香草冻，而香草冻最好的东西是让我吃它。"

当餐桌旁很多位子都空着的时候，晚饭吃得还是很没有意思。小弟想念妈妈、爸爸、布赛和碧丹，他想念他们每一个人。啊，确实没有什么意思，此外，包克小姐不停地讲弗丽达，小弟早已经厌烦她了。

但是夜晚总算来了。当时已经是秋天，天黑得很早。小弟站在窗子旁边，紧张得脸色发白，看着屋顶上闪闪发亮的星星。他等待着，比等待圣诞之夜还难受。圣诞节之夜只等圣诞老人，与等待瓦萨区里的小鬼怪相比……不算什么！小弟紧张地咬着指甲。他知道，卡尔松也在屋顶上的某个地方等。包克小姐坐在厨房里，在热水盆里洗脚。她每天都要洗脚，然后她过来跟小弟道晚安，她每天这样做。这时候该拉通话铃了。尔

后……仁慈的上帝，包克小姐经常说……仁慈的上帝，多么紧张有趣啊！

"她再不快来，我就要急死了。"小弟小声说。

这时候她来了。包克小姐光着刚洗过的大脚丫从门外走了进来，小弟吓了一跳，就像受惊的鱼，然而他在等待，知道她会进来。

包克小姐不满地看着他。

"你为什么开着窗子只穿睡衣站在那里？你赶快去睡觉！"

"我……我只想看看星星，"小弟结结巴巴地说，"包克小姐不想看看吗？"

他故意这样说，想把她引到窗前。同时他把手偷偷地伸到窗帘后边，用力地拉那里的通话绳。他听到屋顶上的铃响了，包克小姐也听到了。

"我听见空中有铃响，"她说，"奇怪。"

"对，是很奇怪。"小弟说。

随后他就屏住呼吸。因为这时候从屋顶上飘下来一个白色的、有点儿圆的小鬼怪，还伴有音乐。声音很轻、很悲哀，但这是秋季夜晚人们听到的"小鬼怪的哀怨"，人们不会听错。

"那是……噢，看呀……噢，我的上帝。"包克小姐说。她脸色苍白，一下子瘫在椅子上。是她曾经说过，她不怕鬼。

小弟竭力安慰她。

"啊，我现在也开始相信闹鬼了。"他说，"不过像这样的一个小鬼，大概没什么可怕的。"

包克小姐根本不听他说话。她直愣愣地朝窗外看着，鬼怪在空中做着高超的飞行表演。

"赶跑它！赶跑它！"她喘着粗气说。

但是谁也无法赶走瓦萨区里的小鬼怪。它飞来飞去，飞上飞下，还不时地在空中翻着跟头，翻跟头的时候哀乐也响个不停。

小弟认为，这情景非常好看和富有情调：白色的小鬼怪、黑色的星空和悲凉的哀乐。但是包克小姐可不这样认为，她紧紧地拉住小弟。

"我们赶紧跑进卧室藏起来！"

斯万德松家住的那层楼有五个房间、一个厨房、一个大厅和一个洗澡间。布赛、碧丹和小弟每个人有一个小房间，妈妈和爸爸有自己的卧室，还有一个大的起居室。如今妈妈爸爸不在家，包克小姐住在他们的卧室。这个卧室对着院子，小弟的房间对着大街。

"过来，"包克小姐喘着粗气说，"快过来，我们藏到卧室去！"

小弟死活不去。闹鬼刚刚开始的时候，他们绝不能溜之大吉！但是包克小姐很固执。

林格伦作品选集
LINGELUN ZUOPINXUANJI

"你快一点儿，不然我就被吓死了！"

尽管小弟不愿意，他还是被拉进卧室。卧室的窗子也开着，但是包克小姐跑过去"咚"的一声关上窗子。她放下百叶窗，把窗帘严严实实地拉上。然后她用家具死死地堵住门。很明显，她害怕看到更多的鬼怪。小弟对此不明白。因为她过去热衷于鬼怪之类的事。他坐在爸爸的床上，看着她惊恐的样子，不住地摇头。

"像这样惊恐大概弗丽达不会。"他说。

但是此时此刻包克小姐不想听弗丽达的事。她继续拉出家具：柜子、桌子和所有的椅子，还有小弟的书架。在门前筑起了一道坚固的路障。

"好啦，"包克小姐满意地说，"现在我们可以高枕无忧了。"

这时候从爸爸的床底下传出沉闷的说话声，语气更为满意。

"说得对！现在我们可以高枕无忧了！现在我们可以关门过夜了！"

小鬼怪飞起来，发出"呼呼"的响声。

"救命啊！"包克小姐喊叫着，"救命啊！"

"怎么个救法！"鬼怪说，"搬掉家具，对吗？可是我也不是搬家公司的呀。"

鬼怪对此大笑起来，笑得没完没了。包克小姐可没笑，她跑到门前，推开家具，弄得椅子乱飞。她很快推倒路障，高喊着冲进大厅。

鬼怪紧随其后，小弟也跟着，比姆卜跑在最后。它大声地叫着。它从气味上认出鬼怪是谁，大概也觉得很有意思。当然鬼怪也有同感。

"好呀，好呀。"他高喊着，在包克小姐耳边飞来飞去。但是有时候他让她跑得稍微远一点儿。这样会更加紧张有趣。他们跑过整个一层楼，包克小姐在前，小鬼怪跟在后边，跑进厨房，跑出厨房，跑进起居室，跑出起居室，转呀，转呀！

包克小姐吓得始终喊叫着，最后小鬼怪只得安慰她。

"好啦好啦，别再叫啦！我们现在玩得多么高兴啊！"

但是无济于事。包克小姐继续一边叫一边又跑进厨房。那

里的地板上放着一盆水,包克小姐洗完脚还没有倒掉,小鬼怪跟着她的脚后跟。

"好呀,好呀。"小鬼怪在她的耳边喊叫着。包克小姐"扑通"一声摔倒在水盆上。这时候她"哇"地叫了一声,好像轮船上的汽笛发出的,小鬼怪说:

"哎呀!你真吓死我和邻居们了。如果你不小心,警察很快就会来。"

地板上洒满了水,包克小姐坐在水当中,但是她奇迹般地站起来,拖着湿乎乎的裙子跑出厨房。

鬼怪情不自禁地在水盆里用力跳了几下,盆里还剩下一些水。

"把水溅到周围的墙上很好玩。"鬼怪对小弟说,"大家都喜欢在水盆里踩水玩,她为什么要吵吵嚷嚷的?"

鬼怪跳了最后一下以后,本来可以抓住包克小姐的,但是她不见了。大厅里有着长方形图案的地板上留下了她湿乎乎的脚印。

"这只四处窜的长角甲虫,"鬼怪说,"这里有新鲜脚印。脚印通到这里,我们一定会找到她。因为猜猜看,谁是世界上最好的追踪猎犬?"

脚印通到洗澡间。包克小姐把自己锁在里面,老远就能听见她在里面庆幸地笑。

小鬼怪敲门。

"请开门,听见了吗!"

洗澡间里传出一阵新的高傲的笑声。

"请开门……不开我就不玩了。"小鬼怪高声地说。

包克小姐在里边不吭声了,但并没有开门。这时候鬼怪转向站在他身边正喘着粗气的小弟。

"你告诉她开门,不开门就没有意思了!"

小弟小心地敲门。

"是我,"他说,"包克小姐想在洗澡间里待多长时间?"

"整个一夜,这你是知道的。"包克小姐说,"我要在这个浴缸里睡觉,盖上所有毛巾。"

这时候鬼怪严厉地说:

"好吧,没关系!只是你泼了冷水,扫了大家的兴!不过猜猜看,谁想去找弗丽达闹鬼?"

洗澡间里很长时间没有动静。包克小姐大概坐在里边正在思考她听到的这句话,但是最后她带着一种祈求的语调说:

"不,不能这样,对吗?我不认为……这样做好!"

"对,那就请你出来吧,"鬼怪说,"不然我们就直接去弗列伊大街。随后我们就会在电视里再次看到弗丽达,肯定无疑。"

人们可以听见包克小姐在里边叹了好几次气,最后她高声

说：

"你，小弟，把耳朵贴在锁孔上，我有话告诉你。"

小弟照她的话去做，把耳朵贴在锁孔上，包克小姐小声告诉他：

"我觉得，你明白吗？我已经不怕鬼怪了，我真是这样。你很勇敢，你能请这个可怕的造物主先走，等我稍微适应一点儿再让他来，行吗？但是在这期间他不能去找弗丽达，这一点他无论如何要保证！"

"我试试看吧。"小弟说。他转过身去与鬼怪讲话，但是那里已经没有什么鬼怪了。

"他走了。"小弟高声说，"他大概回家了。快出来吧！"

但是直到小弟查看了整个一层楼，确实没有鬼怪了，包克小姐才走出来。

然后包克小姐在小弟的房间里坐了很长时间，浑身抖个不停，但是她慢慢地恢复了正常。

"哎呀，这一切太可怕了，"她说，"但是想想看，想想看，它能变成多好的电视节目！"

弗丽达肯定不会有与此相似的经历。"

她坐在那里，高兴得像个孩子，只是想到刚才鬼怪追她时，还心有余悸。

"说真心话，闹这么多鬼已经足够了，"她说，"别让我再看见那个鬼怪了！"

话音刚落，就从小弟的衣柜里传出一声沉闷的牛叫声"哞"，就这么一声足以使包克小姐吓得又叫起来。

"你听！我说的是真话，我们的衣柜里闹鬼了……啊，我觉得我要吓死了。"

小弟很可怜她，但是又找不出安慰她的话。

"啊，不，"他最后说，"这大概不是什么鬼怪……想想看，如果是一头小奶牛就好了……啊，我们多么希望是一头小奶牛。"

但是这时候从衣柜里传出一个声音：

"小奶牛！要不是该多好啊！"

衣柜门开了，走出来瓦萨区里的小鬼怪，身穿小弟刚才缝的白色衣服，带着沉闷的鬼怪叹息，升到空中，沿着顶灯开始盘旋。

"哎呀，哎呀，世界上最可怕的鬼怪，不是小奶牛！"

包克小姐吓得惊叫着。鬼怪盘旋着，越来越快，包克小姐越叫越厉害，鬼怪越来越野蛮可怕。

就在这时候出了事。鬼怪转的圈子太小了,衣服正好挂在顶灯伸出的一个钉子上。

"嗤",很不结实的旧被罩响了一声,鬼怪衣服被挂在钉

子上，围着顶灯盘旋的卡尔松露出自己的衣服：蓝裤子、花格衬衣、红道儿袜子。他是那么聚精会神，根本没有注意所发生的事情。他只顾飞呀飞呀，不停地哀怨，装神弄鬼比什么时候都起劲儿。但是飞到第四圈的时候，他突然发现顶灯上挂的东西在空中飘扬。

"你们把什么东西挂到顶灯上去了？"他说，"是捕蝇网吗？"

小弟只能叹息。

"不对，是卡尔松，不是什么捕蝇网。"

这时候卡尔松低下头，看见了自己圆圆的身体和破绽，看见了自己的蓝裤子，他看见自己已不再是瓦萨区里的小鬼怪，而仅仅是卡尔松。

他急忙降落到小弟跟前。

"没关系，"他说，"有时候会发生事故，我们现在就有一个例子……没关系，不过是小事一桩！"

包克小姐脸色苍白，看着他。她张大嘴喘气，就像落到地上的一条大鱼，但是最后她总算挤出了几个字。

"谁……谁……我的好摩西，那是谁？"

小弟哽咽着说：

"他是屋顶上的卡尔松。"

"谁？"包克小姐喘着粗气问，"谁是屋顶上的卡尔松？"

卡尔松鞠了个躬。

"一个英俊、绝顶聪明、不胖不瘦、风华正茂……想想看,多好啊,就是我!"

卡尔松就是卡尔松，不是什么鬼怪

这是一个小弟永远不会忘记的夜晚。包克小姐坐在椅子上哭，卡尔松站在离她不远的地方，样子有些惭愧。没有人说话，事事显得不痛快。

"这类事情让人前额起皱纹。"小弟想，因为有时候妈妈爱这样说。布赛放学回家，一次就有三门功课不及格，爸爸刚买了电视机碧丹就吵着要买短皮衣，小弟在学校扔石头，砸坏了玻璃，这时候妈妈便叹气说："这类事让人前额起皱纹！"

小弟感到此时此刻正是这样。啊，事事让人心烦！包克小姐哭得一把鼻涕一把眼泪。为什么呢？只是因为卡尔松不是什么鬼怪。

她双手捂着脸哭，所以谁也听不清她到底对弗丽达说了些什么。

"但是我是一个英俊、绝顶聪明、不胖不瘦、风华正茂的人。"卡尔松试图安慰她，"我可以钻到那个电视箱里……大

概和一个小美人之类的在一起!"

包克小姐把手从脸上放下来,看着卡尔松冷笑。

"英俊、绝顶聪明和不胖不瘦,这些正是上电视的条件,电视节目里挤满了这类人!"

她用愤怒和怀疑的目光看着卡尔松——这个小胖子,他肯定不是个男孩子,怎么看起来像个小大人?她问小弟:

"他到底是什么人?"

小弟实话实说:

"他是我的伙伴。"

"这我相信。"包克小姐说。

随后她又哭起来,小弟觉得很奇怪。妈妈和爸爸离开家之前曾经猜想,只要有人看见卡尔松,他们的日子会变得不安宁,大家都会蜂拥而来,让他在电视里曝光。但是现在唯一真正看到他的人却哭个没完没了,认为卡尔松毫无价值,因为他不是什么鬼怪。他有螺旋桨、会飞的特征并没有感动她。卡尔松飞到空中去摘挂在顶灯上的鬼怪衣服,但是包克小姐瞪着他,比什么时候都愤怒,她说:

"螺旋桨这类玩意儿,我不知道眼下小孩子拿它有什么用!难道还没有上学就想飞到月球上去吗!"

她坐在那里越来越生气,因为她现在知道是谁偷了肉丸子、在窗子外面装牛叫和往厨房的墙上写鬼话。想想看,怎么

林格伦作品选集
LINGELUN ZUOPINXUANJI

能给小孩子机器，让他们到处飞和惹老年人生气呢！她写给瑞典电视台的所有的鬼怪经历都是一个孩子的恶作剧，她再也看不下去这个胖胖的小恶棍了。

"你回家吧，你……你叫什么名字？"

"卡尔松。"卡尔松说。

"我知道你姓卡尔松。"包克小姐生气地说，"不过你大概也有名字吧？"

"我名字叫卡尔松，也姓卡尔松。"卡尔松说。

"别再惹我生气，因为我已经生气了。"包克小姐说，"名是被人称呼的，难道这一点你也不知道？你爸爸喊你的时候叫你什么？"

"淘气包。"卡尔松满意地说。

包克小姐点头，表示赞同。

"你爸爸总算说了一句真话！"

卡尔松赞成她的说法。

"对对，人小的时候，总是很淘气！不过那是很久以前的事，现在我是世界上最听话的！"

但是包克小姐不愿意再听他说下去。她默默地坐在那里想事，她稍微平静了一些。

"好啦，"最后她说，"我知道有一个人对这一切会感到高兴！"

"谁呀?"小弟问。

"弗丽达。"包克小姐刻薄地说。她叹了口气,走到厨房去擦地板上的水,拿走水盆。

卡尔松和小弟认为,他们俩单独待在一起很舒服。

"人怎么老是吵这类小事,"卡尔松一边说一边耸了耸肩膀,"我又没有得罪她什么!"

"没有,"小弟说,"可能是惹她生了点儿气。不过我们现在都很听话了。"

卡尔松也这样认为。

"我们当然很听话!我真是世界上最听话的。但是我希望有点儿乐子,不然我就不玩了。"

小弟思索着,试图为卡尔松找点儿高兴的事,但是不需要,因为卡尔松自己在找。他跑进小弟的衣帽间。

"等一等,在我装鬼的时候,看见里边有一个有趣的东西。"

他从里边拿出一个小老鼠夹子,这是小弟在乡下外祖母家找到的,后来他带回城里的家。

"因为我非常想捉到一只老鼠,把它驯养成我自己的。"小弟曾经对妈妈说。但是妈妈说,谢天谢地,城里的房子没有老鼠,起码他们家里没有。小弟把这些话讲给卡尔松听,但是卡尔松说:

"可能会来一只谁也不知道的老鼠。一只让人大吃一惊的小老鼠走到这里来,让你妈妈高兴高兴。"

他向小弟解释说,如果能捉到那只让人大吃一惊的老鼠会有多好,因为那时候卡尔松就可以把它养在屋顶上,如果它再生小老鼠,就可以逐渐发展成一个完整的老鼠场。

"那时候我就在报纸上刊登广告,"卡尔松说,"如果您需要老鼠,请立即给卡尔松老鼠场打电话!"

"对,那时候城里的房子也有老鼠了。"小弟满意地说。他教卡尔松怎样支老鼠夹子。

"但是一定要有一小块干奶酪或者猪皮,不然老鼠不会来。"

卡尔松把手伸进裤兜儿里,掏出一小块猪皮。

"真不错,我晚饭时省下来的。尽管我一开始想把它扔进垃圾箱里。"

他夹上猪皮,然后把老鼠夹放到小弟的床底下。

"好啦!老鼠高兴的话,它现在可以来啦。"

他们几乎把包克小姐忘了,但是这时候他们听到厨房里有做饭的声音。

"看样子她在做饭,"卡尔松说,"她在用炒勺。"

非常正确,从厨房里飘出肉丸子扑鼻的香味儿。

"她在热晚饭剩下的肉丸子。"小弟说,"啊,我已经很

饿了!"

卡尔松冲到门口。

"快到厨房去。"他高声说。

小弟认为,卡尔松确实很勇敢,他敢到厨房去,不过他不甘心落后,他小心翼翼地跟在后面。

卡尔松转眼就进了厨房。

"噢呀,噢呀,我觉得我们正好吃一顿夜宵,我觉得真不错。"

包克小姐站在炉子旁边,手里端着炒勺,但是这时她放下炒勺,朝卡尔松走去,她显得非常生气和可怕。

"滚蛋!"她高喊着,"离开这里,滚蛋!"

这时候卡尔松撅起大嘴生气了。

"如果你这么生气我就不玩了。我也应该吃几个肉丸子,你难道不知道,装神弄鬼跑了一晚上我已经很饿了。"

他跳到炉子跟前,想从炒勺里拿一个肉丸子。但是他没拿着。包克小姐叫了一声,朝他冲过去。她抓起他,把他从厨房里扔了出去。

"滚蛋!"她高喊着,"滚蛋,以后再不准到这里来!"

小弟被气疯了,他不明白,他不明白……她怎么可以这样对待他可爱的卡尔松呢?

"讨厌,包克小姐多么可恶!"他哽咽着说,"卡尔松是

我的伙伴,他当然可以待在这里。"

他刚走过来厨房门就开了。卡尔松冲进来,他也很生气,愤怒得像只蜜蜂。

"我不玩了!"他高声说,"如果这样的话,我就不玩了!把我从厨房里赶出来……那我真的不玩了!"

他跑到包克小姐面前,使劲用脚跺地板。

"厨房门,啊,讨厌……我想像其他高贵的人一样,从衣帽间走出去!"

包克小姐重新抓住卡尔松。

"我成全你。"她说,尽管小弟跑在后边又哭又抗议,她还是把卡尔松拖过整个楼层,把他从衣帽间的门扔出去,满足了他的心愿。

"好了吧?"她说,"现在心满意足了?"

"对,很不错。"卡尔松说,这时候包克小姐又把他关在门外,满楼都能听到关门声。

"总算把他赶走了。"她一边说一边回到厨房。小弟跟在她身后与她吵闹。

"讨厌,包克小姐是多么蛮横无理!卡尔松当然可以待在厨房!"

他是在厨房!当包克小姐和小弟来到厨房时,卡尔松已经站在炉子边吃肉丸子了。

林格伦作品选集
LINGELUN ZUOPINXUANJI

"不错,我之所以希望从衣帽间的门被赶出去,"他解释说,"是因为我可以从厨房的门走进去,吃香喷喷的肉丸子。"

这时候包克小姐抓住他,第三次把他推出去,这次是从厨房的门。

"真奇怪,"她说,"一个这样的坏蛋……不过我如果锁上门,大概就可以赶走你了。"

"那就等着瞧吧。"卡尔松温和地说。

他又被关在门外边了,包克小姐认认真真地把门锁好。

"讨厌,包克小姐真蛮横。"小弟说。但是她不理他。她径直走向炉子,肉丸子在炒勺里"嗞嗞"地响着。

"忙活了一晚上,我自己大概总该吃一个肉丸子了。"她说。

这时候从敞开的窗子传来一个声音。

"屋里的人晚上好,家里有人吗?还剩下肉丸子了吗?"

卡尔松满意地坐在窗台上。小弟笑了起来。

"你是从阳台上飞进来的?"

卡尔松点点头。

"正是,我又来了,你们大概高兴吧……特别是站在炉子旁边的那个人!"

包克小姐手里拿着一个肉丸子站在那里。她本来想把肉丸子放在嘴里,但是当她看见他的时候,她就惊呆了。

"从来没有见过这样嘴馋的姑娘。"卡尔松说,并且在她头顶上空翻了个跟头。他顺势夹了一个丸子,然后又迅速向屋顶飞去。

但是这时候包克小姐又清醒过来,她尖叫一声,抓起敲打地毯的棍子就去追赶卡尔松。

"你这个不知羞耻的东西,我要是赶不上你才怪呢!"

卡尔松凯旋般地围着顶灯飞翔。

"好呀,好呀,我们再加油。"他高声说,"从来没有这样开心过,除了小时候我的小爸爸拿着苍蝇拍围着梅拉伦湖追赶我,那次最有意思。"

这时候他们跟着卡尔松跑进大厅,包克小姐开始满楼层追赶。卡尔松在前面高高兴兴地飞着,包克小姐手拿着棍子紧随其后,再后边是小弟和狂吠的比姆卜。

"好呀,好呀。"卡尔松高声说。

包克小姐跟着他的脚后跟,但是她刚一靠近,卡尔松就加快速度,飞向屋顶。不管包克小姐怎么样抡棍子,最多也就碰一下他的脚心。

"好呀,好呀!"卡尔松喊着,"好痒痒,别挠我的脚心,我不愿意,再挠我就不玩了!"

包克小姐喘着粗气追赶,她的两只又大又宽的脚"吧嗒吧嗒"地踩在地板上,真可怜,她一直没找出穿鞋和袜子的时

间,因为整个晚上她都在对付鬼怪和追卡尔松,这时候她已经很累了,但是她不想善罢甘休。

"你等着瞧吧。"她一边喊一边继续追赶卡尔松。她不时地跳起来,想用棍子够着卡尔松,但是卡尔松只是开怀大笑,一下子又飞走了。小弟在旁边也笑,他实在忍不住。他笑得肚子直疼。当第三次追赶穿过他的房间时,他倒在床上想休息一会儿。精疲力竭地躺在那里,但当他看见包克小姐围着墙追赶卡尔松时,他禁不住又笑起来。

"好呀，好呀。"卡尔松高声说。

"我让你好呀。"包克小姐喘着粗气说。她挥舞着棍子，成功地把卡尔松堵在小弟床旁边的一个墙角里。

"让你再跑！"她高声说，"现在可抓住你了！"

随后她尖叫一声，小弟赶紧捂住耳朵。这次他没有笑。

"哎呀，"他想，"卡尔松这下子被抓住了！"

但是被抓住的不是卡尔松，而是包克小姐。她的大脚指头伸到老鼠夹子里去了。

"哎哟哟！"包克小姐喊叫着，"哎哟哟！"

她伸出脚，呆呆地看着夹住她大脚指头的那个奇怪的东西。

"哎呀，哎呀，哎呀！"小弟说，"等一等，我给你拿掉，哦，真对不起，不是有意的！"

"哎哟哟！"她喊叫着，当小弟帮助她从老鼠夹子上松开大脚趾的时候，她总算能讲话了，"你为什么要在床底下放一个老鼠夹子？"

小弟确实很可怜她，他结结巴巴地说："因为……因为……我们想捉一只不速之客——老鼠。"

"不过不是像你这么大，"卡尔松说，"而是一只长着长尾巴的可爱的小老鼠。"

包克小姐看着卡尔松，长叹一声。

"你……你……你一定要马上离开这里!"

她又用棍子赶卡尔松。

"好呀,好呀。"卡尔松喊叫着。他飞到大厅,又飞进起居室,出了起居室,又飞入厨房,出了厨房,又飞入卧室……包克小姐穷追不舍。

"好呀,好呀!"卡尔松喊叫着。

"我让你好呀!"包克小姐一边喘着粗气一边又跳了一下,这次比哪次都高,想用棍子拍着他,但是她忘记了自己碰倒了卧室门前的家具,所以当她用力往高跳的时候,头碰到一个小书架上,"咚"的一声摔在地板上。

"哎呀,北部的诺尔兰地区又发生地震了。"卡尔松说。

但是小弟急忙跑到包克小姐跟前。

"啊,怎么样?"他说,"啊,可怜的包克小姐!"

"把我扶到床上,乖孩子。"包克小姐说。

小弟去扶她,至少他作了努力。但是包克小姐那么大那么重而小弟是那么小,他扶不起来。这时卡尔松赶紧降落下来。

"哎哟,不行!"他对小弟说,"我也想参加搬运。因为世界上最懂事的是我而不是你!"

他们使出了浑身的力气,卡尔松和小弟,最后他们确实把包克小姐扶上了床。

"可怜的包克小姐,"小弟说,"怎么办,哪里疼?"

包克小姐静静地躺了一会儿,好像在找疼的地方。

"我浑身上下没有一块完整的骨头。"她最后说,"疼倒是不疼……只是笑的时候!"

这时候她又笑起来,床都直摇晃。

小弟惊恐地看着她,她怎么啦?

"说真心话,"包克小姐说,"今天晚上我足足跑了几圈以后,上帝保佑,真精神多了!"

她飒爽地点头。

"等着瞧吧!弗丽达和我都参加主妇健身,等到下次再说,那时候让弗丽达看着谁跑得最好!"

"好呀!"卡尔松说,"带着你的棍子,你可以满训练大

厅追赶弗丽达,让她也精神起来。"

包克小姐瞪了他一眼。

"少跟我多嘴多舌的!闭上嘴,去给我拿几个肉丸子来!"

小弟高兴得笑起来。

"好,因为一跑步就有胃口了。"他说。

"猜猜看,谁是世界上最好的取肉丸子的人?"卡尔松说。说完他就去了厨房。

然后,卡尔松、小弟和包克小姐坐在床边吃了一顿小小的美餐。卡尔松端回来满满的一餐盒吃的东西。

"我看见那里有香草冻苹果饼,我顺便也拿来了。还有一点儿火腿、干奶酪、香肠、酸黄瓜、几条沙丁鱼和一点儿猪肝酱,但是你把蛋糕藏到哪儿去啦,我的上帝?"

"没有蛋糕了。"包克小姐说。

卡尔松撅起了大嘴。

"一点儿肉丸子、苹果饼、香草冻、火腿、干奶酪、香肠、酸黄瓜和几条可怜的小沙丁鱼就把人打发了?"

包克小姐瞪了他一眼。

"不对!"她加重语气说,"不是还有猪肝酱吗?"

在小弟的记忆中,从来没有像这次吃得这么香。他、卡尔松和包克小姐坐在那里津津有味地吃着,他们是那么开心,但是就在这时候包克小姐喊叫起来:

"上帝保佑,小弟正在隔离,我们怎么把他放出来了!"她用手指着卡尔松。

"不对,我们没放他出来。是他自己来的。"小弟说。但是他还是不安起来。

"想想看,卡尔松,如果你得了猩红热怎么办!"

"入(如)果……入(如)果……"卡尔松说,因为他嘴里塞满了苹果饼,所以迟迟说不出话。

"猩红热……哎呀！曾经得过世界上肉酥饼热又没有去掉根的人刀枪不入。"

"那也不行。"包克小姐叹口气说。

卡尔松把最后一个肉丸子吃下去，然后舔了舔手指说：

"这家提供的饭确实有点儿糟糕，但是我待在这里很舒服。所以我大概也应该在这里隔离。"

"上帝保佑。"包克小姐说。

她看了看卡尔松，又看了看空空的餐盒。

"餐盒里的东西已经被你一扫而光。"她说。

卡尔松从床边站起来。他拍了拍肚子。

"我吃完饭就要离开桌子，"他说，"但是它是我唯一要离开的。"

然后他拧动开关，螺旋桨旋转起来，他沉甸甸地从开着的窗子飞走。

"再见。"他高声说，"现在你们自己玩吧，我无论如何要走一会儿，因为我太忙了！"

"再见，卡尔松。"小弟说，"你真的一定要走吗？"

"早就该走了。"包克小姐刻薄地说。

"对，现在我必须快一点儿，"卡尔松高声说，"不然我就赶不上回家吃晚饭了。好呀，好呀！"

他走了。

林格伦作品选集
LINGELUN ZUOPINXUANJI

自豪的圣母飞走了

第二天小弟睡了很长时间,他被电话铃声惊醒,他跑到大厅接电话,是妈妈打来的。

"宝贝儿……啊,太可怕了!"

"可怕什么?"小弟迷迷糊糊地问。

"你信中写的那些东西。我非常不安。"

"为什么呢?"小弟说。

"这你应该明白。"妈妈说,"可怜的小宝贝……不过我明天就回家。"

小弟听了很高兴,一下子不困了。尽管他不明白为什么妈妈叫他"可怜的小宝贝"。

小弟刚放下话筒,电话铃又响了,是爸爸从伦敦打来的。

"你怎么样?"爸爸说,"布赛和碧丹听话吗?"

"我想不会。"小弟说,"不过我不知道,因为他们在传染病医院。"

爸爸听了不安起来。

"传染病医院，什么意思？"

当小弟向他解释清楚以后，爸爸说了和妈妈完全一样的话。

"可怜的小宝贝……我明天就回家。"

随后交谈结束了，但没过多久电话铃又响了。这次是布赛。

"你问候一下长角甲虫和她请的那位医生，他们所说的不是猩红热。碧丹和我明天就回家。"

"那你们没得猩红热？"小弟问。

"多好啊，我们没得。医生说我们巧克力饮料喝得太多了，再加上吃了很多酥饼，容易过敏的人就会身上起小包。"

"这么说是一种典型的酥饼热病例。"小弟说。

但是布赛已经挂上电话了。

小弟穿好衣服，走进厨房，告诉包克小姐，对他的隔离现在已经结束了。

她已经做好午饭，整个厨房里弥漫着强烈的调料味儿。

"我不反对。"当小弟告诉包克小姐全家都要回来时她说，"真不错，在我的神经彻底崩溃之前我要结束这里的工作。"

她用力地搅动坐在炉子上的锅，里边有一种很稠的粥，她往里边加了很多盐、胡椒和咖喱粉。

"差不多了。"她说,"做这种粥一定要多加盐、胡椒和咖喱,不然不好吃!"

然后她不安地看着小弟。

"你大概不相信,那个可怕的卡尔松今天还会再来吧?如果临走之前,他让我安安静静的倒也不错。"

小弟还没来得及回答,窗外就响起了一个愉快的声音,他引吭高唱:

小小的阳光透过我的窗子

窥视我的房间……

是卡尔松坐在窗台上。

"你们好,你们小小的阳光来了,我们一定要找点儿乐子。"

不过这时候包克小姐伸出双手对他做祈祷的姿势。

"不,不……不,最好我们免了!"

"好好,我们当然要先吃饭。"卡尔松一边说一边来到桌子跟前。包克小姐已经为自己和小弟摆好了餐具。卡尔松在其中一个座位上坐下,拿起刀和叉。

"开吃啦,拿饭来!"

他很客气地对包克小姐点头。

"你完全可以和我们一起坐在桌子旁边。给你自己拿一个盘子来!"

然后他用鼻子使劲闻了闻。

"我们吃什么?"

"一顿臭揍!"包克小姐一边说一边更加用力地搅拌锅里的粥,"你至少应该挨顿打,不过我浑身没劲儿,我担心今天再也跑不动了。"

她把粥倒在一个大碗里,放在桌子上。

"你们吃吧,"她说,"我待会儿再吃。因为医生说,我吃饭的时候一定要平平静静的。"

卡尔松点点头。

"好吧,我们把这些吃完的时候,什么地方的盒子里还有几个小硬面包你可以吃……你平平静静地吃点儿面包吧,吃吧!"

卡尔松急急忙忙地往自己的盘子里倒了很多粥。但是小弟只倒了一点儿,他对自己不熟悉的东西不敢吃。这种粥他过去从来没有见过。

卡尔松用粥做了一个小塔,在周围做了护城河。就在这时候,小弟小心翼翼地用舌头舔了一下粥……哎呀!他喘着粗气,眼泪马上流了出来。整个嘴像着了火一样,但是包克小姐站在那里,用期待的目光看着他,所以他只好咽下去,没说什么。

林格伦作品选集
LINGELUN ZUOPINXUANJI

这时候卡尔松把目光从他的塔上移开。

"你怎么啦？哭什么？"

"我……我想起了一点儿伤心的事。"小弟结结巴巴地说。

"是这样。"卡尔松一边说一边津津有味地吃起了自己的塔。但是他刚咽下第一口，眼里就含满了眼泪。

"怎么啦？"包克小姐问。

"可能是毒狐狸的毒药……不过你自己心里最明白，你把什么东西都搅在一起了？"卡尔松说，"快，把大型灭火器拿来，火已经在我嗓子眼儿里烧起来了！"

他擦干眼泪。

"你怎么啦？"小弟问。

"我也想起了一点儿伤心的事。"卡尔松说。

"什么伤心事？"小弟不解地问。

"那个辣味儿粥。"卡尔松说。

但是包克小姐却不这样认为。

"你们真不害羞，孩子们！世界上有成千上万的孩子为了能吃一点儿这种粥，不惜任何代价。"

卡尔松把手伸进口袋，掏出笔记本和笔。

"我能知道其中两位的姓名、地址吗？"他说。

但是包克小姐支支吾吾就是不肯说出。

"那大概是一群吞火的小孩子，我明白，"卡尔松说，

"除了吞火和硫黄别的什么也不干。"

正在这时候门铃响了,包克小姐出去开门。

"我们跟着去看是谁,"卡尔松说,"可能是成千上万吞火的孩子之一,不惜一切代价来换她的辣粥,这样的话我们必须监视她,不能让她卖得太便宜……她放在里面的狐狸毒药太珍贵了!"

他跟着包克小姐,小弟也跟着。当包克小姐打开衣帽间门的时候,站在后面的他们听到外边的人这样说:

"我叫皮克。是瑞典广播与电视台的。"

小弟感到很冷,他小心翼翼地走到包克小姐裙子后边。门外边站着一位先生,很明显,这位英俊、绝顶聪明、不胖不瘦、风华正茂的男人正是包克小姐说的电视台有很多这类人中的一位。

"可以拜见赫尔图·包克小姐吧?"皮克先生说。

"我就是。"包克小姐说,"不过收音机和电视机的视听费我已经交过了,别再麻烦人啦!"

皮克先生友善地笑了。

"我不是为收费而来的。是为了您写的关于闹鬼的事……我们很想用它们做一个节目。"

包克小姐听了脸色变得通红。她一个字也说不出来。

"怎么啦,您不舒服吗?"皮克先生最后说。

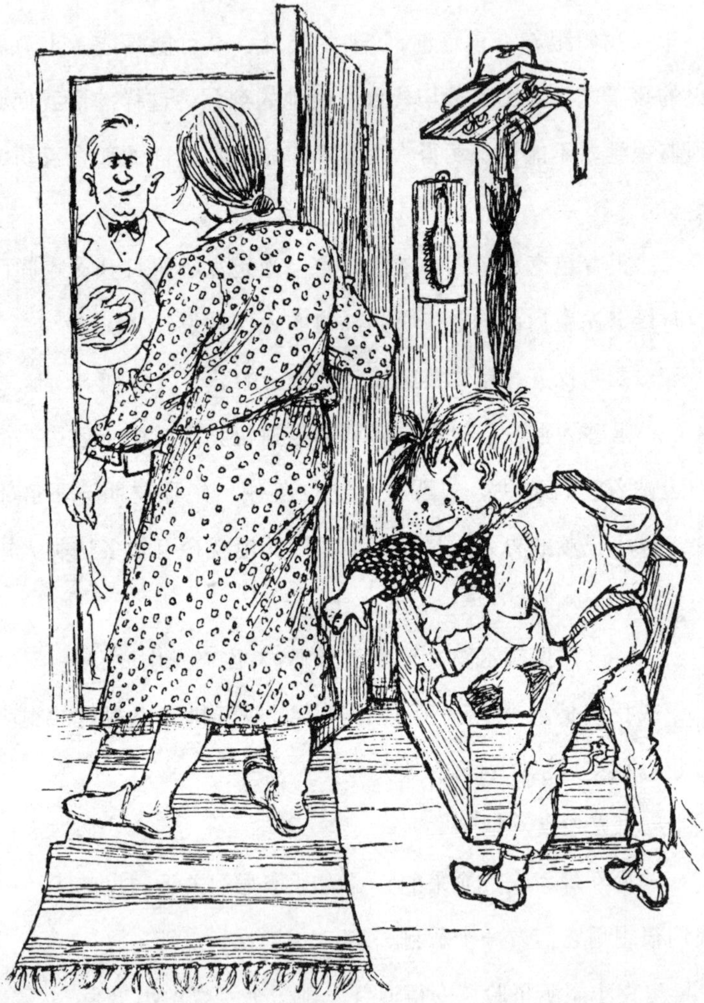

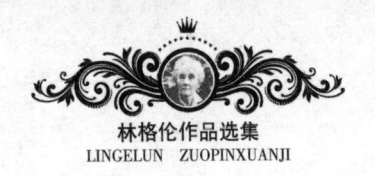

"对,"包克小姐说,"我不舒服。这是我一生中最糟糕的时刻。"

小弟紧紧地站在她的身后,他的感觉也差不多。上帝呀,这回一切都完了!这位皮克先生随时都可能看见卡尔松。当妈妈爸爸明天回家的时候,家里会挤满电缆线、摄像机和不胖不瘦的男人,家里再也不会有安宁之日,上帝啊,怎么样才能把卡尔松弄走呢?

这时候他看见衣帽间有一个旧木箱,碧丹演戏用的破烂东西都放在里边。她和她们班同学有一个挺傻的戏剧社,有时候他们在碧丹家里穿上戏装,走来走去的,装作他们完全不同于真人——他们称作戏剧,小弟认为他们真傻。小弟打开箱子,慌慌张张地对卡尔松说:

"快……藏到这箱子里去!"

尽管卡尔松不知道为什么,他还是照办了,他是那种只要需要就不会拒绝开开玩笑的人。他对小弟狡猾地眨眨眼就跳进箱子里,小弟赶紧关上箱子盖。然后不安地看着门口的那两位……他们发现什么没有?

他们没有。因为皮克先生和包克小姐正在探讨包克小姐为什么身体不舒服。

"那不是什么闹鬼,"包克小姐含着泪说,"那只是孩子们的恶作剧。"

"这么说不是闹鬼。"皮克先生说。

这时候包克小姐真的哭了起来。

"不是,不是闹鬼……我从来没有上过电视……只是弗丽达有机会上!"

皮克先生抚摩着她的手安慰她。

"别看得太重,包克小姐。我们可以找另外的机会给您安排。"

"不,这不可能。"包克小姐说。她一屁股坐在箱子上,双手捂着脸,她坐在那里哭呀哭呀。小弟真可怜她,他感到很羞愧,似乎这一切都是他的过错。

这时候箱子里传出一阵轻微的咕噜声。

"啊,对不起!"包克小姐说,"没什么,只是我饿了。"

"对,肚子饿就容易'咕噜咕噜'响。"皮克先生客气地说,"午饭大概早做好了,我闻着味道很香。您做的是什么饭?"

"只是一点儿粥。"包克小姐吸着鼻涕说,"是我自己发明的……我叫它'赫尔图·包克美味辣粥'。"

"味道真是很香,"皮克先生说,"我一闻真的饿了。"

包克小姐从箱子上站起来。

"好啊,那就尝一尝吧,不过小孩子吃不了。"

皮克先生理了理头发说,这可不合适,但是最后他们双双

消失在厨房里。

小弟掀起箱子盖,看到卡尔松躺在那里,肚子轻轻地"咕噜咕噜"响。

"对不起,等他走了你再出来,"小弟说,"不然你就要上电视箱。"

"哎呀,"卡尔松说,"你不觉得那个箱子太挤了吗?"

这时候小弟把箱子盖大开着,好让卡尔松呼吸空气,然后他向厨房跑去。他想看看皮克先生吃包克小姐的美味辣粥脸上是什么表情。

人们可以想象,皮克先生坐在那里吃粥,他说这是他有生以来吃到的最好的东西。他眼睛里一点儿泪水也没有,但是包克小姐有。当然不是因为吃粥,不是,她还是因为闹鬼的节目泡了汤而继续哭泣,尽管皮克先生喜欢她的辣粥,她还是很伤心。

但是这时候让人难以置信的事发生了。皮克先生突然说:

"现在我有办法了!您明天晚上可以参加。"

包克小姐眼里含着泪看着他。

"明天晚上我参加什么?"她忧郁地说。

"当然是上电视。"皮克先生说,"参加我们的系列节目'美味佳肴',您将向全体瑞典人演示您怎样做'赫尔图·包克美味辣粥'。"

这时候就听到"咚"的响了一声。包克小姐晕了过去。

但是她很快苏醒过来,从地板上爬起,眼睛里闪着兴奋的光。

"明天晚上……上电视?我的辣粥……我将在电视上为全瑞典人演示?我的上帝……多好啊,弗丽达,她对烹调一窍不通,她愣把我的辣味粥叫做鸡食!"

小弟洗耳恭听,太有意思了。他差点儿忘了箱子里的卡尔松。但是这时候他惊恐地听到有人到大厅里来了。一点儿不错……是卡尔松!厨房与大厅之间的门开着,小弟老远就看见他了,包克小姐和皮克先生却没发现。

啊……应该是卡尔松!可是又不像,我的上帝他怎么这副模样,他穿着碧丹的旧戏装,腿上拖着长长的天鹅绒裙子,前后都裹着薄纱。他的样子特像一位快快乐乐的小老太太,这位小老太太款款而来。小弟惊慌地挥手,示意卡尔松不能过来,但是卡尔松似乎不明白,他也挥挥手……走了过来。

"高贵的圣母驾到。"卡尔松高声说。

他站在门口,披着纱和其他东西,这场面吸引皮克先生睁大眼睛看。

"谁呀,我的上帝……那个滑稽的小姑娘是怎么回事?"他说。

这时候包克小姐可来精神了。

"滑稽的姑娘!不是,是我一生碰到的最讨厌的捣蛋鬼!滚蛋,讨厌的小崽子!"

但是卡尔松根本不理她。

"高贵的圣母,她跳舞、欢乐。"他说。

他开始跳舞,小弟从来没看见过的一个舞,可能皮克先生也没见过。

他在厨房里翩翩起舞,还不时地小步跑和抖动薄纱。

"样子很傻。"小弟想,"但是跳成什么样子都没关系,只要他不飞起来,啊,他可万万不能啊!"

卡尔松身上围了很多薄纱,所以别人看不见他的螺旋桨,这使小弟感到庆幸。但是想想看,如果卡尔松突然飞向空中,皮克先生肯定会大吃一惊,他冷静下来以后,肯定会拿出摄像机。

皮克先生一边看着那个奇怪的舞蹈一边笑。他越笑越高兴,这时候卡尔松也笑了,他对皮克先生眨眼,还从他身边挥动薄纱而过。

"相当滑稽的小家伙,"皮克先生说,"可以让他参加某个儿童节目。"

他本来不能说进一步让包克小姐生气的话。

"让他上电视?那样的话,我就不参加了!但是很明显,如果你们想让人把整个广播大楼都闹翻的话,没有比他更合适的人了。"

卡尔松点头赞成。

"对,正是这样。当他把广播大楼闹翻时,他仅仅说小事一桩,你们对他可要加小心!"

皮克先生并不坚持。

"那好——这只是个建议!还有很多其他的孩子。"

此外皮克先生也很忙,他必须抓紧时间去录制节目,他马上就得走。这时候小弟看到卡尔松正去摸他的开关,小弟都快吓死了,最后一秒钟可能坏了大事。

"不,卡尔松——不,卡尔松。"小弟小声说。他很紧张。

但是卡尔松继续摸他的开关,因为他身上披着很多薄纱带,所以找起来有点儿困难。

皮克先生已经站在门口……这时候卡尔松的螺旋桨开始旋转。

"我不知道阿尔兰达机场起飞的飞机还经过瓦萨区上空,"皮克先生说,"我认为不应该飞过这里。再见,包克小姐,我们明天见。"

他就这样走了,但是卡尔松腾空而起。他高兴地围着顶灯盘旋,对包克小姐挥动着薄纱带。

"高贵的圣母,她飞走了,再见,再见。"他说。

英俊、绝顶聪明、不胖不瘦……

整个下午小弟都待在他们家屋顶上的卡尔松的家里,他已经向卡尔松解释过为什么他们必须让包克小姐安静。

"在妈妈、爸爸、布赛和碧丹明天回家之前,她一定要把奶油蛋糕做好,你知道吗?"

卡尔松还是理解的。

"她如果做蛋糕的话,一定不能打扰她。长角甲虫做蛋糕的时候,'若'她生气是很危险的,因为那样的话奶油就要变酸……"

就这样包克小姐待在斯万德松家的最后时刻相当平静,跟她希望的完全一样。

小弟和卡尔松坐在卡尔松房子里的火炉前,平静而舒适。卡尔松曾到中心市场买了一趟苹果。

"老老实实地交了钱,一共5厄尔。"他说,"我当然不希望卖东西的老太太因为我而亏本,因为我是世界上最诚实的

人。"

"卖东西的老太太认为5厄尔就够了?"小弟问。

"这我没能问她,"卡尔松说,"因为当时她不在,去喝咖啡了。"

卡尔松用钢丝把苹果穿起来,放在火上烤。

"世界上最好的烤苹果的人,猜猜看是谁?"卡尔松说。

"你,卡尔松。"小弟说。

他们还在苹果上撒了白糖,坐在火炉前吃,这时候天已近黄昏。小弟觉得生起炉子特别舒服,因为天已经开始变冷了,人们已经感到秋天来临了。

"我得到农村转一圈,从农民那里多买点儿木柴,"卡尔松说,"跟他们很容易打马虎眼,不过上帝知道,他们什么时候才去喝咖啡。"

他又往炉子里加了几大块桦木方子。"但是冬天的时候我喜欢暖和、舒服,不然我就不玩了,他们很了解这一点,那些农民。"

炉子里的火已经熄灭,卡尔松的小房子渐渐黑了。这时候他点着悬挂在屋顶上的煤油灯。温暖、柔和的灯光洒满整个房间,照耀着卡尔松摆在工作台上所有的东西。

小弟想知道,能不能拿一点儿卡尔松的东西玩,卡尔松同意了。

林格伦作品选集
LINGELUN ZUOPINXUANJI

"但是,如果你想借东西的话一定要问我,有时候我会说同意,有时候我会说不同意……在大多数情况下,我会说不同意,因为不管怎么说都是我的东西,我想要它们,不然我就不玩了!"

在小弟问了很多次以后,卡尔松才同意借给他一个旧闹钟,这是卡尔松拧坏了的一个破闹钟,后来他又攒上了。非常令人高兴,小弟想象不出有比这更好的玩具。

但是后来卡尔松想,他们应该动手制作一些东西。

"自己做东西最有意思,我们可以做很多好东西,"卡尔松说,"至少我能。"

他从工作台上倒出所有的东西,从沙发底下掏出一堆木块,然后卡尔松和小弟又刨又砍又钉钉子,各种声音听起来就像是演奏。

小弟用两个木块钉了一个汽船,他装上一块木条当烟囱。这真是一条非常漂亮的船。

卡尔松说他要做一个鸟窝,放在屋檐下,让小鸟们住,但是没做成鸟窝,却变成了其他东西,只不过看不出到底像什么。

"这是什么东西?"小弟问。

卡尔松歪着头,看着他做的那件东西。

"是……一个东西,"他说,"一个非常好的小东西,猜猜看,谁是世界上最好的手工制造者?"

"你,卡尔松。"小弟说。

但是已经到了晚上。小弟必须回家睡觉。他必须离开卡尔松和他温馨的小屋,那里有各式各样的东西,工作台、别致的煤油灯、木柴堆和开口炉子,里边的炭火还没灭,温暖、明亮,真让人难舍难分,但是他知道他必须要回去了。啊,他多么高兴,卡尔松的房子正好在他家屋顶上,而不是在别处!

他们走到台阶上，卡尔松和小弟，他们头上满天繁星。小弟从来没有看到过这么大、这么多、这么近的星星。不对，当然不能说近，它们至少有几万公里远，这一点他是知道的，但是……噢，但是卡尔松房子上的星空很近，同时也很远。

"你在看什么?"卡尔松问，"我有点儿冷……你想飞还是不飞?"

"想飞，谢谢。"小弟说。

第二天……多么好的一天！先是布赛和碧丹回来，随后是爸爸，最后是妈妈回来。小弟扑到妈妈的怀里，他再也不要离开她了。他们站在她的周围，爸爸、布赛、碧丹、小弟和包克小姐。

"你已经不过分劳累了吧?"小弟问，"怎么恢复得这么快?"

"我接到你的信就好了。"妈妈说，"当我知道你们几个不是'丙'就是被隔离的时候，我想我再不回家也真的会'丙'了。"

包克小姐摇了摇头。

"真让人难以置信。尽管我可以不时地来帮助斯万德松夫人，如果需要的话，"包克小姐说，"但是现在我必须马上走，因为今天晚上我要上电视。"

他们听了大吃一惊，妈妈、爸爸、布赛和碧丹。

"真的?"爸爸说，"那我们一定得看！绝对！"

包克小姐自豪地耸了耸肩膀。

"好,我希望这样。我希望全瑞典人都看。"

然后她就忙起来。

"因为我必须做头发、洗澡、化妆、修指甲。我还要试一试我新买的平足鞋垫。上电视的时候一定要漂漂亮亮的。"

碧丹笑了起来。

"平足鞋垫……电视里大概看不见平足鞋垫吧?"

包克小姐不高兴地看着她。

"我说了吗?我需要焕然一新……当我知道自己完美无缺的时候,就会更加自信。不过平常的人可能不大明白。但是我们都知道,我们上电视的人。"

然后她匆匆忙忙地说了声再见就离开了。

"长角甲虫走了。"当门在她身后关上时布赛说。

小弟若有所思地点点头。

"我挺喜欢她的。"他说。

她做的蛋糕非常好吃,又大又松,上边还有菠萝片。

"晚上我们喝咖啡时再吃,一边吃一边看电视里的包克小姐。"妈妈说。

后来真的这样做了。当紧张的时刻要来临时,小弟拉响了给卡尔松的通话铃,他拉窗帘后边的绳子,只一下,这意思是"马上来!"

卡尔松来了。这时候全家已经坐在电视机前边了,咖啡盘已经摆好,奶油蛋糕放在桌子上。

"卡尔松和我来了。"当他们走进起居室时小弟说。

"我来啦!"卡尔松说,然后一屁股坐在最好的位子上,"哎呀,这家里还有奶油蛋糕可吃,该吃了吧!我能马上吃一点儿……或者更确切地说吃很多吗?"

"别没大没小的,"妈妈说,"再说这是我的位子。你们坐在电视机前的地板上,你和小弟,我给你们蛋糕,你们在那里吃。"

卡尔松转身对小弟说:

"你听到了吗?她也要把你轰走,可怜的孩子!"

然后他神秘地笑了,露出满意的神情。

"不错,她也把你轰走,这样就公平了,不然我就不玩了!"

他们坐在电视机前的地板上——卡尔松和小弟,他们一边使劲儿吃蛋糕,一边等着看包克小姐。

"她出来了。"爸爸说。

她真的出来了!还有皮克先生,他是节目主持人。

"跟真的长角甲虫一样。"卡尔松说,"哎呀,哎呀,我们这下子可有乐子啦!"

包克小姐有点儿打战,好像她听到了卡尔松在说什么,还是她在全瑞典人面前演示做"赫尔图·包克美味辣粥"本来就

紧张?

"你听我说,"皮克先生说,"你怎么想起来要做这种辣味粥呢?"

"你听我说,"包克小姐说,"我有一个妹妹,对烹调一窍不通……"

她还没来得及多说,卡尔松就伸出自己的小胖手,把电视机关了。

"我让长角甲虫来她就得来,让她走她就得走。"他说。但是这时候妈妈说:

"马上开开……再不准这样做了,不然你就走吧!"

卡尔松把小弟推到旁边并小声说:

"在这个家里人们什么也不能再做了?"

"别说话,我们要看包克小姐。"小弟说。

"要放足盐、胡椒和咖喱,这样才好吃。"包克小姐说。

她加了盐、胡椒和咖喱,多得直冒烟儿。当辣粥做好的时候,她滑稽地从电视屏幕里向外看着说:

"你们大概想尝一尝吧?"

"谢谢,我不想。"卡尔松说,"但是如果你给我姓名和地址,我可以为你接几个吞火的孩子来。"

随后皮克先生对包克小姐来电视台演示自己美味辣粥的做法表示感谢,很明显时间已经到了,但是这时候包克小姐说:

"你听我说,我能向住在弗列伊大街上的我的妹妹问好吗?"

皮克先生看样子有点儿为难。

"你听我说……好吧,只是要快一点儿。"

这时候包克小姐在屏幕上挥着手说:

"喂,喂,弗丽达,你好吗?我希望你不至于气死。"

"我也希望是这样,"卡尔松说,"因为现在有北部的诺尔兰地震就足够了。"

"你这是什么意思?"小弟说,"你大概不知道,弗丽达是不是像包克小姐的块头那么足。"

"谢天谢地,我真的知道。"卡尔松说,"我曾经去过弗列伊大街,在那里闹过几次鬼。"

然后卡尔松和小弟又吃了很多蛋糕,看电视里一个杂耍演员耍盘子,同时把五个盘子抛到空中,一个也不会掉到地上。小弟认为这个杂耍演员不怎么样,但是卡尔松却瞪大眼睛瞧着,所以小弟也觉得很庆幸。此时此刻一切都那么开心,大家待在一起多幸福,妈妈、爸爸、布赛、碧丹、比姆卜……还有卡尔松。

蛋糕吃完的时候,卡尔松拿起那个精美的蛋糕盘子,他仔细地用舌头舔,然后他就把盘子抛到空中,就像电视中的杂耍演员一样。

"没什么,"他说,"电视箱里的那个老头儿还不错。不过猜猜看,谁是世界上最好的耍盘子人?"

他把盘子高高抛起,差不多要碰到屋顶了,小弟害怕了。

"不行,卡尔松……别耍了!"

妈妈和其他人都正看电视里的独舞节目,没有注意卡尔松在干什么。但是小弟说的"别耍了"无济于事,卡尔松仍然无所顾忌地耍盘子。

"你们家有一个非常漂亮的蛋糕盘子,"卡尔松一边说一

边将盘子摔向屋顶，"确切地说是曾经有，"他说完弯下腰去拾碎片，"没关系，小事一桩……"

但是当盘子摔碎时，妈妈听到了响声，她在卡尔松的屁股上狠狠地打了一巴掌说：

"这是我最精美的盛蛋糕盘子，可不是小事一桩。"

小弟不喜欢别人这样对待世界上最好的耍盘子人，但是他理解妈妈为盘子生气，所以他赶紧跑过去安慰她。

"我拿我自己猪形储钱箱里的钱为你买一个新盘子。"

但是这时候卡尔松把手伸到口袋里，掏出一枚5厄尔硬币交给妈妈。

"我打碎的我自己付钱。在这儿！拿着吧！请你买一个盘子，剩下的就别找了。"

"谢谢，卡尔松，你真懂事。"妈妈说。

卡尔松满意地点点头。

"或者你用剩下的钱买一些便宜的小玻璃杯，我再惹你生气时，你就用玻璃杯砸我。"

小弟凑到妈妈身边。

"你大概不会生卡尔松的气吧，妈妈？"

这时候妈妈抚摩着卡尔松和小弟说，她没有生气。

然后卡尔松跟他们告别。

"再见，我现在一定要回家了，不然就误了晚饭了。"

"屋顶上的卡尔松美味辣粥。"卡尔松说,"你放心,不是像长角甲虫那样的狐狸药。世界上最好的辣粥制造者,猜猜是谁?"

"你,卡尔松。"小弟说。

过了一会儿小弟就上床睡觉了,比姆卜睡在床边的篮子里。他们跟大家道晚安,跟妈妈、爸爸、布赛和碧丹,现在小弟开始困了,但是他躺在床上还是想卡尔松,他此时此刻在做什么。他可能在做木工活儿,在做一个鸟窝或者别的什么。

"明天我放学回来以后,"小弟想,"我一定要跟卡尔松通话,问他我能不能到他那里去,我也再做一些木工活儿。"

小弟觉得,卡尔松做一个通话筒真不错。

"如果我愿意,现在就可以跟他通话。"他想,他突然觉得这是个好主意。

他从床上爬起来,光着脚跑到窗前,用手拉绳。拉三次。其意思是:"如果世界上有谁英俊、绝顶聪明、不胖不瘦、勇敢和十全十美,就是你,卡尔松!"

小弟站在窗前,他不是等回答,不,他只是想站在那里。但是这时候卡尔松真的来了。

"啊,多好呀。"他说。

他没再说下去。然后他飞回自己在屋顶上的绿色小房子。

第三部

屋顶上的卡尔松又偷偷地来了

小飞人卡尔松
Xiaofeirenkaersong

谁都有权当卡尔松

一天早晨小弟醒来——他是斯万德松家最小的孩子——听见爸爸和妈妈在厨房里说话,好像对什么事情很生气很伤心。

"啊,现在算完了!"爸爸说,"看看报纸怎么说的,自己读吧!"

"好吧,真可怕!"妈妈说,"唉,太可怕了!"

小弟匆忙从床上爬起来,他也想知道什么事这么可怕。

这件事他知道了。在报纸的头版冠以这样的大标题:

会飞的水桶①或者是别的什么东西?

后面是这样的消息:

是什么神秘而奇异的东西在斯德哥尔摩飞来飞去?人们说,一种极小会飞的水桶或者类似的东西带着很响的马

---

① 瑞典空军第一架歼击机就叫这个名字。

达声不时地出现在瓦萨区屋顶的上空。民航局对这种奇怪的飞行物一无所知,因此人们怀疑此物可能是在高空进行侦察的可怕的外国间谍。必须搞个水落石出,并将其捕获。如果是一个可怕的小间谍,必须扭送警察局,越快越好。

谁能揭示瓦萨区这个神秘的飞行物?为此悬赏一万克朗,奖励能捉到那个飞行物的人。不论其为何物,只要把那个东西交来,钱就可以从本报编辑部兑现。

"可怜的屋顶上的卡尔松,"妈妈说,"人们会没死没活地追他。"

小弟既感到害怕,又感到气愤和伤心。

"卡尔松为什么不能安安静静地生活?"他高声说,"他没有做任何坏事。他只是想住在屋顶上的房子里,在周围飞一飞。这有什么不对?"

"没有,"爸爸说,"卡尔松没有错。他只是有点儿……啊……与众不同。"

不错,卡尔松确实有点儿与众不同,甚至小弟也不得不承认这一点。身上带有马达的小胖叔叔住在别人屋顶上的特殊的小房子里,背后有可折叠螺旋桨,肚子上有开关,这些东西是与众不同。

卡尔松就是这样一位小叔叔。卡尔松是小弟最好的朋友，甚至比克里斯特和古尼拉还好，不过小弟也很喜欢那两位，在卡尔松不在家或者没时间跟他玩的时候，他也和他们一起玩。

卡尔松认为克里斯特和古尼拉傻了点儿。每次小弟和他们接近，卡尔松都嗤之以鼻。

"不要把我和这两个小不点儿相提并论。"他说，"英俊、绝顶聪明、不胖不瘦、风华正茂，你知道有多少像你这样的小笨蛋孩子有这样的好朋友，啊？"

"除了我没有别人。"小弟说，他每次听到卡尔松这样说都感到很幸福，心里热乎乎的，多么幸运，卡尔松正好住在他家的屋顶上！整个瓦萨区都是像斯万德松家住的破旧的四层楼

房,而卡尔松正好住在他们家的屋顶上,而不是在别人家,多幸运啊。

尽管爸爸和妈妈一开始不是特别高兴,他的哥哥和姐姐——布赛和碧丹——起初也不喜欢他,可以说全家——当然小弟除外——都认为卡尔松很可怕,娇惯任性,无法无天。但是最近一个时期大家开始习惯他的作为,现在他们差不多已经喜欢他,特别是他们理解小弟需要他。布赛和碧丹比小弟大好几岁,在小弟没有与他年龄差不多的哥哥和姐姐时,他需要有一位最好的朋友。诚然他有一只狗,一只叫比姆卜的非常可爱的小狗,但远远不够——小弟需要卡尔松。

"我认为卡尔松也需要小弟。"妈妈说。

从一开始妈妈和爸爸就想对卡尔松的事尽量保密。他们知道,假如电视台看见了他,或者各家周报写了"卡尔松的家",就不会再有安宁。

"哈哈,那会很有意思。"有一次布赛说,"如果人们在周报的首页看见卡尔松在大厅里闻一束粉色玫瑰什么的。"

"你多么愚蠢。"这时候小弟说,"卡尔松根本没有大厅,他只有一间很挤的小房子,没有玫瑰。"

布赛当然也知道。他、碧丹、妈妈和爸爸有一天——仅仅一次——到过屋顶,看到了卡尔松的小房子。他们是从天窗上去的,只有捅烟囱的人才走那里,小弟曾经指给他们看,多有

意思,卡尔松的房子隐藏在烟囱后边,紧靠隔壁人家的防火墙。

当妈妈从屋顶朝楼下很深很深的街看时,她吓坏了。她几乎晕过去,赶紧用手扶住烟囱。

"小弟你要保证,一个人不到上边来。"她说。

小弟在回答之前稍微想了一下。

"好吧,"他最后说,"我一个人不到这里来,不过有时候我会跟卡尔松飞上来。"他相当平静地说。如果妈妈没听见,那确实应该赖她自己了。再说她怎么可以要求小弟不能上来拜访卡尔松呢?她大概没有意识到待在卡尔松很挤的小房子里是多么有意思,那里有很多好玩的东西。

不过现在一切都完了,小弟痛苦地想,就因为那家报纸愚蠢的文章。

"你可以告诉卡尔松,让他加点儿小心,"爸爸说,"最近一段时间他不要飞得太多。你们可以待在你的屋子里,别人看不见他。"

"他要淘气的话,我就把他赶走。"妈妈说。

她给小弟端来了一碗粥放在桌子上,小狗比姆卜吃食的碗里也有一点儿。爸爸说了声再见就到办公室去了,妈妈也要进城去。

"我到旅行社去看看,爸爸要休假,让他们帮我们找一条

有意思的旅行路线。"她一边说一边亲了小弟一下,"我很快就回来。"

家里就剩小弟一个人了,单独跟比姆卜、粥和自己的想法在一起,还有那张报纸。报纸就在他身边,他不时地斜着眼看一看。在刊登有关卡尔松的文章下边是一张美丽的照片,上面有一只访问斯德哥尔摩的白色蒸汽船,停泊在斯特鲁门河里。小弟看着船,哦,真漂亮,他多么想有一只蒸汽船,坐着它去航海!

他想好好看那只船,但是眼睛自始至终被那个讨厌的标题吸引:

会飞的水桶或者是别的什么东西?

小弟真的不安起来,他必须把此事尽快告诉卡尔松。不过

他不能让他太害怕，不能，因为谁知道卡尔松会不会因为害怕而飞走，以后再也不回来了！

小弟叹息着，然后他不情愿地往嘴里放一勺粥。他不是把粥咽下去，而是含在嘴里，好像在尝。小弟是一个又瘦又挑食的男孩，像很多孩子一样，不好好吃饭。吃饭的时候磨磨蹭蹭，总是要花很长时间才吃完。

小弟想，粥不怎么好吃，如果撒上砂糖可能会好吃一些。他拿起糖罐，但是在同一瞬间他听见窗外边有马达声，卡尔松突然飞来了。

"你好，小弟，"他高声说，"猜猜看，谁是世界上最好的朋友？猜猜看他为什么现在来？"

小弟很快咽下嘴里的粥。

"世界上最好的朋友是你，卡尔松！但是你为什么现在来？"

"让你猜三次。"卡尔松说，"因为我想你，小笨蛋？因为我飞错了，我本来要飞到御苑去转一圈？因为我已经闻到粥特别香？猜吧！"

小弟听了兴高采烈。

"因为你想念我。"他不好意思地试猜。

"错了！"卡尔松说，"而我也不是想到御苑，这你就别猜了。"

林格伦作品选集
LINGELUN ZUOPINXUANJI

"御苑。"小弟想,啊,卡尔松绝对不能飞到那里去,别的地方也不行,那里人山人海,人们会看到他,他确实应该向他解释清楚。

"你听我说,卡尔松。"小弟刚开口,但是他马上停住了,因为他突然发现卡尔松显得很不高兴。他不满地看着小弟,嘴撅得老高。

"人家饥肠辘辘地来了,"他说,"但是有人为他推过一把椅子、摆一个盘子、戴上围嘴、盛好粥,对他说,一定要为妈妈吃一勺,一定要为爸爸吃一勺,一定要为奥古斯塔阿姨吃一勺……"

"谁是奥古斯塔阿姨?"小弟好奇地问。

"一无所知。"卡尔松说。

"那你需要为她吃一勺吗?"小弟一边说一边笑。

但是卡尔松没笑。

"哎呀,你这么说?哎呀,我的意思就是,假如不认识远在天涯海角的杜姆巴或者图塔雷或者随便什么地方的世界上所有的无所事事的阿姨还不把人饿死!"

小弟赶紧拿出一个盘子,请他自己从

锅里盛粥。卡尔松盛粥时还撅着大嘴。他盛呀,盛呀,到最后他还用手指把锅边上的粥都刮到碗里。

"你妈妈挺可爱的,"卡尔松说,"但是有一点很可惜,她过于小气。我这辈子见过很多粥,但从来没见过做得如此少的粥。"

他把糖罐子底朝天,把所有的糖都倒在盘子里,然后开吃。有几分钟时间厨房里就听到他大口吃粥时发出的"呼噜"的声音。

"很遗憾,不够为奥古斯塔阿姨吃一勺了。"卡尔松一边说一边把嘴擦干净,"不过我看见这里有小蛋糕!别着急,沉住气,可爱的奥古斯塔阿姨,请你安安静静地坐在遥远的杜姆巴,我大概还能塞进几块小蛋糕。可能是三块……或者四块……或者五块!"

在卡尔松吃小蛋糕的时候,小弟坐在那里思索,他怎么以最好的方式告诫卡尔松。"让他自己读可能也不错。"他想,便带着某种犹豫把报纸推给卡尔松。

"请你看看头版。"他阴郁地说,卡尔松照办了。他怀着很大的兴趣看,他用自己的胖手指指着那只白色游艇。

"哎哟,又有一只船翻了!"他说,"除了事故还是事故!"

"哎哟,你把报纸拿反了。"小弟说。

他一直怀疑卡尔松的阅读能力不特别好,但是他是一个小善人,不愿意使卡尔松听了不高兴,所以他没说"哈哈,你不认识字",而只是把报纸和那张船的照片正过来,这样卡尔松就可以看到海上没有发生事故。

"但是上面刊登着别的事故。"小弟说,"好好听着!"

他把关于会飞的水桶、必须捕捉那个可怕的小间谍以及悬赏等通通读给卡尔松听。

"只要把那个东西交来,钱就可以从本报编辑部兑现。"他读完叹了口气,但是卡尔松没有叹气,他欢呼起来。

"哎呀,哎呀,太好啦!"他一边叫一边高兴地跳起来,"哎呀,哎呀,那个可怕的小间谍已经被捉住,快给那家报纸的编辑部打电话,告诉他们我下午就把那个东西交去!"

"你说的是什么意思?"小弟胆怯地问。

"世界上最好的间谍捕捉手,猜一猜是谁?"卡尔松说,并骄傲地指着自己,"当我拿来那张捕苍蝇的大网时,肯定就是卡尔松签字领钱。如果那个可怕的小间谍在瓦萨区飞来飞去,天黑之前我一定能用网把他捉住……此外,你有能装下一万克朗的口袋吗?"

小弟又叹了口气,看来事情比他预想的还要困难,卡尔松一点儿都不明白。

"我的好卡尔松,难道你还不明白,你就是那个会飞的水

桶，你就是他们要捉的人，明白了吧！"

卡尔松不再高兴地跳了。好像有东西突然卡住了他的喉咙，他愤怒地瞪着小弟。

"会飞的水桶？！"他喊叫着，"把我叫做一个会飞的水桶！你还是我最好的朋友吗？呸！"

他伸展自己的身体，使自己尽可能变得高一些，同时使劲收腹。

"你可能没注意到，"他带着高傲的表情说，"我英俊、绝顶聪明、不胖不瘦、风华正茂，这一点你大概没有看到，对吧？"

"看到了，卡尔松，看到了，卡尔松！"小弟结结巴巴地说，"但是报上是这么写的，我有什么办法。这是他们的意思，这一点你肯定知道。"

卡尔松更愤怒了。

"只要把那个东西交到这家报纸的编辑部。"他刻薄地说，"东西，"他高声说，"那个叫我'东西'的人，他等着瞧吧，我非把他鼻子打下来不可。"

他冲着小弟威胁地跳了几步。但是他本来不应该这样做，因为这时候小狗比姆卜叫了起来，比姆卜不想让别人对自己的主人发淫威。

"不，比姆卜，别对卡尔松叫。"小弟说，这时候比姆卜

不叫了。它只是小声地哼了几声,卡尔松能明白它的意思就行了。

卡尔松走过来,坐在一个板凳上,阴郁而愤怒,好像都能闻出来。

"我不玩了。"他说,"你对我那么恶,叫我'东西',还让你的红眼狗咬我,我不玩了。"

小弟慌乱极了,他不知道他应该怎么说或者怎么做。

"报纸上写的东西我没有办法。"他嘟囔着说。然后他就不吭声了。卡尔松也不吭声。他生气地坐在板凳上,厨房里沉闷的空气让人窒息。

这时候卡尔松突然大笑起来。他从板凳上跳起来,像做游戏般地在小弟肚子上打了一拳。

"即使我是'东西',"他说,"也是世界上最好的'东西',值一万克朗,你想过吗?"

小弟也开始笑了,啊,看到卡尔松又高兴了真是妙极了。

"对,你的确是这样。"小弟高兴地说,"你值一万克朗,大概没有很多人值这么多钱。"

"全世界也没有。"卡尔松自信地说,"比如像你这样的一个笨蛋,最多也就值1克朗25厄尔,我敢保证。"

他开动马达,高兴地飞向空中,他围着顶灯转了几圈,一边飞一边高兴地叫喊着。

"哎哟,哎哟!"他喊叫着,"值一万克朗的卡尔松来了,哎哟,哎哟!"

小弟决定忘掉这一切。卡尔松确实不是什么间谍,因为他就是卡尔松,警察也不会抓他。他突然想到,妈妈和爸爸的担心也没有必要。当然他们只是担心,如果有人追捕他,卡尔松就不能保持秘密身份,但是真正的灾难大概不会降临到他的头上,这一点小弟确信无疑。

"你不用担心,卡尔松。"他用安慰的口气说,"他们不会把你怎么样,因为你就是你。"

"对,谁都没有权利叫卡尔松。"卡尔松斩钉截铁地说,"尽管到目前为止只有一个英俊、不胖不瘦的小样板。"

他们走进小弟的房间,卡尔松用企盼的目光四处察看。

"你有我们可以爆炸的蒸汽机或者其他可以发出响声的东西吗?必须有响声,我想找点儿乐子,不然我就不玩了。"他说。就在同一瞬间他看见桌子上有一个口袋,他像鹰一样看着袋子,那是昨天晚上妈妈放在那里的,里面有一个好吃的大桃,这时候桃子已经在卡尔松的胖手指间闪光发亮。

"我们平分吧。"小弟赶忙建议。实际上他也很喜欢吃桃子,他知道,他要想分一点儿必须抓紧时机。

"我很愿意。"卡尔松说,"我们分吧,我要桃子,你要口袋,这样你就占便宜了,因为你有了口袋什么有趣的事都能

做。"

"不,谢谢。"小弟说,"我们分桃子,然后你可以拿走口袋。"

卡尔松满脸不高兴地摇着头。

"从来没见过这样嘴馋的小孩子。"他说,"好吧,就照你说的办!"

他们需要一把小刀把桃子切开,小弟跑到厨房去取刀子。当他拿刀子回来时,卡尔松不见了。但是小弟很快发现卡尔松

藏在桌子底下,从那里传出有人大口大口吃多汁的桃子的响声。

"喂,你到底在干什么呀?"小弟不安地问。

"分桃子。"卡尔松说。最后一口吃桃子的声音结束了,卡尔松从桌子底下爬出来,桃汁从他的腮上流下来,他向小弟伸出一只胖胖的手,给他一个皱皱巴巴的棕色小桃核。

"我一向让你拿最好的。"他说,"如果你种上这桃核,你就会得到一整棵桃树,上面会结满桃子。你得承认吧,我是从不跟别人争吵的最听话的人,尽管我只得到一个小得可怜的桃子!"

小弟还没来得及承认什么,卡尔松已经跑到窗前,那里有一个花盆,盆里栽着一棵粉红色天竺葵。

"帮人帮到底,我再帮你把它种上。"他说。

"别动。"小弟高声说。但是已经晚了。卡尔松已经把天竺葵从花盆里拔出,小弟还没来得及阻止他,他已经把花从窗口扔出去了。

"你真不聪明。"小弟刚开口,但卡尔松不理睬他。

"一棵大桃树!你想想多好啊!你五十岁大寿开宴会时,可以用桃子当尾食招待每一位客人,你说有意思没有?"

"有,不过等我妈妈回来看见你拔掉她的天竺葵,就不会那么有意思了。"小弟说,"你想想看,如果有一位老先生正

走在街上，花掉在他头上，你想他会说什么呢？"

"谢谢，亲爱的卡尔松，他会说，"卡尔松肯定地说，"谢谢亲爱的卡尔松，因为你拔掉了天竺葵以后没有像小弟的疯妈妈想的那样把花盆也扔下来……真不错！"

"她不会那么想。"小弟抗议说，"你这是什么意思？"

卡尔松把桃核塞到花盆里，用土使劲盖上。"会，她肯定会，"他肯定地说，"只要天竺葵在花盆里，她就会满意，你妈妈。究竟对走在街上的老先生是否有生命危险，她不在乎。

她会说,老不老先生小事一桩,只要没有人拔掉我的天竺葵就行。"

他用眼睛瞪着小弟。

"不过要是我把花盆也扔下去了,那我们在什么地方种桃树呢,你想过吗?"

小弟一点儿也没想,他不能回答。卡尔松犯了牛脾气时,很难和他交谈。不过可喜的是他一会儿就雨过天晴,突然他又满意地笑了。

"我们还有袋子,"他说,"有了口袋什么有趣的事都能做。"

小弟从来没注意过这种事。

"怎么做?"他说,"拿一个口袋能干什么?"

卡尔松的眼睛开始发亮。

"世界上最大的双桅船。"他说,"哎呀,哎呀,多大的船呀!跟我要做的一模一样!"

他拿起纸袋,很快消失在浴室时,小弟好奇地跟着,他很想知道他是怎么造世界上最大的双桅船的。

卡尔松靠在浴缸旁边,开开水龙头往纸袋里灌水。

"你真不聪明。"小弟说,"纸袋里怎么可以盛水,这一点你大概知道。"

"那这是什么?"卡尔松一边说一边把已经裂开的纸袋放

到小弟鼻子底下。他只放了一瞬间，为的是让小弟看一看纸袋可以盛水，但是他随后就捧着纸袋跑进小弟的房间。

小弟紧跟在后边，预感到要发生什么坏事。一点儿也不假……卡尔松从窗子探出头，小弟只能看到他的屁股和他又短又圆的小腿。

"好呀，好呀，"他高声说，"往下看，世界上最大的口袋来了！"

"住手。"小弟一边喊一边迅速地把身体探到窗外。

"不行，卡尔松，不行。"他不安地喊叫着。但是已经晚了，纸口袋已经脱手了。小弟看到纸口袋像炸弹一样正好掉在一位可怜的阿姨的脚前边，她正要去奶制品店买东西，看得出来，她很不喜欢世界上最大的口袋。

"她那么生气，就好像这是个花盆，"卡尔松说，"不就是平常的一点儿水吗？"

小弟"呼"的一声关上窗子。他不希望有更多的东西扔到窗外。

"我认为你不应该这样做。"他严肃地说,但是这时候卡尔松大笑起来。他围着顶灯飞了起来,狡猾地看着小弟。

"我认为你不应该这样做。"他学着小弟的腔调说,"你怎么相信我会那样做呢?把装满臭鸡蛋的纸袋扔出去,是吗?这又是你妈妈的一个特别编造吧?"

他飞过来,"咚"的一声落在小弟面前。

"你们是世界上最特别的人,你和你的妈妈。"他一边说一边抚摩着小弟的面颊,"不过我还是喜欢你们,真奇怪。"

小弟高兴得脸都红了。不管怎么说,只要卡尔松喜欢他就好,实际上他也很喜欢妈妈,尽管不总是这样。

"对,我自己也觉得很奇怪。"卡尔松说。他继续抚摩小弟。他长时间抚摩小弟,手逐渐加重,最后他用力抚摩小弟一下,就如同打了一个小小的耳刮子,然后卡尔松说:

"啊,我多懂事。我是世界上最懂事的人。所以我觉得我们现在应该玩一些懂事的游戏,你不觉得是这样吗?"

小弟赞成这个主意,他马上开始考虑:他和卡尔松有什么懂事的游戏玩呢?

"比如,"卡尔松说,"我们把桌子当做洪水泛滥时救生的木排……洪水现在正好就来了!"他指着从门底下慢慢淌过来的一股水说。

小弟气得喘了一口气。

"你没有关浴室的水龙头?"小弟胆战心惊地问。

卡尔松歪着头,温和地看着他。

"请你猜三次,我关了还是没关?"

小弟打开通向起居室的门,哦,正中了卡尔松说的,洪水已经来了,浴室和起居室都进了水,他们可以在那里蹚水玩,如果他们愿意的话。

卡尔松愿意。他高兴地双脚跳进水里。

"好呀,好呀!"他说,"有时候好事接连不断。"

当小弟关好水龙头、放掉浴缸里满满的水后,他就瘫在起居室的椅子上,痛苦地看着惨景。

"哎呀!"他说,"哎呀,妈妈会说什么呢?"

卡尔松停止跳跃,他生气地看着小弟。

"啊,你听我说,"他说,"她要多娇气有多娇气,你妈妈,不就是一点儿普通的水吗!"

他双脚又跳了一次,水溅了小弟一身。

"水也相当有意思。"他说,"知道吗,我们可以免费洗脚。她不喜欢洗脚吗,你妈妈?"

他又跳了一次,所以小弟身上又溅了很多水。

"她从来不洗脚吗?她就知道整天不停地往外扔花盆吗?"

小弟没有回答,他在想别的事情。实际上他有很多要办的事情,啊,在妈妈回家之前,他们要尽可能把地拖干净。

"卡尔松,我们一定要赶快……"他一边说一边从椅子上跳起来,箭似的跑进厨房,很快拿回来两把拖布。

"卡尔松帮一下我。"他说。但是那里已经没有卡尔松了。浴室里没有卡尔松,大厅和小弟的房间也没有。但是小弟听到外边有马达声。他跑到窗前,这时候他看到一个类似圆香肠的东西呼啸而过。

"会飞的水桶之类的东西。"小弟嘟囔着说。

不,不是什么会飞的水桶!是卡尔松飞回他那屋顶上的绿色房子。

不过这时候卡尔松已经看到小弟了。他翻了一个跟头,从窗前呼啸而过。小弟不停地向他挥动拖布,卡尔松也向他挥动自己的小胖手。

"噢呀,噢呀!"他喊叫着,"值一万克朗的卡尔松来了,噢呀,噢呀!"

他消失了。小弟每只手拿着一把拖布,开始拖大厅里的水。

卡尔松记住，他有生日

卡尔松真运气，妈妈从旅行社回来的时候，他已经走了，因为她真的生气了，一方面是因为天竺葵，另一方面是满屋的水，虽然小弟已经把大部分水拖干了。

妈妈很快就明白是谁来过了。爸爸回家吃晚饭的时候，听到了一切。

"我知道这有点儿不光彩。"妈妈说，"因为我多多少少开始适应卡尔松的所作所为，但是有时候似乎觉得，为了摆脱他，我自己宁愿拿出一万克朗。"

"啊，讨厌。"小弟说。

"好，我们不再说这件事了，"妈妈说，"因为吃饭的时候要心情愉快。"

妈妈总是这样说："吃饭的时候要心情愉快。"小弟也这样认为。大家坐在桌子周围吃饭，无话不谈，心情确实很愉快。小弟说话比吃饭多得多，至少吃炖鳕鱼、蔬菜汤和青鱼丸

子时是这样。但是今天他们吃牛排和草莓，因为暑假开始了，布赛和碧丹要出去度假，布赛要去航海学校，碧丹要去一个农庄学骑马，所以他们举行了一次小型的欢送宴会，妈妈有时候喜欢办小型宴会。

"不过小弟你不必伤心，"爸爸说，"我们也去旅行，妈妈、你和我。"

他透露出一个大新闻，妈妈已经去过旅行社，订了一张游船的票，就是小弟报纸上看到的那种游船，一星期后起程。他们将乘那条白色游船航行十四天，游览所有的港口和城市，妈妈问好不好，爸爸也这样问。布赛和碧丹也这样问……"是不是美极了，小弟？"

"好。"小弟说，他感到可能很有意思，但是他也感到可能也有不好的地方，他很快就知道是什么了——卡尔松！当卡尔松很需要他的时候，他怎么能把他一个人单独丢下不管呢？在他拖地板上的水时，他确实仔细想过，尽管卡尔松不是什么间谍，就是卡尔松，但是当人们为了获得一万克朗的悬赏，什么不愉快的事情都可能发生。谁知道他们会做出什么事情。他们可能把卡尔松关在斯康森公园里的一个笼子里或者想出别的什么可怕的办法。在任何情况下他们大概都不会再让他住在屋顶上的小房子里，这是肯定无疑的。

所以小弟决定留下来，关照卡尔松。当他坐在餐桌旁吃牛

排时,他把这件事解释得非常清楚。

布赛开始笑。

"卡尔松关在斯康森公园的一个笼子里……哎呀!想想看,多好啊,小弟,你和你们班的同学去那里,逛公园,看动物,读各类动物简介,你会读到白熊、长颈鹿、狼、海狸和卡尔松。"

"呸呸。"小弟说。

布赛冷笑。

"卡尔松:不得对此动物投食——想想看,如果有这样说明,卡尔松会多生气!"

"你很愚蠢,"小弟说,"确实很愚蠢!"

"不过小弟,"妈妈说,"如果你不跟着去,我们也不能去了,这一点你应该明白。"

"你们当然应该知道这一点,"小弟说,"卡尔松和我可以生活在一起。"

"哈哈!"碧丹说,"把整个楼都灌上水,对吗?把所有的家具都从窗子扔出去?"

"你很愚蠢!"小弟说。

晚饭桌上一点儿也没有平时那种欢乐气氛。尽管小弟是一个懂事、甜蜜的小男孩,但是有时候也有某种固执。此时此刻他就很倔,什么劝告都听不进。

"不过，我的小宝贝……"爸爸开始发话了。但是他没有再说下去，因为正在这时候信筒"咚"地响了一声。碧丹迅速离开桌子，连对不起也没说，她在等一个留着长头发的男孩的信，所以她第一个匆匆忙忙地来到前厅。门旁边的地毯上确实有一封信，但不是某个留长头发男孩写给碧丹的……正好相反，是一点儿头发都没有的朱利尤斯叔叔写给爸爸的。

"吃饭的时候要心情愉快，"布赛说，"朱利尤斯叔叔的信不应该这时候来。"

朱利尤斯叔叔是爸爸的一位远亲，每年来斯德哥尔摩一次，一方面为了看病，另一方面也为了看望斯万德松一家。朱利尤斯叔叔不愿意住在旅馆里，他认为住旅馆太贵了，尽管他很有钱，但是他花钱还是很仔细。

他来的时候，斯万德松家没有一个人高兴，特别是爸爸。不过妈妈总是说：

"你是他唯一的亲戚，他很可怜。我们一定要对可怜的朱利尤斯叔叔客客气气的。"

但是朱利尤斯叔叔来了几天以后，妈妈也经常皱眉头，完全像朱利尤斯叔叔待在家里时爸爸的表情，沉默、奇怪，因为朱利尤斯叔叔整天不是指责她的孩子，就是挑剔她的饭不好吃，对什么都抱怨。而布赛和碧丹不露面，只要朱利尤斯叔叔在，他们几乎整天待在外边。

"小弟是唯一对他有点儿客气的人。"妈妈总是这样说。但是连小弟也烦他了,朱利尤斯叔叔最后一次来的时候,小弟在自己的图画本上画了他的像,在下边写上:他很愚蠢。

朱利尤斯叔叔无意间看到了,这时候他说:

"那不是一匹特别好的马!"

对,朱利尤斯叔叔认为没有任何东西特别好,他不是一个很好招待的客人,这是肯定无疑的。当他收拾行李、准备返回西哥特兰的时候,小弟觉得好像整个房子突然开了花,开始哼某种快乐的小调。大家都欢呼雀跃,好像发生了什么非常有趣的事情,其实就是朱利尤斯叔叔走了。

但是现在他要来了,这是信上说的,至少要待十四天。他在信上说,此行一定会非常有意思,医生还告诉他,他需要医治和按摩,因为他早上身体发僵。

"这下好啦,订的船票怎么办呢?"妈妈说,"小弟不想跟着去,朱利尤斯叔叔要来!"

但是爸爸用拳头捶着桌子说,他想乘游船去旅行,还想带着妈妈,如果他能首先说服她的话,小弟是跟着还是待在家里,由他的便,请他选择。朱利尤斯叔叔可以住在家里医治,或者待在西耶特兰,如果他愿意的话。但就是十个朱利尤斯叔叔来,他也想乘游船旅行去,就这么定了!

"好啊,"妈妈说,"那我们考虑考虑吧。"

当她考虑好了的时候,她说她要问一问包克小姐,她是否愿意来家里操持家务……帮助一下两个光棍汉,即小弟和朱利尤斯叔叔,去年她有病时,她曾经帮助过他们家。

"再加上第三个光棍汉,名字叫屋顶上的卡尔松。"爸爸说,"不要忘记卡尔松,因为他整天在这里出出进进。"

布赛笑得几乎从椅子上掉下来。

"长角甲虫、朱利尤斯叔叔、屋顶上的卡尔松,空前绝后的一家人!"

"以小弟为核心,别忘了他。"碧丹说。

她抓住小弟,若有所思地看着他的眼睛。

"想想看,哪里有像我的小弟这等人,"她说,"宁愿待在家里,跟长角甲虫、朱利尤斯叔叔和屋顶上的卡尔松在一起,也不愿跟妈妈和爸爸一起乘坐有趣的游船去旅行。"

小弟挣脱开。

"如果人们有一个最好的朋友,那就要照顾好他。"他生硬地说。

别以为他不知道这会有多难!跟在朱利尤斯叔叔和包克小姐耳边飞来飞去的卡尔松一起确实非常困难,啊,这就确实要有人留下,完成这件麻烦事。

"非我莫属,你知道吧,比姆卜。"小弟说。这是他上床睡觉、小狗比姆卜在他床边的篮子里打呼噜时他说的。

小弟伸出食指,在比姆卜的脖套下边挠了挠。

"我们最好现在就睡觉,"他说,"以便我们有精力处理一切事情。"

但是这时候突然传来马达声,卡尔松飞来了。

"啊,这真是一个美丽的故事,"他说,"一切都得自己想着。确实没有人帮助我记住这件事!"

小弟从床上坐起来。

"记住什么事?"

"记住今天是我生日!跟仲夏节完全是一天,我没有记住,因为没有人对我说祝你生日快乐。"

"对是对,"小弟说,"你的生日怎么会是六月八日呢?你的生日不是复活节前吗?"

"对,那个时候是。"卡尔松说,"不过,有很多日子可作选择的时候,人们没有必要自始至终抓住一个相同的老生日不放。六月八日是一个很好的生日,你有必要跟它过意不去吗?"

小弟笑了。

"没有,对我来说你愿意哪一天过就哪一天过。"

"那好吧。"卡尔松说,他歪着头,露出企盼的目光。

"过生日我就可以请求得到你的礼物。"

小弟从床上跳下来,思索着。马上就找出适合给卡尔松的

礼物不那么容易，但是他还是想找找看。

"我看看我的箱子。"他说。

"好，看吧。"卡尔松一边说一边站在旁边等。

但是这时候，他看到了已经种上桃树的花盆，他立即走过去，伸出食指，把桃核一下子挖了出来。

"我一定要看它到底长多大了。"他说，"哎呀，它长了很多，我真的相信。"

然后他又很快把桃核种下，把满手的泥在小弟的睡衣上擦干净。

"过十年二十年你就该美了。"他说。

"怎么美？"小弟问。

"那时候你就可以躺在桃树的树荫下睡觉，多美呀，对吧？因为你总可以把床搬走。有了桃树就不能要占地多的家具……好啦，你找到礼物了吗？"

小弟拿出一辆小汽车，但是卡尔松摇了摇头，小汽车不行。随后小弟又拿出积木、色子和一包石头球，但是卡尔松对每件东西都摇头。这时候小弟明白了卡尔松想要什么——手枪！手枪放在写字台右边抽屉里的一个火柴盒里，这是世界上最小的玩具手枪，也是最好的。是爸爸有一次出国给小弟带回来的，克里斯特和古尼拉为此忌妒了很多天，因为这种小手枪举世无双。它的样子跟真手枪一模一样，尽管很小，用它射击

时,声音跟真手枪一样大。爸爸说真是难以理解,它怎么会发出如此大的声音呢!

"你一定要小心。"当爸爸把手枪放到小弟手里时说,"你不能拿着它到处吓唬人。"

由于某些原因,小弟过去没有拿这把小手枪给卡尔松看,他自己认为这样做不礼貌,不过已经没有什么用处了,因为昨天,当卡尔松翻腾他抽屉时还是找到了这把手枪。

卡尔松也认为这是一把非常好的手枪。小弟想,可能就是因为这个原因卡尔松今天要过生日,他轻轻叹了口气,拿出了这把手枪。

"祝你生日快乐。"他说。

卡尔松先是叫了一声,随后就跑过去,用力吻了小弟双颊,然后打开火柴盒,喊叫着拿出手枪。

"世界上最好的朋友,就是你,小弟。"他说。这时候小

弟突然感到非常高兴和满足，就是给一万把手枪也值得，他心甘情愿地把手枪给卡尔松——他特别喜欢的唯一的小可怜儿。

"你知道，"卡尔松说，"我确实需要它。我晚上需要它。"

"干什么用呢？"小弟不安地问。

"当我躺在床上数羊的时候。"卡尔松说。

卡尔松有时向小弟抱怨他睡得很不好。

"夜里的时候我睡得很死，像块石头。"他说，"上午也睡得很好，但是下午我就躺在那里翻来覆去地睡不着，有时候晚上也睡不好。"

因此小弟教他一个妙法。睡不着觉的时候，可以闭上眼，假装看见一大群绵羊在跳围栏。它们跳的时候，你就一个一个数它们，数数就困了，这时候就只想睡觉了。

"你知道我今天晚上不能睡觉，"卡尔松说，"我得躺在床上数绵羊，可是有一只调皮的小绵羊不想跳，死活不愿意跳。"

小弟笑了起来。

"它为什么不想跳？"

"存心想斗气。"卡尔松说，"它站在围栏旁边耍脾气，就是不跳。这时候我想，假如我有一只手枪，我肯定能让它清醒清醒，这时候我突然想起，今天是我生日。"卡尔松一边说

一边兴奋地摸着手枪。

然后他想试射一下自己的生日礼物。

"亲爱的，我一定得做点儿有意思的事，不然我就不玩了。"

但是小弟坚决不同意。

"绝对不行！我们会惊动整个楼里的人家。"

卡尔松耸了耸肩膀。

"不会，小事一桩！他们大概都困了，知道吧！如果他们自己没有绵羊可数，他们可以借我的。"

小弟无论如何不同意试射，这时候卡尔松想出了一个主意。

"我们飞到我那里。"他说。"另外，我无论如何要举办一个生日宴会……有大蛋糕吗？"

小弟只得承认家里没有大蛋糕，当卡尔松对此抱怨的时候，小弟说这不过是小事一桩。

"蛋糕可不是小事，"卡尔松严厉地说，"不过有小蛋糕也可以。走，我们把所有的小蛋糕都拿走！"

小弟偷偷地跑到厨房，拿回很多很多小蛋糕。妈妈曾经答应，需要的时候，可以给卡尔松小蛋糕吃。现在就正是需要的时候。

相反，妈妈从来没有答应他可以飞到屋顶上的卡尔松那

里，但是这一点他确实忘了，如果有人向他指出这一点，他肯定会大吃一惊。小弟已经习惯跟卡尔松一起飞，他感到平稳、安全，当他双手抱住卡尔松通过窗子迅速飞向卡尔松在屋顶上的小房子时，一点儿也不感到心惊肉跳。

六月的斯德哥尔摩夜晚不同于世界上的任何地方。没有哪一个地方像这里的暮色那样静谧、富有魔力和蔚蓝，位于明亮水中的这座城市笼罩在蔚蓝的暮色里，就像从某个古老的童话里飘来的，没有任何现实的气氛。

这样的夜晚好像是专为卡尔松在房前的台阶上举办的小蛋糕宴会而出现的。过去小弟从来没有发现什么特别的，既没有发现天空的明亮，也没有发现什么富有魔力的暮色，而卡尔松对亮与不亮根本不屑一顾。但是当他们现在坐在一起喝果汁、吃小蛋糕时，至少小弟感到这个夜晚不同于其他夜晚。而卡尔松感到，小弟妈妈的小蛋糕不同于其他的小蛋糕。

小弟想，卡尔松的小房子也不同于地球上其他的房子，没有任何地方的房子有这么好的位置，周围有这么好的风景可看，没有任何地方仅在一处就存放了那么多零零碎碎的东西。卡尔松像松鼠一样，用东西把自己的窝装得满满的。小弟不知道他是从什么地方找来这么多东西，而且新的东西还源源不断而来。多数东西挂在墙上，用的时候很方便。

"零碎的东西挂在左边,碎零的东西挂在右边。"卡尔松曾经这样对小弟解释。在零碎东西和碎零东西之间卡尔松挂了两幅画,小弟非常喜欢看。这两幅画都是卡尔松画的。其中一幅画画的是一只公鸡,名为"一只非常孤单的小红公鸡肖像",另外一幅画画的是一只狐狸,名为"我的家兔肖像"。诚然人们看不见家兔,但是卡尔松说,这是因为狐狸把家兔都吃进肚子里去了。

"我有时间的时候,给那只不愿意跳围栏的调皮的小绵羊画一张肖像。"卡尔松信誓旦旦地说,嘴里塞满小蛋糕。

但是小弟无心听,夏季夜晚的各种声音和香味儿一齐向他袭来,他陶醉了。他闻到了大街上盛开的椴树花的香味儿,听到了人们夏季夜晚在街上散步时高跟鞋踏在路石上的声音,小弟认为这声音具有夏季的色彩。从周围的房子里传来各种声音,夜晚是那么静,一切声响都听得很清楚。人们谈话、唱歌、争吵、喊叫,有的哭有的笑,他们不知道在房顶上坐着一个男孩在倾听着一切,就像听某种音乐。

"啊,他们不知道我和卡尔松坐在这里,高高兴兴地吃小蛋糕。"小弟满意地想着。

从不远的一个亭子间里传来大喊大叫的声音。

"听,我的那些捣蛋小偷在吵架。"卡尔松说。

"是谁呀……你是指飞勒和鲁勒?"小弟问。

"对,别的小偷我可不知道。"卡尔松说。

小弟也认识飞勒和鲁勒。他们是整个瓦萨区最可怕的小偷,像喜鹊一样贪婪。所以卡尔松把他们称作捣蛋小偷。去年的一天夜晚他们破门而入,到斯万德松家偷东西,正赶上卡尔松玩魔鬼的游戏,可把他们吓坏了,他们肯定还记得这件事。那次他们连一把银勺子也没带走。

但是当此时此刻卡尔松听到飞勒和鲁勒正在自己亭子间里行盗时,立刻站起来,抖掉身上的小蛋糕渣儿。

"我觉得最好给他们点儿颜色看看,"他说,"不然他们只会到处去拿人家的东西。"

他像离弦的箭朝屋顶上的亭子间跑去,小弟从来没看到过有谁长着那么短的小圆腿跑得如此之快。谁要跟上这个速度都很难,小弟也不习惯在屋顶上跑,但是他尽可能快地跟着跑。

"捣蛋小偷特别可怕。"卡尔松一边说一边跑。

"当我拿什么东西的时候,我马上就付5厄尔,因为我是世界上最诚实的人。但是现在我的5厄尔硬币快用完了,我不知道我到什么地方去拿新的。"

飞勒和鲁勒开着窗子,但是拉着窗帘,人们可以听见他们在窗帘后边大声喧哗。

"这回可有热闹看了。"卡尔松一边说一边用手在窗帘之间撩开一道缝往里看。小弟也往里看,他看到飞勒和鲁勒正在

那间乱七八糟的房子里。他们趴在地板上,旁边放着一张报纸,他们似乎正在读一条令他们十分兴奋的消息。

"一万克朗,啊,真过瘾呀!"鲁勒高声说。

"他在瓦萨区上空飞来飞去,啊,你就等着听好消息吧。"飞勒高声说,这真是让他喜出望外。

"你,飞勒,"鲁勒说,"我知道有一个人想马上挣到一万克朗,哈哈哈!"

"你,鲁勒,"飞勒说,"这样一个人我也知道,他想捉住那个可怕的小间谍,哈哈哈!"

小弟听到他们的话脸吓得煞白,但是卡尔松冷笑着。

"而我知道一个人现在想逗逗乐子。"他说，随后放了一枪。枪的响声在屋顶上空回响，卡尔松高声喊道：

"开门，是警察局的！"

储藏室内的鲁勒和飞勒立即从地板上跳起来，好像他们的裤子里着了火。

"鲁……跑！"飞勒喊叫着。

他的意思是鲁勒，快跑，但是飞勒吓坏了，话都不会说了。

"快进大西(衣)会(柜)。"他喊叫着，他和鲁勒仓皇躲进大衣柜，"咚"的一声关上柜门，两人立即无影无踪。但是人

们仍然可以听见飞勒在里边惊恐地回答：

"对不起，鲁勒和飞勒没在家，啊，他们正好不在家，他们出去了！"

随后，当卡尔松和小弟回到台阶上的时候，小弟坐在那里，耷拉着脑袋，一点儿也不高兴。他知道自己面临着一个困难的时期，他将照看像卡尔松这样一个毛手毛脚的人，还要对付像飞勒和鲁勒这样的人。还有包克小姐和朱利尤斯叔叔……

哎呀，他忘记把这件事告诉卡尔松了！

"喂，卡尔松。"小弟开始说。但是卡尔松没有心思听。他还在忙他的小蛋糕宴。此时他正从一个蓝色的小罐子里往外倒果汁，这个小罐子原来是小弟的，三个月前作为上一个生日礼物送给了卡尔松。卡尔松像小孩子一样用力把住罐子的蓝色把手，但还是突然掉了下来，就像小孩子也有失手时一样。

"哎呀！"小弟忙叫了一声，这是一个令人非常喜欢的蓝色小罐子，不应该摔碎。罐子也确实没有打碎。当罐子朝卡尔松的双脚落下时，他巧妙地用两个大脚趾夹住了罐子。他的两只袜子都破了，两个大脚趾从红条袜的洞里伸出来，样子就像两根黑色香肠。

"世界上最好的大脚趾，猜一猜谁有？"卡尔松说。

他爱怜地看着自己的"黑色小香肠"，饶有兴趣地让它们从袜子洞里伸出来缩进去、伸出来缩进去，因为他在不停地弯它们。

"喂，卡尔松……"小弟又尝试一次，但是卡尔松打断了他的话。

"你会算术，"他说，"如果整个算，我值一万克朗，那么我的两个大脚趾能值多少个5厄尔硬币？"

小弟笑了起来。

"这我不知道，你想卖掉它们？"

"对,"卡尔松说,"卖给你,可以便宜一些,因为它们都用过了。而且……"他思考了一下继续说,"……有点儿脏。"

"你真够笨的,"小弟说,"没有大脚趾怎么行呢?"

"我说过不要吗?"卡尔松说,"它们还长在我身上,但是它们归根到底是你的。我只是借用一下。"

他把脚放在小弟的膝盖上,以便让小弟明白,大脚趾早已经属于他了,并且劝说道:

"想想看,以后你每次看到它们就会说,'这些可爱的大脚趾是我的!'难道没有意思吗?"

但是小弟并不想做什么大脚趾生意,他答应把自己储币箱里所有的5厄尔硬币都给卡尔松,然后他说了他必须说的话。

"喂,卡尔松,"他说,"你能猜出,妈妈、爸爸度假的时候谁来照看我?"

"我想是世界上最好的保育员。"卡尔松说。

"你是指你自己?"小弟问,尽管他很清楚这是卡尔松的真正意思。卡尔松点头说是。

"对,如果你能向我指出某位更好的保育员的话,我给你5厄尔。"

"包克小姐。"小弟说。小弟很担心,当妈妈让包克小姐来的时候,住在屋顶上的最好的保育员会生气,但是奇怪的

是，卡尔松反而显得很开心。

"噢呀，噢呀，"他只是说，"噢呀，噢呀！"

"你'噢呀'什么？"小弟不安地问。

"我说'噢呀'的时候，我的意思就是'噢呀噢呀'。"卡尔松一边信誓旦旦地说，一边用圆眼睛看着小弟。

"朱利尤斯叔叔也来，"小弟说，"他还要找医生看病，因为他每天早晨身体发僵。"

他告诉卡尔松朱利尤斯叔叔很麻烦，在妈妈爸爸乘坐那只白色的游船去旅行、布赛和碧丹也不在家的整个期间，他都住在家里。

"我不知道会出现什么情况。"小弟不安地说。

"噢呀！"卡尔松说，"他们会度过永远也不会忘掉的几周时间。"

"你的意思是指妈妈、爸爸、布赛和碧丹？"小弟问。

"我是指包克小姐和朱利尤斯叔叔。"卡尔松说。

这时候小弟感到更加不安。但是卡尔松同情地抚摩他的面颊。

"别着急，沉住气！我们将跟他们做一些善意的游戏，因为我们是世界上最善意的……至少我是。"

他在紧靠着小弟耳朵的地方开了一枪，小弟被吓得跳起老高。

"而可怜的朱利尤斯叔叔也不需要找医生看病,"卡尔松说,"看病的事我包了。"

"怎么包?"小弟问,"他身体发僵的时候,你可能不知道该怎么治疗吧?"

"我当然知道。"卡尔松说,"我向你保证,我会使朱利尤斯叔叔像猎狗一样快速运动……有三种方法。"

"哪三种方法?"小弟疑惑地问。

"若(惹)他生气、跟他开玩笑和冒充别人,"卡尔松说,"别的治疗不需要。"

小弟不安地朝四周看了看,因为楼里各家的人都把头伸出来,想看看是谁刚才开枪了,此外他还发现卡尔松又装了子弹。

"不,卡尔松,"小弟说,"不,卡尔松,不要再放了!"

"沉住气,别着急。"卡尔松说。

"你,"他随后说,"我坐在这里在想一件事。你可能不相信长角甲虫身体也有点儿僵硬吧?"

小弟还未来得及回答,卡尔松就兴高采烈地举起手枪射击。"砰"的一声,屋顶上空回响着枪声。周围的房子都听到了,人们既害怕又愤怒,有人在呼叫警察。这时候小弟吓坏了。但是卡尔松坐在那里,慢条斯理地嚼着最后一块小蛋糕。

"他们在吵什么?"他说,"难道他们不知道今天是我生日吗?"

他咽下蛋糕,随后哼起一首歌,一首很好听的短歌在夏季的晚上飘荡:

乒地开一枪,我的心情好舒畅,
乒乒乒乒,乒乒乒乒,
我的生日吃蛋糕,
乒乒乒乒不停响。
生日好快乐,生日喜洋洋,
大家对我情意长。
噢呀呀,噢呀呀,噢呀呀,
嗨哟哟,嗨哟哟,嗨哟哟,
乒乒乒乒,乒乒乒乒。

卡尔松是班上最好的学生

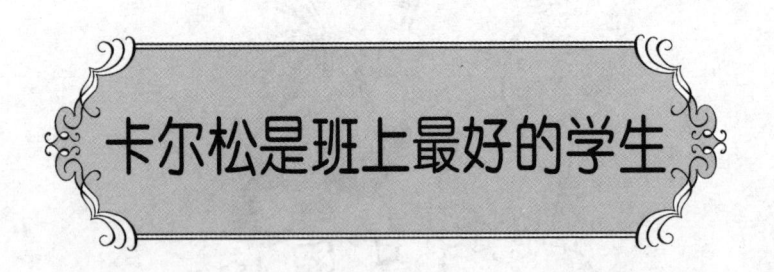

一天晚上妈妈和爸爸乘游船走了,当时大雨如注,雨点潲在窗玻璃上,打得屋檐"咚咚"响。在他们动身前十分钟,包克小姐才进门,她浑身湿得像个落汤鸡,狼狈得像一位古时候的海盗。

"总算来了!"妈妈说,"总算来了!"

她已经等了一天,此时她正紧张,但是包克小姐对此并不理解。她刻薄地说:

"我早来不了,都赖弗丽达。"

妈妈有很多事要跟包克小姐讲。但是现在没有时间了,因为出租车已经在门外大街上等着。

"最重要的是我们的小儿子。"妈妈含着眼泪说,"啊,我们不在家的时候千万不能让他出事。"

"只要我在,就不会出什么事。"包克小姐蛮有信心地说。爸爸说他能理解。他说,他相信一切都会很顺利,然后他们拥

抱小弟，爸爸和妈妈向他告别，匆匆地消失在电梯里……就剩下小弟一个人跟包克小姐在一起。

她坐在餐桌旁边，身体粗壮，样子狼狈，她用自己粗大的双手理着湿淋淋的头发。小弟不自然地看着她，略带微笑，以显示自己的友好。他记得上次他们跟她在一起的时候，当时他很怕她，一开始也不喜欢她，但是现在变了，现在他感到，有她坐在那里似乎很舒服。尽管在这个家里包克小姐和卡尔松可能会发生争吵，但是小弟对她的到来仍然非常感激，否则的话妈妈一辈子也不会让他待在家里和关照卡尔松，这是肯定无疑的。因此从一开始小弟就对包克小姐很客气，并礼貌地问：

"弗丽达好吗？"

包克小姐没有回答，她只是叹气。弗丽达是包克小姐的妹妹，小弟从来没有见过她，只是听说过她。他已经听到过很多关于她的话题，是从包克小姐那里听到的，但似乎不是特别有意思。小弟已经知道包克小姐对自己的妹妹不满意，认为她太自负和古怪。起因是弗丽达到电视台讲鬼怪的事情，这件事激怒了包克小姐。诚然她自己后来也上了电视，向全体瑞典人演示她怎么样做可口的赫尔图·包克辣味粥，但是很明显，她仍然未解对弗丽达的心头之恨，很可能是因为弗丽达继续自负和古怪，因为在小弟问"弗丽达好吗？"的时候，包克小姐只是叹气。

"啊,谢谢,她似乎不错。"当包克小姐停止叹息的时候说,"她找了个未婚夫,真是灾难!"

小弟不知道怎么样回答才好,但是他总得说点儿什么,他很想表现得礼貌一些,所以他说:

"包克小姐不是也有未婚夫吗?"

很明显这句话不应该说,因为包克小姐猛然站起来去洗碗,把碗洗得"哗哗"响。

"没有,谢天谢地!"她说,"我也不想有。大家没有必要都像弗丽达一样愚蠢。"

她默然地站了一会儿,洗碗水掀起层层泡沫,但是后来她想起了什么,不安地转向小弟。

"喂,过去跟你一起玩的那个讨厌的小胖子这回大概不会来了吧?我希望他不来!"

包克小姐一直不知道,屋顶上的卡尔松是一位英俊、绝顶聪明、不胖不瘦、风华正茂的人,她以为他是小弟同龄的同学,一个极普通的淘气包。对于他是一个能飞的淘气包的问题,她没有细想过。她认为他的发动机是人们在任何玩具店都可以买到的,只要他有足够的钱。她只是唠叨,如今昂贵的玩具把孩子都宠坏了。"他们还没有正式上学就想马上飞到月球上去。"她说。现在她把卡尔松称为"那个讨厌的小胖子"——小弟认为她真不够客气。

"卡尔松不讨厌……"他刚开口，但是就在这时候门铃响了。

"哎呀，朱利尤斯叔叔来了。"小弟一边说一边跑去开门。

但来的不是朱利尤斯叔叔，而是卡尔松。一个浑身湿透的卡尔松站在雨水坑里，满脸不悦。

"你把窗子关得死死的，究竟打算让我在雨里转悠多久？"卡尔松问。

"哎呀，你不是说回家睡觉吗？"小弟辩解说，因为卡尔松确确实实这样说过，"我确实没想到你今天晚上来。"

"你应该盼着我来。"卡尔松说，"你应该想到，他还是可能来的，那位可爱的小卡尔松，啊，他要是有可能来会多么有意思，因为他想见一见长角甲虫，这一点你应该想到。"

"你真这样想？"小弟担心地问。

"噢呀，噢呀！"卡尔松一边说一边瞪起大眼睛，"噢呀，噢呀！你觉得呢？"

小弟很清楚，他不可能总是能把卡尔松和包克小姐分开，但是他不准备当晚就让他们闹起来。他感到他必须和卡尔松谈一谈，但是卡尔松早奔厨房去了，急得像只猎犬，小弟追过去抓住他的胳膊。

"你，卡尔松，"他用劝解的口气说，"她以为你是我的同班同学，我觉得将错就错吧。"

卡尔松停住了脚步,"咯咯"地笑了起来,就像他平时遇到特别高兴的事一样。

"她真的以为我也在上学?"他兴奋地说。然后又朝厨房走去。

包克小姐听到他的奔跑声越来越近,她是在等朱利尤斯叔叔,她感到惊奇的是,一个老人怎么能跑得这么快呢。她用企盼的目光朝门口望着,想看看这位奔跑者,但是当门打开卡尔松冲进来时,她吓了一跳,好像见到了一条蛇。她绝对不愿意厨房里有一条蛇。

可是卡尔松并不知道。他跨了两步来到她的面前,兴致勃勃地看着她愤怒的脸。

"你觉得谁是班上第一名?"他问,"猜猜谁是数学、阅读、写字和一切……一切方面的第一名?"

"进门的时候应该先问好,"包克小姐说,"谁是班上第一名我不感兴趣,但是无论如何不会是你。"

"不对,想想看,多好啊,正是我。"卡尔松说,但是随后他没再讲,好像想起了什么。

"至少数学方面我是第一名。"当他想好了以后阴郁地说,但是他耸了耸肩膀。

"好吧,这是小事一桩。"他一边说一边在厨房里高兴地跳。他围着包克小姐转,同时哼起了一首熟悉的快乐歌曲:

乓地一开枪,我的心情好舒畅……

"不,卡尔松!"小弟快速地说,"不,不!"
但是他的话无济于事。
卡尔松继续唱:

乓乓乓乓,乓乓乓乓……

当他唱到"乓乓"的时候,突然响了一枪,随后一片喊叫声。枪声来自卡尔松的手枪,喊叫声来自包克小姐。小弟一开始以为她晕过去了,因为她瘫在椅子上,一声不吭地坐在那里,闭着眼睛,但是当卡尔松继续唱"乓乓乓乓"的时候,她睁开眼睛,愤怒地说:

"我非得把你'乓乓乓乓'地打一顿不可,讨厌的小崽子,让你永远忘不了,如果你再敢放枪的话!"

卡尔松并没有因此生气,他把自己的胖食指伸到包克小姐的下巴底下,指着她戴的漂亮胸针说:

"这个真够棒的。"他说,"从哪儿偷来的?"

"哎呀,卡尔松。"小弟惊恐地说,因为他看到包克小姐已经勃然大怒了。

"你……你……是最无耻的!"她结结巴巴的,几乎说不

出话来，但是随后她喊叫：

"你滚出去，我在说，滚！"

卡尔松惊奇地看着她。

"噢呀，别太过分，"他说，"我只不过问一问。当人们彬彬有礼地提问时，本应该得到彬彬有礼的回答，这是我的看法。"

"滚！"包克小姐喊叫着。

"还有，"卡尔松说，"还有一件事我想知道。你是不是早晨身体也有点儿发僵？那么你希望我什么时候让你手舞足蹈

起来?"

包克小姐气疯了。她朝四周看了看,想找个东西把卡尔松赶出去,卡尔松殷勤地跑到放打扫卫生工具的柜子旁边,把一根抽打地毯的棍子递给她。

"好啊,好啊!"他一边喊一边围着厨房跑起来,"好啊,好啊!现在又开始了!"

但是这时候包克小姐把棍子扔了,因为她想起上次拿抽打地毯的棍子追赶卡尔松的情形,她不敢故技重演。

小弟认为这样做不特别好,他知道过不了多久包克小姐就会发疯,她不会耐心地看着卡尔松转着圈,高喊"好啊,好啊"。小弟不会等多长时间。现在要做的是尽快把卡尔松赶出厨房。当卡尔松跑到第十一圈的时候,他一把抓住卡尔松的领子。

"卡尔松,"他用劝解的口气说,"别跑了,咱们到我的房间去吧。"

卡尔松跟着去了,尽管很不情愿。

"真愚蠢,我刚刚把她的劲儿鼓动起来,你就让停止,"他说,"如果我再坚持一会儿,她肯定会兴奋起来,快乐、好玩,就像一头海狮一样,我敢保证。"

他走过去,像往常那样,从花盆里把桃核扒出来,看它到底长了多少。小弟也想看一看,当他靠近卡尔松,把手放在他

的肩上时,他摸到卡尔松浑身都是湿的,真可怜,他一定是在雨里飞了很长时间。

"你浑身这么湿,冷吗?"小弟问。

卡尔松好像刚才并没有想到这一点,但是现在他感到了。

"冷,这还用说。"他说,"不过有谁关心呢?有谁因为自己最好的朋友被雨水浇透、冻得发抖而伤心呢?有谁让他脱掉衣服、挂起来晾干、给他穿上柔软的浴衣、给他煮一点儿热巧克力、还给他一大堆小蛋糕、哄他上床睡觉、为他唱一首美丽而忧伤的歌曲让他入睡,这可能吗?"他用责备的目光看着小弟。

"不会,不可能。"他说,他的声音有些颤抖,好像真要哭了。

这时候小弟赶紧按卡尔松说的去帮助自己最好的朋友,最困难的是要包克小姐同意给卡尔松热巧克力喝和小蛋糕吃,但是她已经没有时间和精力去管这些事,因为她正给随时都有可能到来的朱利尤斯叔叔炸鸡。

"随你的便吧!"她说。小弟自己动手,然后卡尔松兴高采烈地坐在小弟的床上,穿着小弟的白色浴衣,喝着热巧克力,吃着小蛋糕,浴室里晾着他的衬衣、裤子、背心、鞋和袜子。

"悲伤的歌你就不用唱了。"卡尔松说,"不过我在你这

里过夜,你可以唠叨我。"

"你愿意吗?"小弟问。

卡尔松正把一整块蛋糕塞到嘴里,所以无法回答,他只能使劲点头。小狗比姆卜叫了起来,它认为卡尔松不应该躺在小弟的床上,但是小弟把比姆卜抱在怀里,小声对它说:

"你知道吗,我要睡在沙发上,我们把你睡觉用的篮子移过去!"

包克小姐在厨房里把什么东西弄得"哗哗"响,卡尔松听到以后生气地说:

"她不相信我是班上最好的学生!"

"这有什么奇怪的。"小弟说。小弟确实知道,卡尔松在读、写和算术方面都很糟糕,特别是算术最差劲儿,尽管他跟包克小姐说的正好相反。

"我可以帮助你练习。"小弟说,"你大概希望我教你一点儿加法吧?"

这时候卡尔松笑了,笑得把热巧克力喷出去很远。

"你真的希望我教你一点儿什么叫害羞吗?你不相信我会加……就是你刚才说的那个叫什么来着?"

不过已经没有什么时间进行算术练习了,因为在这时候门铃突然响了,小弟知道是朱利尤斯叔叔来了,他赶紧跑出去开门。他非常想单独去见朱利尤斯叔叔,他以为卡尔松会老老实

林格伦作品选集
LINGELUN ZUOPINXUANJI

实地待在床上,但是卡尔松可不这样想。他穿着浴衣,踢里跶拉地跟在小弟后边。

小弟把门打开,确实是朱利尤斯叔叔站在那里,每个手里提着一个旅行包。

"欢迎,朱……"他刚一开口就没再说下去。因为恰巧在这时候"乓"地响了一枪,一下子把朱利尤斯叔叔吓得晕倒在地上。

"哎呀,卡尔松。"小弟不高兴地说,啊,他真后悔把那把手枪给了卡尔松。

"我们怎么办,你为什么要这样呢?"

"这是鸣礼炮。"卡尔松辩解说,"好啦,有尊贵的客人和高级官员来访时都要鸣礼炮。"

小弟沮丧地站在那里,都要哭出来了,比姆卜狂叫着,包克小姐也听到了枪声,她气喘吁吁地跑过来,摊着双手,对着可怜的朱利尤斯叔叔不停地喊"哎呀哎呀"。他躺在门前的踏脚上,就像森林中一棵被刮倒的树,只有卡尔松把这一切看做很开心。

"别着急,沉住气。"他说。

他赶紧拿来小弟妈妈浇花时使用的水桶,轻轻地用水喷了朱利尤斯叔叔一下,还真管用,朱利尤斯叔叔慢慢地睁开了眼睛。"是在下雨吧",他嘟囔着。但是当他看清楚周围的人焦虑的面孔时,他完全清醒过来了。

"怎……怎……怎么回事?"他生气地说。

"是鸣礼炮。"卡尔松说,"但是对有些人来说纯粹是浪费,他们总是晕过去。"

不过这时候包克小姐抓住了朱利尤斯叔叔的手。她擦掉他身上的水,把他领到他住的卧室,人们能够听到她向他介绍说,那个讨厌的胖孩子是小弟的同班同学,一露面就应该把他轰走。

"你听到了吧?"小弟对卡尔松说,"发誓,你以后再也不搞什么鸣礼炮了!"

"没什么。"卡尔松得意地说,"只是为客人创造一点儿节日的愉快气氛,但是干了这些就需要有人跑过去,亲吻他的双颊、高呼他是世界小丑吗?不不!木头墩子和傻瓜,你们都是一路货!"

小弟没有听他在说什么。他站在那里听朱利尤斯叔叔在卧室里发牢骚。他说,床垫太硬,床太短,毯子太薄,唉,此时此刻才显示出朱利尤斯叔叔真的来了。

"他对什么都不满意,"小弟对卡尔松说,"我觉得他只对自己非常满意。"

"如果你说点儿好听的求我,我可以让他不再自以为是。"卡尔松说。

但是小弟真心请求卡尔松,千万别动他。

卡尔松睡在小弟的房间里

过了一会儿朱利尤斯叔叔在桌子旁边吃鸡，包克小姐、小弟、卡尔松和小狗比姆卜站在旁边看。小弟想，他跟国王一样，因为学校的女老师讲过，过去世界上的国王吃饭时侍从们都站在旁边听候使唤。

朱利尤斯叔叔很胖，样子高傲而自负。小弟记得，过去的国王也经常是这个样子。

"把狗赶走！"朱利尤斯叔叔说，"你知道我是不喜欢狗的，小弟。"

"但是比姆卜没什么不好的，"小弟反驳说，"它安静而听话。"

像平时要说点儿不愉快事情那样，朱利尤斯叔叔露出了嘲讽的表情。

"好啊，这就是时尚。"他说，"小孩子跟大人顶嘴，好啊，这就是……我实在不敢恭维。"

卡尔松两眼一直盯着鸡肉，但这时候他若有所思地看着朱利尤斯叔叔，他长时间地看着他。

"朱利尤斯叔叔，"最后他说，"是不是有人告诉你，说你英俊、不胖不瘦、风华正茂？"

这么动人的一连串恭维是朱利尤斯叔叔始料不及的。人们看得出，他显得很高兴，尽管他装作不在意。他谦虚地一笑说：

"没有，没有人对我这么说！"

"是吗，没有？"卡尔松说，"天啊，既然没有，你头脑里怎么会有这种荒谬的想法？"

"不，卡尔松……"小弟用责备的口气说，因为他确实觉得卡尔松太不知趣了。

但是卡尔松这时候生气了。

"不，卡尔松，不，卡尔松，不，卡尔松，"他说，"你为什么不住地这样唠叨？我做错了什么吗？"

朱利尤斯叔叔严厉地看着卡尔松，随后他决定不再与他纠缠。他继续吃鸡，包克小姐苦口婆心地劝他多吃点儿。

"我希望味道还过得去。"她说。

朱利尤斯叔叔正在"嘎吱嘎吱"地嚼鸡大腿，随后他用讽刺的口气说：

"谢谢，还行！不过这鸡至少也有四岁了，从牙齿上我能

感觉出来。"

包克小姐一惊,额头上立即露出了几道愤怒的皱纹。

"鸡怎么会有牙呢?"她尖刻地说。

这时候朱利尤斯叔叔显得更加风趣。

"是没有,但是我有。"他说。

"据我所知夜里也没有。"卡尔松说,小弟急得满脸通红,因为是他告诉卡尔松,朱利尤斯叔叔睡觉时把假牙放在床边的水杯里。

幸运的是,在同一瞬间包克小姐因为朱利尤斯叔叔说她做的鸡太老而大发脾气。如果有人抱怨她做的饭不好吃,就如同有人刺她的肉,这时候她伤心地哭了。

朱利尤斯叔叔没有想到她这么认真,他赶紧对她做的饭表示感谢。他似乎感到很丢脸,便坐在一把摇椅上,用报纸挡住自己。

卡尔松愤怒地瞪着他。

"啊,有些人就是讨厌。"他说,然后他跑过去抚摩包克小姐,凡是他能够得着的地方,他都抚摩一下。

"哎哟,哎哟,小宝贝。"他用安慰的口气说,"鸡肉老一点儿确实是小事一桩,有什么办法呢,你本来就不会做饭。"

这时候包克小姐又愤怒地叫起来,她用力一推,把卡尔松朝后推出去老远,他最后舒舒服服地倒在坐在摇椅上看报的朱

利尤斯叔叔的膝盖上,他缩回浴衣下的大脚趾,把自己变得又小又柔软,然后他用满意的腔调说:

"我们做个游戏吧,你装作我的外公,给我讲故事,但故事不能太可怕,免得我害怕。"

朱利尤斯叔叔一点儿也不愿意当卡尔松的外公,此外他在报纸上已经找到一条有意思的消息。他立即把卡尔松推到地板上,然后转向包克小姐。

"我在这张报纸上看到一条消息,"他说,"你们瓦萨区有间谍飞来飞去的?"

小弟一听简直吓呆了，啊，这消息太糟糕了！朱利尤斯叔叔为什么一定要拿这张灾难性的报纸呢！它是一个星期以前的，早就该扔掉了。

真运气，朱利尤斯叔叔只是嘲笑报上登的消息。

"他们以为拿什么耸人听闻的消息都可以唬人，"他说，"胡诌八扯，目的只有一个，让大家多买报纸。间谍……荒唐！包克小姐大概没有看到过有什么间谍或者会飞的水桶之类的东西在这个地区飞吧？"

小弟屏住呼吸。他想，如果她这时候说，那个讨厌的胖男孩有时候飞的话，那大概就完蛋了，因为在这种情况下，至少提醒朱利尤斯叔叔此话是指谁。

但是事情很明显，在包克小姐的脑子里这种奇怪的事与卡尔松和他的飞行没有什么联系，此外她还在哭泣，根本说不出话来。

"间谍，不，我可不知道。"她哭着说，"据我所知，报纸上总是废话连篇。"

小弟松了一口气，如果他现在能说服卡尔松，为了不让朱利尤斯叔叔看到，他永永远远不再飞了，也就息事宁人了。

小弟朝周围看了看，想找到卡尔松，但不见人影。卡尔松走了。这时候小弟不安起来，他想马上去寻找他，但是朱利尤斯叔叔缠着他，他很想听一听小弟上学的情况，考一考他的心

算棒不棒,尽管正在放暑假和要做其他事情。最后小弟总算脱身了,他赶忙跑进自己的房间,看一看卡尔松是否在那里。

"卡尔松,"他一进门就喊,"卡尔松,你在哪儿?"

"在你的睡裤里。"卡尔松说,"如果我能把这些糟糕的香肠皮称作睡裤的话!"

他坐在床边正试图穿睡裤,但是他费了九牛二虎之力也穿不上。

"你可以穿布赛的睡衣。"小弟一边说一边跑进布赛的房间去取一件适合卡尔松这类不胖不瘦的人能穿的睡衣。裤腿和衣袖当然太长了,但是卡尔松把过长的部分很快剪掉了,等小弟发现已经晚了,那就算了吧,睡衣是小事一桩,可别坏了那件好事——卡尔松将睡在他的房间里。

小弟睡在沙发上,盖布赛的被子,把小狗比姆卜睡觉用的篮子放在旁边。这时候比姆卜趴在那里想睡觉,但是不时地睁开眼,迷惑不解地看着卡尔松。

卡尔松在用力往小弟的床里钻,尽量使自己舒服一点儿。

"我想有一个温暖的地方,像小鸟窝一样。"他说。

小弟觉得,卡尔松穿上布赛的蓝条睡衣样子确实很可爱。小弟细心地哄他睡觉,让他真像睡在一个温暖的鸟窝里。

但是卡尔松不想入睡。

"现在还不,"他说,"当我和谁在一个屋里时,我们要

做很多有趣的事,然后我们才睡觉。我们在床上吃面包夹香肠,'捆口袋',用枕头打仗玩。我们现在吃面包夹香肠。"

"不过你刚才已经吃了很多小蛋糕了。"小弟说。

"如果该做的不做,我就不玩了。"卡尔松说,"快去取面包夹香肠!"

小弟偷偷地跑进厨房,拿回面包,没有人打扰他。包克小姐坐在起居室里与朱利尤斯叔叔聊天,她已经原谅他说的鸡肉太老的事了。

然后小弟坐在卡尔松的床边,看着他吃面包夹香肠。他感到很幸福,最好的朋友和自己住在一起确实很有意思,而卡尔松也是从来没有过的高兴和满意。

"面包夹香肠很好,你很好,长角甲虫也很好,"他说,"尽管她不相信我是班上最好的。"他补充说。此时他的表情阴沉,看来他对此事还在耿耿于怀。

"哎呀,"小弟说,"管他呢!朱利尤斯叔叔希望我是班上最好的,可我不是。"

"啊,多亏如此。"卡尔松说,"不过我可以教你一点儿加……就是你过去说的那类东西。"

"加法,"小弟说,"你要教我?"

"对,因为我是世界上最好的加法大师。"

小弟笑了。

"那就让我们比比看。"小弟说,"你同意吗?"

卡尔松点点头。

"开始吧!"

小弟开头。

"比如你从妈妈那里得到三个苹果……"

"好,谢谢,请拿过来吧。"卡尔松说。

"别打断我。"小弟说,"如果你从妈妈那里得到三个苹果,从爸爸那里得到两个,从布赛那里得到两个,从碧丹那里得到三个,从我这里得到一个……"

他还没来得及往下说,卡尔松就举起了责怪的食指。

"我早就知道,"卡尔松说,"我早就知道你是这个家庭里最抠门儿的,不用再说了。"

"哎呀,现在不是这个问题。"小弟说,但是卡尔松仍然继续纠缠:

"如果你给我一大堆苹果、几个梨,再加上几个金黄色甜甜的小李子一定会很开心的,这一点你是知道的!"

"别吵了,卡尔松。"小弟说,"这里说的是加法……你从妈妈那里得到一个苹果……"

"停!"卡尔松愤怒地叫起来,"我不同意,她把刚才给我的另外两个苹果弄到哪儿去了?"

小弟叹了口气。

"我的好卡尔松，苹果多少没关系。我只是拿它们举例子，让你明白我提的问题。"

卡尔松长叹了一声。

"我知道问题的实质。我一不留神，你妈妈走过去吃了我的苹果，这就是问题的所在。"

"别吵了，卡尔松。"小弟再次说，"如果你从妈妈那里得到三个苹果……"

卡尔松满意地点着头。

"好啊！不准后悔！这一点我知道了。不过要排好顺序！我将从你妈妈那里得到三个苹果，从你爸爸那里得到两个，从布赛那里得到两个，从碧丹那里得到三个，从你那里得到一个，因为你是最抠门儿的……"

"对，那你一共得到多少苹果？"小弟问。

"你说呢？"卡尔松说。

"我不说，是你应该说出来，这一点你是知道的。"

"不，你可以猜！请你说吧，我保证你会说错！"

"谢天谢地，我不会说错。"小弟说，"你一共得了十一个苹果。"

"你坚信不疑？"卡尔松说，"不过你错了。因为前天晚上我在里丁岛一户人家的院子里偷了二十六个苹果，现在只剩下三个，有一个我咬了一点儿——这回你没话可说了吧？"

小弟一开始没说话，不知道应该怎么回答。但是他后来突然想起来了。

"哈哈，你说的都是假话。"他说，"因为六月树上是不长苹果的。"

"是吗？"卡尔松说，"那你们的苹果是从哪儿弄来的，你和这家里其他偷苹果的人？"

这时候小弟已经没有心思教他做更多的算术了。

"不过你现在至少知道什么是加法了。"他说。

"你不相信我知道加法跟偷苹果是一回事，"卡尔松说，"这一点你不需要教我，因为我早就会了。我是世界上最好的苹果……加法大师，我有时间的时候带你到里丁岛，教你怎么样偷苹果。"

卡尔松把最后一块面包夹香肠塞进嘴里，然后开始打枕头仗。但是没打起来，因为当卡尔松用枕头砸小弟头的时候，小狗比姆卜狂叫起来。

"汪汪"，比姆卜一边叫一边用牙咬枕头，然后卡尔松和比姆卜在那里把枕头撕来撕去直到枕头被撕破。这时候卡尔松把枕头朝屋顶扔去，羽绒四处飘散，落在躺在沙发上的小弟身上，他高兴得大笑起来。

"我觉得好像在下雪，"卡尔松说，"雪越下越大。"他一边说一边又把枕头扔到空中。但是这时候小弟说该停战了，另

外也该睡觉了。时间已经很晚,他们听到朱利尤斯叔叔在客厅向包克小姐道晚安。

"现在我要到我的短床上睡觉去了。"朱利尤斯叔叔说。

卡尔松突然露出极为兴奋的神情。

"好呀,好呀!"他说,"我坐在这里想出了一个有趣的事情。"

"什么有趣的事情?"小弟问。

"当我躺在别人家里的时候,我很想做一件非常有趣的事

情。"卡尔松说。

"你的意思是玩'捆口袋',让人钻被窝时卡在里边,上不来,下不去?时间已经很晚了——你大概不会这样做吧?"

"啊,是很晚了。"卡尔松说。

"对,一点儿也不错。"小弟满意地说。

"所以我就不想捆了。"卡尔松肯定地说。

"好极了。"小弟说。

"因为我已经捆过了。"卡尔松说。

小弟吃了一惊,立即从沙发上站起来。

"为谁……大概不是为朱利尤斯叔叔吧?"

卡尔松"咯咯"笑起来。

"机灵鬼,你怎么一下子就猜到了?"

小弟在打枕头仗时笑得很开心,而此时此刻他只狡黠地一笑,尽管他知道不应该这样。

"啊,朱利尤斯叔叔会大发雷霆。"他说。

"对,这正是我要看到的。"卡尔松说,"所以我想飞一小圈,从卧室的窗子往里看一看。"

这时候小弟不再笑了。

"万万不能!想想看,如果他看见你怎么办!那样的话他就会相信你就是那个间谍,你自己会知道这有什么后果。"

但是卡尔松很固执,他斩钉截铁地说,如果他在人家被子

上"捆了口袋",他一定也想看看人家生气的样子,不然就没有意义了。

"此外,我可以藏在一把伞后边!"

他取来妈妈的红雨伞,因为雨还在哗哗地下着。

"我不想把布赛的睡衣弄湿了。"卡尔松说。

他站在敞开的窗子旁边,打开雨伞准备飞走,小弟认为这太可怕了,他用乞求的口气说:

"你无论如何要加小心!不要让他看见你,因为那样的话你就完蛋了!"

"别着急,沉住气。"卡尔松说。然后飞到雨中。

小弟站在那里,一点儿也不平静,相反,他紧张得直咬手关节。

时间一分钟一分钟地过去,雨不停地下,小弟等待着。这时候他突然听到朱利尤斯叔叔在卧室里撕心裂肺般地喊救命,随后卡尔松从窗子外边飞了进来,他关上马达,满意地"咯咯"笑,把伞放在地毯上控水。

"他看见你了吗?"小弟不安地问,"他还在床上吗?"

"他还在床上挣扎。"卡尔松说。

这时候又听见朱利尤斯叔叔在高声喊叫。

"我一定要去看看他怎么样了。"小弟一边说一边朝卧室跑去。

朱利尤斯叔叔被缠在被套里边，脸色苍白，愤怒地瞪着大眼，他旁边的地板上散落着枕头和毯子。

"我不想和你说话。"朱利尤斯叔叔看见小弟时说，"把包克小姐找来！"

不过包克小姐肯定听到了他的喊叫声，因为她已经从厨房里跑过来，她像木头人一样站在门槛旁边。

"我的上帝！"她说，"扬松先生重新铺一铺床吗？"

"不，我不想。"朱利尤斯叔叔说，"尽管我不喜欢你们在这个家里采用的新铺床法……不过我现在顾不得想这些了。"

他静静地坐在那里叹息，这时候包克小姐蹒跚地走过去，把手放在他的前额上。

"怎么样，扬松先生病了吧？"

"对，我病了。"朱利尤斯叔叔沉重地说，"我一定是病了……你走吧。"他对小弟说。

小弟走了，但是他站在门外，因为他想听一听他们继续说什么。

"我是一个聪明、不迷信的人。"朱利尤斯叔叔说，"不管是报纸还是其他什么人都不能用一些蠢事糊弄我……所以我肯定是病了。"

"怎么个病法？"包克小姐问。

"我有些幻觉……发烧时的幻觉。"朱利尤斯叔叔说。然

后他降低声音,小弟几乎听不见他说什么。

"我不希望包克小姐把这件事告诉其他人。"朱利尤斯叔叔小声说,"不过我确确实实看见了睡神雍·布隆德。①"

---

① 雍·布隆德:根据瑞典民间传说,雍·布隆德是一个睡神,他走到谁的身边,谁就想睡觉。

卡尔松偷吃小蛋糕和甜饼

小弟早晨醒来时,卡尔松已经不见了。布赛的睡衣团在地板上,窗子敞开,小弟明白,卡尔松已经回家。屋子里空荡荡的,不过从某种意义上说也不错。现在包克小姐没什么可吵的了。根本不需要让她知道,卡尔松曾经睡在小弟的房间里。不过总有些奇怪,卡尔松一走一切都变得平静、忧伤和苍白。尽管他在的时候很难保持整洁有序,但是他们俩不在一起的时候,小弟总是想念他,此时他感到一定要对卡尔松送个小小的问候,因此他走过去,拉了三次藏在窗帘后边的通话铃的绳索。这是卡尔松为小弟有事通知他而架的通话线。拉绳索的时候,屋顶上卡尔松那里的铃就响,卡尔松自己规定不同的铃响有不同的含义。"响一下,意思为快来,"卡尔松说,"响两下,意思为千万不能来,而响三下,意思为多好啊,世界上有一个英俊、不胖不瘦、绝顶聪明、勇敢、十全十美的人,就是你,卡尔松。"小弟此时要对卡尔松说的正是后一种。因此他

拉了三下,想听一听屋顶上的反应。他确实得到了回答。屋顶上手枪响了,他听到卡尔松在唱"乒乒乓乓,乓乓乒乒",尽管声音很轻,距离很远。

"哎呀,卡尔松,哎呀,卡尔松。"小弟小声说。愚蠢的卡尔松,他跑到屋顶上又放枪又喧哗!飞勒和鲁勒或者其他什么人发现他,把他捉住,卖给报社,赚一万克朗,还不是易如反掌。

"不过到那个时候他只得自作自受了。"小弟对躺在篮子里的小狗比姆卜说,它好像什么都明白。小弟穿上衬衫和裤子,然后跟比姆卜玩了一会儿,他等着家里逐渐热闹起来。

朱利尤斯叔叔显然还没有醒,至少他的卧室里还没有动静,但是从厨房里渐渐地飘来煮咖啡的香味,小弟走过去,想看看包克小姐在干什么。

她大模大样地坐在那里,正在喝每天第一口咖啡,奇怪的是她不反对小弟也坐在桌子旁边。桌子上看不见粥,相反,放着今天她很早就起来烤好了的面包。案板上放着两屉又热又香的小蛋糕,还有很多被她放到桌子上的面包筐里。小弟拿了一块小蛋糕和一杯牛奶,然后坐在那里,他和包克小姐安静地吃喝。直到包克小姐说:

"我不知道弗丽达在家怎么样!"

小弟若有所思地看着牛奶杯,想想看,包克小姐那么想念

弗丽达就像他和卡尔松不在一起时他想念卡尔松一样！

"包克小姐，想念弗丽达了吧？"他很客气地问。

这时候包克小姐发出刻薄的笑声。

"你不了解弗丽达，你！"

实际上小弟对弗丽达怎么样了不感兴趣，但是包克小姐肯定愿意讲一讲关于她的事情，因此他问：

"弗丽达小姐跟谁订婚了？"

"一个坏蛋。"包克小姐加重语气说，"啊，我知道他是一个坏蛋，因为他骗弗丽达的钱，这我很清楚。"

包克小姐想到这一点就咬牙切齿，现在她开始把心里话讲出来。"真可怜，她肯定没有很多人可以谈心，因为对一个小孩子她都要跟他讲弗丽达的事情。"小弟想。她很想讲。小弟只好坐下来，听她讲关于弗丽达和她的菲利普的事情，讲自从菲利普奉承她有美丽的眼睛、漂亮而令人感到亲切的鼻子以后，弗丽达怎么样受折磨，菲利普说她是在任何情况下都可以信赖的一个人。

"美丽的鼻子，"包克小姐冷笑着说，"对，很清楚，如果人们认为在脸中间长一个中等大小的土豆鼻子很动人的话……"

"那菲利普长得怎么样呢？"小弟饶有兴趣地问。

"上帝保佑，我一点儿也不知道。"包克小姐说，"你大

概不相信,弗丽达根本不让我见他。"菲利普做什么工作,包克小姐也不知道,但是他有一个同事叫鲁道夫,弗丽达讲过。

"弗丽达说,他跟我可能挺合适,但是她说,他不想要我,因为我不漂亮……啊,没有动人的鼻子,也不迷人。"包克小姐一边说一边冷笑起来。但是后来她突然站起来,到衣帽间去取什么东西。就在她离开厨房的那一瞬间,卡尔松从窗子飞了进来。

小弟真的不高兴了。

"哎呀,卡尔松,我曾经请你一定不要飞,免得包克小姐和朱利尤斯叔叔看见……"

"因此我也不愿意飞,免得包克小姐或者朱利尤斯叔叔看见。"卡尔松说,"实际上我连面也不想露。"他一边说一边钻到餐桌底下。当包克小姐取了毛衣回来,卡尔松坐在那里,严严实实地藏在垂下来的桌布底下。

这时候她又给自己倒了一杯咖啡,拿了一小块蛋糕,然后继续讲。

"像刚才说过的……漂亮、动人的土豆鼻子我不敢说。"

这时候她听到一种声音,像隐形人的奇怪声音,但不知道来自何处,那声音说:

"不,你有一个像黄瓜似的鼻子,上面长着刺。"

包克小姐一惊,手里的咖啡都洒出来了,她用怀疑的目光

看着小弟。

"是你坐在那里捣鬼?"

小弟脸红了,不知道该如何回答。

"不……对。"他结巴地说,"我觉得是人们在听收音机里的蔬菜节目,什么西红柿、黄瓜之类的东西。"

这是他编出来的,很巧妙,因为斯万德松家的厨房经常可以听到邻居家收音机的声音,包克小姐本人过去发现过,也抱怨过。

她嘟囔了几句,但是没有再多想,因为朱利尤斯叔叔正好走进厨房,要喝咖啡。他步履蹒跚地围着桌子转了几圈,每走一步都要呻吟。

"这一夜真难过。"他说,"圣贤耶利米保佑,这一夜真难过!我过去身体僵硬,但是这床,这被褥,哎呀!"

他沉重地坐在餐桌旁边,眼睛向前看着,他好像在想什么特别的事情,小弟觉得他有些反常。

"不过我还是很高兴,很感谢这一夜。"朱利尤斯叔叔最后说,"它使我变成了一个新人。"

"真不错,因为人老了确实需要不断更新。"

那个奇怪的声音又说起话来,包克小姐又吓了一跳,她不满地看着小弟。

"还是林德贝里家的收音机……现在他们在听有关老汽车

的节目。"小弟结结巴巴地说。

朱利尤斯叔叔什么也没发现。他陷入沉思当中,既没听到什么,也没看到什么。包克小姐给他倒咖啡,他心不在焉地伸手去拿小蛋糕。但是他还没拿到就有另一只手——一只小胖手伸到桌子边上,把那块蛋糕拿走了。朱利尤斯叔叔根本没发现。他只是想啊,想啊,直到他把手伸进滚烫的咖啡里时才从沉思中醒来,想起来手里没有蛋糕去泡。他吹了吹手,有些生气,但是又陷入沉思。

"天地间还有很多事情我们一无所知,这一夜我才明白这个道理。"他严肃地说。同时他伸出手,去拿蛋糕。这时候那只小手又伸过来,把他要拿的那块蛋糕拿走了。但是朱利尤斯叔叔还是没有发现,他只是想啊,想啊,直到他把手伸到嘴里咬得生疼的时候,他才从沉思中醒来,知道他咬的不是蛋糕。这时候他确实有些生气,但是很明显,新的朱利尤斯叔叔已经不同于昔日了,因为他很快平静下来。他已经不想再去拿面包,只是在深深的沉思中喝咖啡。

所有的蛋糕还是都没有了,它们一个接一个地从面包筐里消失,只有小弟知道它们的去向。他默默地冷笑着,小心翼翼地把一杯牛奶放到餐桌底下,免得卡尔松吃蛋糕时口太干。

这就是卡尔松说的"蛋糕若(惹)人"!

包克小姐上次在他们家里领教过。

"通过吃他们的蛋糕可以把他们若（惹）得发疯。"卡尔松说过，啊，他知道这个字应该读作"惹"。但是他说读作"若"能更让人发疯。

卡尔松又搞了一次使人发疯的蛋糕若(惹)人，只是包克小姐不知道，而朱利尤斯叔叔对此更不懂。他没有发现比惹人更令人发疯的蛋糕若(惹)人，他只是想啊，想啊。但是他突然抓住包克小姐的手，用力握着，好像他要请求帮助。

"我必须要和谁谈谈这件事。"他说，"我知道，包克小姐，这绝不是什么发烧时的幻觉，我头不晕，我看见了睡神雍·布隆德！"

包克小姐瞪大了眼睛。

"这可能吗？"

"真的，"朱利尤斯叔叔说，"因为我已经是新世界里的一位新人。包克小姐一定知道，这是一个虚幻世界，正是它在夜里向我八面洞开。如果现在雍·布隆德确实有的话，为什么女妖、魔鬼、幽灵、河神、精灵和童话书中的其他鬼神不能存在呢？"

"也可能有会飞的间谍。"包克小姐附和着说，但朱利尤斯叔叔不这么看。

"蠢话！"他说，"报纸上写的这类废话是不足为信的。"

他靠近包克小姐，深深地看着她的眼睛。

"请记住一件事。"他说,"我们的祖先信妖魔、精灵、女妖和其他鬼神,我们为什么兜圈子,老是不承认它们的存在呢?难道我们的目光比我们的祖先更敏锐,对吗?不,只有那些傻瓜才会有这类想法。"

包克小姐不想被当做傻瓜,所以她说,"女妖可能比我们所知道的还要多,如果我们留意的话,可能也会有很多妖魔和其他鬼神。"

但是此时朱利尤斯叔叔决定不再考虑这些事情,因为他已经和医生约好时间,他该上路了。小弟很有礼貌地跟他到衣帽间,还有包克小姐。小弟递给他手杖,包克小姐帮他穿上大衣。他确实显得很疲倦,可怜的朱利尤斯叔叔,他很有必要去看病,小弟一边想一边不安地抚摩他的手。包克小姐也显得很不放心,因为她不安地问:

"感觉怎么样?先生真的不舒服吗?"

"我还没有去看医生,我怎么会知道呢?"朱利尤斯叔叔不客气地说,对,是这样,小弟想,昔日的朱利尤斯叔叔的怪脾气还有一点儿,尽管虚幻世界从来没有像现在这样对他敞开。

朱利尤斯叔叔走了以后,小弟和包克小姐又回到厨房。

"现在我要再喝点儿咖啡,吃点儿蛋糕,舒舒服服地待一会儿。"包克小姐说。但是随后她就叫了起来。因为烤箱上的

蛋糕一块也没有了。那里只剩下一个大纸口袋,上面歪七扭八地写着:

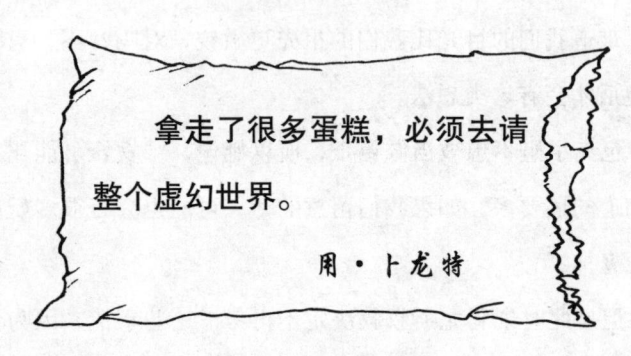

> 拿走了很多蛋糕,必须去请整个虚幻世界。
>
> 用・卜龙特

包克小姐一边念一边痛苦地皱起眉头。

"谁也别让我相信,雍・布隆德会偷蛋糕,即使他真存在也不会。他是非常体面的,绝对不会做这种事,不会。我知道是谁干的了!"

"谁呀?"小弟问。

"准是那个讨厌的胖孩子,叫做卡尔松或者别的什么名字。厨房的窗子都开了!他站在外面听我们说话,趁我们到衣帽间去的时候,他溜了进来。"

她气愤地摇着头。

"用・卜龙特?啊,挺好听的。连字都不会写,还想嫁祸于人!"

小弟不想谈论卡尔松,所以他只是说:"我觉得还是雍・布隆德!过来,比姆卜!"

每天早晨小弟和比姆卜都要去瓦萨公园,比姆卜认为这是一天中最有意思的事,因为那里有很多令人喜爱的狗可以互相用鼻子闻和交流。

小弟经常与克里斯特和古尼拉玩,但是今天他们没露面。小弟想,他们可能已经到农村去了,不过没关系,只要有卡尔松……当然还得有比姆卜。

这时候来了一条大狗,想跟比姆卜较量一番,比姆卜虽然小,但也很强壮,它想教训一下那个愚蠢的家伙。但是小弟不让。

"别逞能!"小弟说,"你跟那条大狗较量还太小。"

他抱起比姆卜想找个空着的靠背椅坐下,好让比姆卜平静下来。但是公园里到处是人,大家都想趁好天气晒太阳,小弟走了很远才在公园的一个角落里找到一个可坐的座位。但是那里已经坐了两个汉子,每个人手里都拿了一瓶啤酒。他认出了这两个人!真的,坐在那里的两个人是飞勒和鲁勒。起初小弟很害怕,想跑掉。但同时那张靠背椅上似乎有什么东西吸引他。他很想知道飞勒和鲁勒是否还在追寻卡尔松,在这里可以探听到。再说他为什么要害怕呢?飞勒和鲁勒从来没有看到过他,所以没有认出他的问题,好,好极了!他尽量靠近他们坐下,这是人们在侦探小说里写的,要想探听什么情况,就要尽量安静地坐下来听。

所以小弟在靠背椅上坐下来,竖起耳朵听,但是他自始至终都在跟比姆卜小声地说些什么,以便迷惑飞勒和鲁勒。

看来事情不像他想象的那样容易。飞勒和鲁勒只是默不做声地喝啤酒,好长时间他们不说话,不过最后,飞勒打了几个响嗝,随后说:

"好啦,我们一定可以抓到他,我们知道他住在什么地方,我多次看到他往那里飞。"

小弟听了吓得几乎喘不过气来。这下子卡尔松可完蛋了,飞勒和鲁勒已经找到他在屋顶上的小房子,啊,这下子一切都完了。

小弟咬着手骨节,尽量不哭出声来,但是就在他竭力抑制自己的时候,鲁勒说:"对,我也多次看到他飞过去,好像……跟去年夏天我们去的地方在同一层。四楼十二号,门上写着斯万德松,我核对过了。"

小弟惊奇地瞪着圆眼睛,他是不是听错了?飞勒和鲁勒真的以为卡尔松住在斯万德松家?如果是这样那就太幸运了,这意味着,卡尔松可以藏起来,在自己的房子里会很安全,飞勒和鲁勒还没有找到他的房子,真幸运!不过也没什么奇怪的,除了扫烟囱的人以外,不管是飞勒、鲁勒还是其他什么人都没到屋顶上去过。

尽管飞勒和鲁勒不知道他的小房子,但事情还是很可怕

的。可怜的卡尔松,当他们认真追寻他的时候——傻乎乎的卡尔松并不知道躲藏。

飞勒和鲁勒又沉默不语了,但是鲁勒忽然用低得小弟几乎听不到的声音说:

"也许今天夜里!"

这时候好像飞勒已经发现椅子上还坐着其他人。他瞪着小弟高声咳嗽着。

"好,也许今天夜里可以出去抓点儿蚯蚓,好吧。"他说。

不过小弟也不是那么好欺骗的。他很清楚,飞勒和鲁勒今天夜里想做什么。他们想,在他睡觉的时候设法抓住他,他们以为卡尔松会睡在斯万德松家。

小弟想,我一定要把这件事告诉卡尔松。我一定要尽快与他取得联系。

但是直到吃午饭时卡尔松才露面,这一次他不是飞来的,而是用力按衣帽间的门铃。小弟开了门。

"啊,你可来了。"小弟说,但是卡尔松不听他讲话,他径直走到厨房的包克小姐面前。

"今天你在做什么辣味粥?"他说,"是通常那种嚼不烂的还是用一般的犬牙就可以吃的?"

包克小姐站在炉子旁边往甜饼上刷奶油,朱利尤斯叔叔要吃点儿好嚼的东西,鸡肉太硬,当她听到身后卡尔松的声音时

吓了一跳,一整勺奶油都洒在炉子上了。她转过身来,对着卡尔松。

"你,"她喊叫着,"你……你真不知羞耻!你还真有脸见我吗,你这讨厌的偷蛋糕的小偷。"

卡尔松把两只胖手放在眼前,半真半假地通过手指缝向前看着。

"啊,当然可以,只不过要加点儿小心。"他说,"你不是世界上最漂亮的,不过我对什么都习以为常了,所以还可以。最重要的是你很友善……请你给我几块甜饼!"

包克小姐恶狠狠地看着他,随后转向小弟。

"喂,你妈妈说过我们一定要给这个讨厌的孩子饭吃吗?真的要让他在这里吃饭吗?"

小弟像平常那样结巴起来。

"妈妈认为,不管怎么说……卡尔松……"

"回答是,还是不是。"包克小姐说,"你妈妈说过卡尔松要在这里吃饭吗?"

"妈妈希望,无论如何他……"小弟转弯抹角地说,但是包克小姐用斩钉截铁的口气打断他:

"回答是,还是不是,我已经说过了!对一个简单的问题回答是还是不是大概不困难!"

"啊,你怎么这么说?"卡尔松插嘴说,"我给你提一个

简单的问题,你自己看怎么回答。听着!你上午已经忌喝香槟酒了,是还是不是?"

包克小姐喘着粗气,她真的要气死了。她想说什么,但说不出来。

"啊,怎么啦?"卡尔松说,"你上午已经忌喝香槟酒了?"

"对,她已经忌了。"小弟急忙说。他确实想帮助包克小姐,但是这下子可把包克小姐气疯了。

"我当然还没忌。"她疯狂地喊叫着,小弟被吓坏了。

"没有,没有,她还没有忌。"小弟信誓旦旦地说。

"真让人伤心,"卡尔松说,"酗酒会误事的。"

这时候包克小姐叫了一声,就瘫在椅子上了。不过小弟总算找到了正确答案。

"她还没有忌,因为她从来没喝过,这回你明白了吧。"他用责备的口气对卡尔松说。

"我说过她忌了吗?"卡尔松一边说一边转向包克小姐,"你真愚蠢,你看到了吧,不能在任何情况下都可以回答是或者不是……快给我几块甜饼!"

但是如果说世界上有什么事包克小姐最不想做,那就是给卡尔松甜饼。她怒气冲冲地跑过去,把厨房的门敞开。

"滚,"她喊叫着,"滚!"

卡尔松走了,他带着高傲的表情朝门走去。

"我走！"他说，"我才不稀罕呢。除了你，世界上还有很多人会烤甜饼！"卡尔松走了以后，包克小姐静静地坐了很长时间，但是随后她不安地看了看钟。

"朱利尤斯叔叔怎么还不回来？"她说，"想想看，他要是迷了路怎么办！他对斯德哥尔摩不熟悉。"

小弟也不安起来。

"是啊，他找不到家怎么办。"

正在这时候衣帽间的电话铃响了。

"可能是朱利尤斯叔叔。"小弟说，"他打电话来，大概想告诉我们他迷了路。"

包克小姐去接电话，小弟后边跟着。

但是当小弟听到包克小姐以极具挖苦的语调说话时，小弟立刻明白了，不是朱利尤斯叔叔。

"啊，是你，弗丽达？你好吗，鼻子还在？"

小弟不想听别人打电话，他走进自己的房间，坐下来读书，但是能听到大厅里模糊不清的谈话声，这声音持续了至少有十分钟。

小弟饿了。他希望这谈话快点儿结束，希望朱利尤斯叔叔赶快回家，好一起吃饭。他希望马上就能吃上饭。包克小姐一放下电话，他就跑到大厅，告诉她想吃饭。

"好好，马上就吃。"包克小姐慷慨地说，她先于小弟走

向厨房，但是在门口她站住了。她健壮的身体堵住了整个门框，所以小弟什么也看不见，他只听见她愤怒地喊叫着。当他好奇地把头从她的裙子后边伸出来想知道她为什么喊叫的时候，他看到了卡尔松。

卡尔松坐在餐桌旁边，津津有味地吃着甜饼。

小弟担心包克小姐会打死卡尔松，因为看样子很危险，但是她只是跑过去，去夺甜饼盘子。

"你……你……你这个可恶的孩子。"她喊叫着。这时候卡尔松轻轻地在她手指上拍了一下。

"别动我的甜饼。"他说，"这是我从林德贝里家花5厄尔买来的！"

他张开大嘴，把一串甜饼塞进去。

"像我说的那样，除了你还有很多人会烤甜饼，缺了你这个臭鸡蛋，就做不了槽子糕啦。"

小弟真有点儿同情包克小姐，因为她被噎得一句话也说不出来。

"那……那……那我的甜饼哪儿去啦？"她一边结结巴巴地说一边看着炉子。那里放着她的甜饼盘子，但是空空如也，这种景象把她又气疯了。

"讨厌的小崽子，"她喊叫着，"你也把它们都吃了！"

"啊，多亏我没有吃，"卡尔松不慌不忙地说，"不过你

总是往我身上泼脏水。"

就在这时候台阶上传来脚步声。这次总算是朱利尤斯叔叔回来了,小弟感到特别高兴,一方面可以结束这场争吵,另一方面朱利尤斯叔叔在这座喧闹的大城市总算没有迷路。

"好极了,"小弟说,"他总算找到家了!"

"多亏他沿着标志走,"卡尔松说,"不然他永远也走不回来!"

"那到底是什么标志?"小弟问。

"是我留下的标志,"卡尔松说,"因为我是世界上最善良的!"

不过这时候衣帽间的门铃响了,包克小姐急忙去开门,小弟跟在后边去迎接朱利尤斯叔叔。

"欢迎回家,扬松先生。"包克小姐说。

"我们以为你会迷路的。"小弟说。

但是朱利尤斯叔叔既不肯定也不否定。

"怎么回事?"他严厉地说,"为什么整个房子里的每个把手上都挂着甜饼?"

他用责备的目光看着小弟,小弟战战兢兢地说:

"可能雍·布隆德……"

但是他马上转身跑回厨房,想把事情真相告诉卡尔松。

厨房里已经没有卡尔松了。那里只留下两个盛甜饼的空盘子、一块卡尔松坐过的蜡染布,上面洒了一摊果酱。

朱利尤斯叔叔、小弟和包克小姐午饭吃了血肠,这种菜也很好吃。

血肠是小弟跑到楼下奶制品商店买来的。当包克小姐派他去的时候,他没有抱怨,因为他很想看一看门把手上挂着甜饼

是什么样子。

但是那里挂的甜饼已经没有了。他沿着所有台阶往下走，察看每一个门把手，但是他能看到的地方没有任何甜饼，他原以为是朱利尤斯叔叔编造的。

直到他走到游廊才明白。在最后一个台阶上坐着卡尔松。他在吃甜饼。

"甜饼真好吃。"他说，"现在没有路标他也行了，这位虚幻式的小朱利尤斯，因为现在他知道路该怎么走了。"

随后他叹了口气。

"她真不公正，长角甲虫！她说我吃掉了甜饼，我真像是一个无罪的羔羊。那我只好把它们都吃掉！"

小弟忍不住笑了。

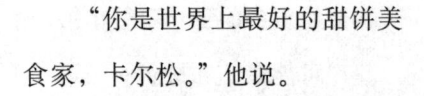

"你是世界上最好的甜饼美食家，卡尔松。"他说。

但是随后他想起了什么，使他一下子严肃起来。他想起了飞勒和鲁勒讲过的可怕的事情。现在他总算可以跟卡尔松讲了。

"我想，他们要在今天夜里捕捉你。"小弟不安地说，"你知道这意味着什么吗？"

卡尔松舔干净油乎乎的手指,满意地叫了一声。

"这意味着我们可以有一个快乐的夜晚。"他说,"好啊,好啊!好啊,好啊!"

卡尔松是世界上最好的打呼噜问题专家

天渐渐黑了,卡尔松整个白天都没露面,他想让长角甲虫在甜饼风波之后好好休息一下。

小弟陪朱利尤斯叔叔去了一趟铁路博物馆。朱利尤斯叔叔很喜欢这类博物馆,小弟也很喜欢,然后他们回家和包克小姐一起吃晚饭。一切都平安无事——没有卡尔松在,但是当小弟吃完晚饭回到自己房间时,看到卡尔松在那里。

说真心话,小弟看到他很不高兴。

"哎呀,你多么鲁莽,"他说,"你为什么现在来?"

"你怎么会问这样愚蠢的问题?"卡尔松说,"我不是住在你这里吗,你这不是明知故问!"

小弟叹了一口气,他一整天都在冥思苦想,想方设法使卡尔松摆脱飞勒和鲁勒的追捕。啊,他想来想去——要不要报警?不能,因为如果报警的话他首先要讲飞勒和鲁勒为什么要把卡尔松劫走,这可不行。请朱利尤斯叔叔帮忙?不能,因为

他知道以后也会马上报警,还得说明飞勒和鲁勒为什么要把卡尔松劫走,一样行不通。

卡尔松既没有动脑筋想,也没有感到有什么不安。他平静地站在那里,察看着桃核长了多少,但是小弟确实很着急。

"确实不知道我们应该怎么办。"他说。

"你是指怎么对付飞勒和鲁勒?"卡尔松说,"这我知道,我说过了有三种办法——惹人生气、装神和弄鬼,三种办法我都想用。"

小弟认为第四种办法最好,即今天夜晚卡尔松待在自己的房子里,像一只老鼠一样趴在被子底下。但是卡尔松说,这是他听到的各种令人讨厌的办法中最讨厌的一种。

小弟还是不想让步,他从朱利尤斯叔叔那里得到一袋糖果,他想大概可以用它来收买卡尔松。他把糖袋放在卡尔松的鼻子底下引诱他,并神秘地说:

"如果你回家睡觉的话,这袋糖都给你!"

但是卡尔松推开了小弟的手。

"哎,讨厌,你真可怕!"他说,"留着你的臭糖吧!让我要它们,痴心妄想!"

他撅起了大嘴,有意走到远处的墙角,坐在一个小板凳上。

"你这么可怕我不玩了,"他说,"我反正不玩了!"

这下子小弟可慌了手脚。他最怕卡尔松说的"我不玩了"。小弟赶紧道歉,想尽办法使卡尔松高兴起来,但是无济于事,卡尔松还是撅着嘴。

"好啦,我实在不知道该怎么办。"小弟最后说。

"但是我知道。"卡尔松说,"不敢保证,如果你给我一个小东西……可能我还跟你玩,或许我可以收下那袋糖果!"

这时候小弟赶紧把那袋糖给他,然后卡尔松才说玩,他想玩一整夜。

"好啊,好啊!"他说,"你可能不敢相信我要玩什么!"

小弟想,因为卡尔松需要在这里过夜,所以他只好在沙发上铺被子,他想马上动手,但是这时候卡尔松告诉他用不着!这一夜他们不会睡觉。

"我希望长角甲虫和虚幻式的朱利尤斯叔叔赶快犯困,然后我们好实施我们的计划。"卡尔松说。

朱利尤斯叔叔确实很早就想睡了,前一天夜里的各种不安和白天的麻烦使他很累了。包克小姐经过那场劳神费力的甜饼风波也肯定想睡觉了,她很快消失在自己的房间里,对啦,她住的是碧丹的房间,这是妈妈安排的,在她帮忙期间她就住在碧丹的房间里。

他们首先走进来,跟小弟道晚安,朱利尤斯叔叔和包克小姐都来了,不过这时候卡尔松藏在衣柜里,他自己认为这样做

最聪明。

朱利尤斯叔叔打了个哈欠。

"我希望睡神雍·布隆德很快就来,让我们大家在他的红伞下马上入睡。"他说。

"对,你说得对!"小弟想,不过他只是高声说:

"晚安,朱利尤斯叔叔,睡个好觉!晚安,包克小姐!"

"你赶快去睡觉吧。"包克小姐说。

然后他们就走了。

小弟脱掉衣服,穿上睡衣。他觉得,如果包克小姐或朱利尤斯叔叔半夜起来看见他的话,他穿着睡衣会更好。

小弟和卡尔松要趁朱利尤斯叔叔和包克小姐睡觉的时候,玩一种叫"饿死狐狸"的纸牌,但是卡尔松老弄虚作假,他总是想赢,不然他就不玩了。小弟让着他,尽量让他赢,但是最后当卡尔松看到他无论如何也要输一把的时候,他把纸牌胡噜到一边说:

"我们已经没有时间玩牌了,我们马上开始行动吧!"

就在这时候朱利尤斯叔叔和包克小姐都睡着了——没有借助于睡神布隆德的帮助和红伞。卡尔松兴致勃勃地从一个卧室的门口跑到另一个卧室的门口,比较不同的呼噜声。

"世界上最好的打呼噜问题专家,猜一猜是谁?"他得意地说,他为小弟模仿朱利尤斯叔叔怎么打呼噜,而包克小姐又

是怎么打呼噜。

"格尔尔尔——皮——皮——皮,虚幻-朱利这样打。但是长角甲虫这样打:格尔尔尔——啊嘘,格尔尔尔——啊嘘!"

后来卡尔松想起了别的事情。他还有很多糖果,尽管他已经请小弟吃过一块,自己吃了十块,但是这时候他说,他一定要把糖袋藏到什么地方去,因为他要做事情必须把双手腾出来,那一定得是个绝对保险的地方。

"因为小偷会来,"他说,"屋里有没有装钱的保险柜?"

小弟说,如果有的话,他首先要把卡尔松锁在里边,可惜没有。

卡尔松考虑了一下。

"我要把糖袋放到虚幻-朱利屋里,"他说,"因为小偷听到格尔尔尔——皮——皮——皮的呼噜声时,他们肯定认为那是一只老虎,不敢进去。"

他慢慢地打开朱利尤斯叔叔卧室的门,格尔尔尔——皮——皮——皮的呼噜声更响了。卡尔松高声地笑了,拿着糖袋走进去。小弟站在那里等着。

过了一会儿卡尔松出来了。手里没有糖袋了,但是却拿着朱利尤斯叔叔的假牙。

"哎呀,卡尔松,"小弟说,"你拿那些假牙做什么?"

"你大概不信,我会把糖存在一个有假牙的人那里,"卡尔松说,"如果虚幻－朱利夜里醒来看见了糖袋怎么办!如果假牙在他手边,他就会大吃大嚼起来。"

"朱利尤斯叔叔不会那样做,"小弟肯定地说,"别人的糖他一块也没有拿过。"

"你别犯傻了,他会以为是虚幻世界的仙女下凡,送给他一袋糖果。"卡尔松说。

"这是他自己买的,他怎么会有这个想法呢!"小弟反驳说,但是卡尔松充耳不闻。

"因为我需要这假牙。"他说。他解释说,他还需要一根结实的绳子。小弟溜进厨房,从储藏室取出一根晾衣服用的绳子。

"拿它做什么?"小弟问。

"我要做一个捉小偷的绊子,"卡尔松说,"一个可怕的致人死命的捉小偷绊子!"

他指着他要设绊子的地方——通向大厅有着圆形门的狭窄

的衣帽间。

"就在这儿。"卡尔松说。

在大厅的门两旁各倒放一把结实的椅子,卡尔松在很低的地方——几乎挨着地面拉一根绳子,做一个捕捉小偷的绊子,把绳子拴在结实的椅子腿上。每一个在黑暗中走入大厅的人都会绊在绳子上,绝对是这样。

小弟还记得,去年飞勒和鲁勒想在这里偷他们的东西,他们是从门上的信筒处伸进一根长钢丝,然后撬开锁进来的。这次他们也会照此办理,如果他们绊在绳子上,就会正好中计。

小弟默默地笑着,后来他想起更高兴的事。

"我一直在冥思苦想,"他说,"因为小狗比姆卜一叫全楼都会被它惊醒,他们就会溜之大吉,飞勒和鲁勒。"

卡尔松瞪着他,好像他不相信自己的眼睛。

"这样的话,"他严肃地说,"我做的捉小偷的绊子就没意义了。你以为我真会同意,这是一相情愿。不会,狗一定要离开,绝对!"

小弟真的生气了。

"你这是什么意思?你把它弄到哪儿去,你想过吗?"

这时候卡尔松说,小狗比姆卜可以睡在他的房间里。它可以躺在厨房卡尔松平时睡觉的沙发上,在卡尔松装神弄鬼的时候,它怎么打呼噜都没关系。卡尔松保证说,比姆卜第二天早

晨醒来时,肉会没过它的膝盖,只要小弟让步。

但是小弟不愿意做这样的让步,他认为把比姆卜弄走太不光彩。此外,他认为,当飞勒和鲁勒来的时候,有一只会叫的狗在身边非常好。

"对,只是它一叫一切都完蛋,"卡尔松刻薄地说,"使我永远也没有乐趣,没有,没有,让我丝毫也不能惹人生气、装神弄鬼吓人,随你的便吧!最重要的是,你的狗整夜会叫个没完。"

"你大概知道……"小弟说,但是卡尔松打断他的话。

"我不玩了!你随便去找别人玩吧,我不玩了!"

当小弟把比姆卜从篮子里拉出来时,它很不情愿,此时它刚刚睡着。当卡尔松风风火火地把比姆卜抱走时,小弟最后看到的是它的两只惊奇的大眼睛。

"别怕,比姆卜!我很快就会去接你。"小弟尽量安慰它。

几分钟后卡尔松就回来了,兴高采烈。

"比姆卜向你问好,你猜它说什么!'待在你家里真高兴,卡尔松。'它说,'我能当你的狗吗?'"

"哈哈,它不会这么说!"

小弟笑了,他很清楚比姆卜是谁的狗,比姆卜也知道。

"好啦,万事俱备!"卡尔松说,"你知道,像你我这样的好朋友,有时候这个要让着那个,有时候那个要让着这个。"

"对,不过我总是让着你。"小弟笑着说,他不知道卡尔松到底要怎么做。谁都明白,像这样一个夜晚,最好卡尔松睡在厨房的沙发上,用被子把头盖上,小狗比姆卜睡在床下,飞勒和鲁勒来的时候,比姆卜一叫,全楼都会听到,飞勒和鲁勒就会被吓跑。但是现在卡尔松要做的正好与此相反,小弟差不多也相信他的办法很不错。小弟也希望是这样,因为他内心也很好奇和喜欢历险,想知道卡尔松怎样装神弄鬼吓人。

卡尔松此时此刻很忙,因为他认为飞勒和鲁勒随时都会溜进来。

"我一定要做一个东西,一开始就能把他们吓死,"他说,"不需要一只愚蠢的小狗帮助,你应该明白这一点。"

他跑到厨房,去翻腾储藏室。小弟有些担心,请他小声点儿,因为包克小姐睡在隔壁碧丹房里。卡尔松没有想到这点。

"你在门旁边听着,"他向小弟建议说,"你一旦听不到格尔尔尔——皮——皮——皮和格尔尔尔——啊嘘的呼噜声,你就要说一声,因为这时候有危险来了。"

他思索了一会儿。

"你知道,这时候你应该做什么吗?"他说,"这时候你自己要立即打呼噜,打得越响越好。像这样:格尔尔尔——啊啊啊啊嘶,格尔尔尔——啊啊啊啊嘶!"

"我为什么一定要这样呢?"小弟问。

"啊，是这样，如果虚幻－朱利醒了，他就会以为他听到的声音是长角甲虫的，如果长角甲虫醒了，她以为她听到的声音是虚幻－朱利的。但是我知道，格尔——啊啊啊啊嗬是你，这时候我就知道了，有人醒了，有危险来了，我就立即钻进储藏室躲起来，嘿嘿，世界上最好的装神弄鬼者，猜猜是谁？"

"不过要是飞勒和鲁勒来了，我该怎么办呢？"小弟用相当害怕的口气问，因为当小偷来的时候，他一个人站在外面的大厅里，卡尔松又远在厨房里，那可不是特别有意思的事。

"这时候你也要打呼噜，"卡尔松说，"像这样：格尔——嘘——嘘——嘘，格尔——嘘——嘘——嘘。"

小弟想，那么多项，跟背九九表一样困难，要记住格尔——皮——皮——皮，格尔啊嘘，格尔啊啊啊啊嗬和格尔——嘘——嘘——嘘——嘘，不过他答应尽力而为。

卡尔松走向放毛巾的架子，拿下了所有的厨房里使用的毛巾。

"毛巾不够用，"他说，"不过洗澡间里还会有很多吧。"

"你想要做什么？"小弟问。

"一个木乃伊。"卡尔松说，"一个可怕、残忍、置人于死地的木乃伊！"

小弟不十分清楚什么是木乃伊，他好像意识到是埃及古代国王坟墓里的什么东西，当然是已经死去的国王、王后，他们

像一件僵硬的包袱躺在那里,瞪着大眼睛。爸爸曾经给他讲过木乃伊的故事。他说那些国王和王后都要经过防腐处理,这样他们就可以像他们在世时一样被保存下来,爸爸说他们全身用旧麻布条里三层外三层地裹起来,不过小弟想,卡尔松无论如何也不是什么防腐师,所以他好奇地问:

"你怎么做木乃伊呢?"

"我把抽打地毯的棍子裹起来,不过这事用不着你多费心。"卡尔松说,"各就各位吧,你忙你的事,我忙我的事。"

小弟去做自己的事。他站在门旁边,听着里边平稳的呼噜声:格尔——皮——皮——皮和格尔——啊嘘。不过后来肯定是朱利尤斯叔叔做了个噩梦,因为他的呼噜声突然变得奇怪起来,格尔尔尔——哞哞哞哞,一点儿也不像那平稳的皮——皮——皮的声音。小弟不知道为了安全要不要告诉厨房里的世界上最好的打呼噜问题专家,但是正在他拿不定主意的时候,忽然听到有人兴高采烈地跑过来,随后听到"啪"的一声响,随后是一连串的脏话,声音来自捉小偷的绊子。啊,救命,肯定是飞勒和鲁勒!同时他发现了危险:格尔尔尔尔——啊嘘的呼噜声完全停止了。啊,救命,他该怎么办呢?惊慌中他想起了卡尔松教他的所有的话,马上打起了笨拙的呼噜声:格尔尔尔——啊嘘,紧接着又打起了同样笨拙的呼噜声:格尔尔尔——嘘——嘘——嘘,但是一点儿也不像是打呼噜。

他打了一遍接着打第二遍。

"格尔尔尔……"

"闭嘴!"有人从捉小偷绊子那边吼叫着,在黑暗中他看见有一个小圆球似的东西躺在那里,在放倒的椅子中间挣扎着,试图爬起来,是卡尔松。

小弟赶紧跑过去,拿掉椅子,以便卡尔松能爬起来。但是卡尔松丝毫也没有表现出要感谢的意思,他像一只蜜蜂一样愤怒。

"都怨你!"他吼叫着,"难道我没说让你到浴室为我去取浴巾吗?"

卡尔松确实没有这样说过。可怜的家伙，他忘记了，通向浴室的路要经过捉小偷的绊子，这怎么能赖小弟呢？

他们已经没有时间再争论是谁的错误，因为这时候他们听到包克小姐已经从里边在"嘎吱嘎吱"地拧自己房间的门把手，事不宜迟。

"赶快跑！"小弟小声说。

卡尔松跑回厨房，小弟也匆忙地跑回自己的房间，一头钻进被子里。

在最后一刹那，他把被子拉到下巴底下，装模作样地打起格尔尔尔——啊啊啊嘘的呼噜声，但是听起来一点儿也不像，所以他停下来，躺在那里，听包克小姐走进来，靠近他的床。他小心翼翼地把眼睛睁开一条小缝，看见她穿着睡衣站在那里，在朦胧中睡衣显得很白，啊，她站在那里，仔细打量着他，他感到浑身都不自在。

"别装蒜了。"包克小姐说，不过听声音她不像生气。

"是不是雷声也把你惊醒了？"她问，小弟结结巴巴地说：

"对……我想是。"

包克小姐点点头，觉得自己的猜测是对的。

"我整天都感觉到要有雷雨。显得那么胸闷。不过你别害怕，"她一边说一边抚摩小弟的头，"它只是在空中'轰轰'

地响,从来没有打到下边的城里来。"

然后她就走了。小弟在床上躺了很长时间不敢动。后来他慢慢地爬起来。他有些担心卡尔松,所以就偷偷地走到厨房。

他第一眼就看到了木乃伊,圣耶利米保佑,这是朱利尤斯叔叔经常说的,他看见了木乃伊!它坐在洗碗台上,卡尔松站在旁边,高傲得像只公鸡,他用从储藏室找来的手电筒照着木乃伊。

"她好看吗?"他说。

"她——这样的话肯定是一位王后木乃伊了。"小弟想。她确实像一位漂亮丰满的王后,因为卡尔松用他能找到的所有

毛巾和浴巾把抽地毯的棍子裹了很多层。他把棍子的一头用毛巾支撑起来，在上面画了两只黑色的圆眼睛。木乃伊也有牙齿，还真是牙。用的是朱利尤斯叔叔的假牙。牙镶在毛巾上，很可能是塞在抽打地毯的棍子上的藤条缝里，为了不掉下来，卡尔松在木乃伊的嘴巴两边贴上了两块胶布。这确实是一个可怕、残忍和置人于死地的木乃伊，不过小弟还是笑了。

"为什么要给她贴上胶布？"他问。

"她可能被刀刺破了。"卡尔松说，并用手抚摩她的面颊，"好啊，好啊，她很像我的母亲，我真想叫她妈妈。"

他拖起木乃伊，朝大厅走去。

"飞勒和鲁勒能见到我母亲会很有意思的。"他说。

卡尔松在黑暗中装神弄鬼效果最佳

一根很长的钢丝从门的信箱处偷偷地伸进来,人们没发现,因为衣帽间一片漆黑,但是人们听到了可怕的"咔嚓咔嚓"的响声,啊,他们来了——飞勒和鲁勒。

小弟和卡尔松趴在大厅一张圆桌子底下,他们在那里至少已经等了一个小时。小弟还睡了一会儿,但是远处信箱"咔嚓咔嚓"的响声把他惊醒,好啊,他们总算来了!小弟一下子清醒了,他吓得脊梁骨直冒冷气儿,但是在黑暗中他听到了卡尔松发出满意的叫声。

"好啊,好啊!"他小声说,"好啊,好啊!"

想想看,他们用一根钢丝就能轻而易举地把锁打开!这时候门轻轻地开了,有人走进来,有人已经到了衣帽间——小弟屏住呼吸,真够可怕的!他们先听到有人小声说话,后来有轻轻的脚步声……但是随后"咚"的一声响,哎呀,那声音真大,两个人轻声地叫起来!然后卡尔松的手电筒突然在桌子底

下亮起来,又突然熄灭,就在手电筒一亮的瞬间,光照在靠在墙上的那个可怕的、足以吓死人的木乃伊身上,她戴着朱利尤斯叔叔的假牙露出狰狞的笑容。从捉小偷的绊子那里又传出喊叫声,比上一次高一些。

然后就乱作一团了,小弟慌了手脚。他听到门被打开,是朱利尤斯叔叔和包克小姐走进来了,同时他听见有人从衣帽间飞快地跑出去了,还听到卡尔松用拴小狗比姆卜的绳索把被卡尔松称作"母亲"的木乃伊从地板上拉到自己身边,他还听到包克小姐多次去开灯,但是卡尔松把厨房里所有的开关都拆掉了——他说在黑暗中装神弄鬼的效果最佳,所以包克小姐和朱利尤斯叔叔站在那里束手无策。

"多可怕的暴风雨天气,"包克小姐说,"多么大的声音,对吧?不断电才怪呢!"

"是电闪雷鸣吗?"朱利尤斯叔叔说,"我认为是其他的东西。"

但是包克小姐肯定地说,她一听就知道是打雷。

"不是雷会是什么呢?"她问。

"我想是不是又有虚幻世界里的神秘人物今天夜里在这里相会?"朱利尤斯叔叔说。

实际上他在说"虚幻世界里的神秘人物"时直漏气。小弟知道,他没有戴假牙,但是他很快把这件事忘了。除了飞勒和

林格伦作品选集
LINGELUN ZUOPINXUANJI

小飞人卡尔松 Xiaofeirenkaersong

鲁勒以外，他哪里有时间考虑别的，他们在哪儿？走了吗？他没有听见他们关衣帽间的门，因此他们有可能留在衣帽间的黑影处，可能藏在大衣后边，啊，多么可怕呀！小弟尽量靠近卡尔松。

"别着急，沉住气！"卡尔松小声说，"我们很快就会看到他们。"

"啊，不是这事就是那事，"朱利尤斯叔叔漏着气说，"这家从没有安宁的时候。"

随后他和包克小姐就都回自己的房间了，一切又恢复了平静。卡尔松和小弟坐在桌子底下等待着。"格尔尔尔——皮——皮——皮和格尔尔尔——啊嘘"的呼噜声又开始在远处响起，声音很小，但清楚地表明，朱利尤斯叔叔和包克小姐已经入睡了。

这时候飞勒和鲁勒又从黑影中走出来。他们蹑手蹑脚的，在捉小偷的绊子旁边停下来，听了听动静，人们可以在黑暗中听到他们的呼吸，太可怕了。这时候他们也亮起了手电筒，借着光在屋里搜寻。小弟闭上眼睛，就好像闭上眼睛他就不会被发现。桌布一直垂到地面，真运气，但是飞勒和鲁勒找到他、卡尔松和"母亲"也并非难事，小弟闭上眼睛，屏住呼吸。他听到飞勒和鲁勒在他身边小声说话。

"你也看到过那幽灵吧？"飞勒问。

"那还用问,"鲁勒说,"就立在墙边,但是现在没了。"

"这里是整个斯德哥尔摩最爱闹鬼的地方,很早以前我就知道。"飞勒说。

"嘘,我们离开这儿吧。"鲁勒说。

但是飞勒不愿意。

"没门儿!为了一万克朗有几个幽灵我也抗得住,请你记住!"

他们默默地把绊倒在旁边的椅子扶起来,放在一边,免得他们匆忙离开时挡道。他们很生气,这家可怕的小孩子为什么要用绊倒来访的客人取乐。

"我把一个眼眶磕了,"他说,"肯定都磕青了,多淘气的小崽子!"

然后他们又用手电筒照每一个角落。

"现在我们得看看,这些门都通到什么地方,我们到哪儿去寻找。"他说。

手电筒照这儿一下照那儿一下,每一次照到桌子附近的时候,小弟都闭上眼睛,尽量缩起身体。他惊慌地抽回双脚,他觉得自己脚好像太大,桌子底下都放不下,他不能往外伸得太多,免得被飞勒和鲁勒看到。

在此期间他发现,卡尔松又在摆弄"母亲"。手电筒的光被移走了,桌子底下很黑,但是再黑他也能看到卡尔松把木乃

伊靠在墙角。正在这时候,飞勒的手电筒又照回来了,光正好照出她狰狞的笑容。这时候又听到两个人轻声叫起来,然后是飞快跑出衣帽间的脚步声。

这时候卡尔松活跃起来。

"过来。"他喘着粗气在小弟耳边说,然后他拖着"母亲",像一只刺猬一样迅速爬过地板,进入小弟的房间,小弟跟在后边爬进去。

"这些人头脑多么简单,"卡尔松一边说一边随手关上门,"分不清幽灵和木乃伊,他们的头脑太简单了。"

他打开门,听漆黑的大厅里的动静。小弟也在听,他希望飞勒和鲁勒走出去,随手关上衣帽间的门。但是他们没有走,他们留下了。他听到他们在外边轻声交谈。

"一万克朗。"飞勒说,"别忘了!想用幽灵吓唬我,没门儿,这一点你很清楚。"

又过了一会儿。卡尔松耐心地听着。

"现在他们到虚幻-朱利的房间去了。"他说,"好啊,好啊,这回我们可以做一点儿事啦!"

他摘掉"母亲"脖子上的绳索,把她轻轻地放在小弟床上。

"你好,你好,母亲,现在你总可以睡觉了。"他一边说一边像一位母亲夜里哄自己的孩子睡觉一样哄她睡觉。然后他

小声对小弟说：

"看呀，她多么漂亮。"他一边说一边用手电筒照木乃伊。小弟吓得颤抖起来。木乃伊躺在那里，黑黑的大眼睛瞪着天花板，她那狰狞的笑容把谁都会吓死。但是卡尔松满意地抚摩着她，然后给她盖上被子和毯子，一直盖到眼睛上。包克小姐来这里与小弟道晚安时，把床罩叠好，放在一把椅子上。卡尔松拿起床罩，把它铺在床上，"可能怕他母亲受凉"，小弟一边想一边微笑着。现在人们只能看到在被子和床罩底下有一个丰满的躯体。

"喂，喂，小弟，"卡尔松说，"我觉得，你也可以睡一会儿啦。"

"在哪儿？"小弟不安地问，因为他绝对不想睡在"母亲"旁边，"我不能挨着'母亲'睡觉……"

"不对，在下边。"卡尔松说。他像一只刺猬一样迅速爬到床底下，小弟也跟着快速爬进去。

"现在你可以听到一种典型的间谍呼噜。"卡尔松说。

"间谍打呼噜很特别吗？"小弟惊奇地问。

"对，他们打起呼噜来非常可怕，听了会让人发疯。这样：呃呃呃呃呃呃嘘，呃呃呃呃呃呃嘘，呃呃呃呃呃呃嘘！"

间谍打呼噜听起来很可怕，一会儿高，一会儿低，一会儿吼叫，确实令人毛骨悚然，此外还特别响。小弟有些害怕了。

"安静！飞勒和鲁勒可能来了！"

"对，正好，现在需要间谍打呼噜。"卡尔松说。

在同一瞬间小弟听见有人拧门的把手。门被打开一道窄缝。一束光照进来，随后飞勒和鲁勒走了进来。

卡尔松的呼噜打得很瘆人。小弟惊恐地闭上眼睛，其实大可不必，因为他什么也看不见。床罩一直垂到地面，一束不特别强的光和各种搜寻的目光都不会落到他和卡尔松的身上，这是卡尔松事先就想好的。

"呃呃呃呃呃呃嘘……"卡尔松打着呼噜。

"我确实找对了。"飞勒小声说，"这不是孩子在打呼噜，肯定是他。请看，一个胖墩儿躺在那里，对，就是他。"

"呃呃呃呃呃呃嘘……"卡尔松的呼噜有些愤怒。他不喜欢别人叫他胖墩儿，从呼噜里就能听出来。

"手铐准备好了吗？"鲁勒问，"最好在他醒来之前把他先铐好。"

床罩响了一下，然后人们听到飞勒和鲁勒叹了口气。小弟知道，他们看见了那个躺在枕头上的能把人吓死的木乃伊的狞笑，不过他们可能已经习惯了这种场面，并不觉得有什么可怕的，因为他们既没有惊叫也没有逃跑，只是叹了口气。

"哼，是个玩具娃娃。"飞勒失望地说，"就是一个臭娃娃。"他一边说一边又给她盖上，因为被罩"刺啦"响了一声，

又回到原位。

"不过,"鲁勒说,"你给我解释一下,为什么这个娃娃跑到这儿来了!她刚才还在大厅里,这个难道不是她?"

"你说得对。"飞勒若有所思地说,"此外,是谁在打呼噜呢?"

但是飞勒还没有得到回答,从大厅里就传来了脚步声。小弟听出来,是包克小姐沉重的脚步声,他精神十分紧张,感到这下子会变得比雷声还要厉害的吵闹。

但是并没有出现这种情况。

"快钻进衣柜。"飞勒吼道,小弟没有来得及眨眼,飞勒和鲁勒就钻进了他的衣柜。

这时候卡尔松可活了。他像一只刺猬一样蹿到衣柜跟前,把飞勒和鲁勒严严实实地锁在里面。然后他又很快回到床底下,转眼间包克小姐走进来,她身穿白色长裙,手里拿着一支蜡烛,跟过露西娅节时的露西娅小姐差不多。

当小弟看见她的大脚趾伸到床底下的时候,知道包克小姐已经来到床前,他听到她用严厉的声音在他头顶上说:

"刚才是不是你在我屋里用手电筒乱照?"

"不,不是我。"小弟结结巴巴地说,没有动一点儿脑子。

"你为什么老不睡觉?"包克小姐用疑惑的语调问,然后她说:

"别在被子底下跟我说话,我听不清你在说什么!"

当她把误认为是盖在小弟头上的床罩掀开时,"刺啦"响了一声,然后是一阵惊叫,小弟想,可怜的包克小姐,她不像飞勒和鲁勒那样对能吓死人的木乃伊习以为常,他知道此时此刻他应该出来。他无论如何都会被发现。此外,他也需要求她帮助对付飞勒和鲁勒,他们必须从衣柜里出来,尽管所有秘密一下子都会化为乌有。

就这样小弟爬了出来。

"别怕!"他不安地说,"这位'母亲'没有什么危险,

不过,啊,衣柜里有两个小偷。"

包克小姐仍然心有余悸。她的心"咚咚"地跳着,喘着粗气,但是当听到衣柜里有小偷时,她又生起气来。

"你又在胡编乱造!衣柜里哪儿来的小偷,少说废话!"

不过为了证实一下,她还是走到衣柜门跟前,高声喊道:

"里边有人吗?"

没有人回答,这时候她更生气了。

"说!里边有人吗?如果你们不在里边,至少也得吭一声!"

后来她突然听到里边有点儿响声,这时候她明白了,小弟说的是真话。

"啊,你真勇敢,孩子!"她激动地说,"你小小年纪竟把两个高大、强壮的小偷锁在里边,啊,你真勇敢!"

这时候床底下"咚"地响了一声,卡尔松从下边爬了出来。

"实际上这不是他干的,"卡尔松说,"实际上这事是我干的!"

他一会儿愤怒地看着包克小姐,一会儿愤怒地看着小弟。

"真幸运,是我很勇敢,十全十美!"他说,"绝顶聪明,还很英俊,不是什么胖墩儿,事实就是这样!"

当包克小姐看见卡尔松的时候勃然大怒。

"你……你……"她喊叫着,但是后来她明白了,此时此刻不是跟卡尔松理论甜饼的好时机,眼下有更重要的事情要做。她猛然把脸转向小弟。

"马上进屋,叫醒朱利尤斯叔叔,我们给警察打电话……啊,我还得加件衣服。"她不好意思地看着自己的睡衣。她一阵风似的走了,小弟也一阵风似的走了,但是他先拔下"母亲"的牙,他知道,现在朱利尤斯叔叔很需要它们。

在卧室里,"格尔尔尔——皮——皮——皮"的呼噜声正浓,朱利尤斯叔叔睡得像个甜蜜的儿童。

天开始亮了。小弟在晨曦中看见水杯还像往常一样放在床头柜上。他把假牙放回杯子里,里边发出一点儿响声。水杯旁边放着朱利尤斯叔叔的眼镜和卡尔松那包糖。小弟拿起糖,放进睡衣的口袋里,以便还给卡尔松。没必要让朱利尤斯叔叔起来时看见,免得他问糖怎么跑到这儿来了。

小弟有一种感觉,在一般情况下床头柜上还会有别的东西,对,还有朱利尤斯叔叔的怀表和钱包。现在没有了。不过这些用不着他去操心,他要做的是叫醒朱利尤斯叔叔。现在,他叫了。

朱利尤斯叔叔猛然从睡梦中被惊醒。

"又怎么啦?"

他从水杯里捞出假牙,安在牙床上,然后说:

"说真心话,这家夜里不停地出事……我真想马上回西耶特兰老家去,一连睡它 16 个小时,就是这么回事!"

小弟想:我猜对了,他需要自己的假牙。然后他向朱利尤斯叔叔解释,他为什么要马上来打扰他。

朱利尤斯叔叔马上起身,小弟跟在后边,包克小姐也从自己的房间里跑过来,大家一窝蜂似的冲进小弟的房间。

"啊,我说扬松先生,有小偷,真不敢想象。"包克小姐高声说。

屋子里的卡尔松已经不见了,小弟一进来就发现了。窗子开着。他肯定已经飞走了,好,真是好极了!想想看,这下子飞勒和鲁勒就无法看见他,警察也无法看到他,真是好得无法再好了!

"他们在衣柜里。"包克小姐说。她的语调又惊又喜,但是朱利尤斯叔叔指着小弟床上那个大鼓包说:

"我们最好还是把小弟叫醒吧?"

然后他惊奇地看着站在自己身边的小弟:

"不过他已经醒了,这我看到了——是谁躺在那里呢?"

包克小姐一惊。她知道床上是什么东西,那里的东西甚至比小偷更可怕。

"某种可怕的东西,"她说,"是一种非常可怕的东西!很可能来自虚幻世界!"

这时候朱利尤斯叔叔的眼睛亮了,他确实不害怕,啊,他抚摩着被子底下的大鼓包。

"在我对付小偷之前,我一定要先看看来自虚幻世界的又胖又可怕的东西。"

"嘿嘿!"卡尔松笑了,高兴地从床上坐起来,"不过这次不是来自虚幻世界的什么东西,仅仅是小小的我,故弄玄虚,对吧?"

包克小姐愤怒地瞪着卡尔松,朱利尤斯叔叔也显得很失望。

"夜里你们也让这小家伙待在这儿?"他问。

"对,不过我有时间的时候一定要拧掉他的脖子。"包克小姐说。随后她就不安地抓住朱利尤斯叔叔的胳膊。

"好心的扬松先生,我们一定要给警察打个电话!"

这时候意想不到的事情发生了,从衣柜里传出严厉的声音:

"请以法律的名义打开门!我们是警察!"

包克小姐、朱利尤斯叔叔和小弟都惊呆了,只有卡尔松怒不可遏。

"警察……少来这一套,骗别人还差不多,愚蠢的小偷!"

但是这时候飞勒在衣柜里高声说,把执行抓危险的间谍公务的警察锁住要受到严厉惩罚——小弟想,他们在编造借口。

"求求你们打开门吧。"飞勒高声说。

这时候朱利尤斯叔叔顺从地走过去,打开了门。飞勒和鲁勒从柜子里跳出来,装出一副气势汹汹和警察味儿十足的面孔,可把朱利尤斯叔叔和包克小姐吓坏了。

"不过警察,"朱利尤斯叔叔犹豫不决地说,"你们没有

穿警服呀？"

"没，没有，因为我们是安全局的秘密警察。"鲁勒说。

"我们来这里是为了抓他。"飞勒和鲁勒指着卡尔松说，"他是一个非常危险的间谍！"

但是这时候包克小姐发出一声可怕的冷笑。

"间谍！那个！不会，你们知道什么！他是小弟最令人讨厌的同班同学！"

卡尔松在床上跳了一下。

"我还是班上最好的学生。"他兴致勃勃地说，"啊，因为我能让耳朵扇风……啊，我的加法也不错！"

但是飞勒一点儿也不信。他拿着手铐，气势汹汹地朝卡尔松走去。他越走越近，不过这时候卡尔松飞起一脚，正好踢在他的小腿上。飞勒一连串地骂，他用一条腿在地上蹦。

"你腿上肯定要起一个紫包。"卡尔松得意地说。小弟想，小偷们身上肯定会有很多包。飞勒的一只眼周围已经肿了，也是紫的。小弟想，他活该，谁让他跑到这里来，想劫走他的卡尔松，卖一万克朗。讨厌的小偷，希望他们浑身都是紫包！

"他们不是警察，他们在说谎！"他说，"他们是小偷，我知道。"

朱利尤斯叔叔一边挠脖子一边思索。

"这件事我们一定能调查清楚。"他说。他建议大家都先

到起居室去坐,在那里进行调查,飞勒和鲁勒到底是不是小偷。

天差不多已经大亮,起居室外面天空的星星已经暗下来,新的一天正在来临。小弟没别的要求,只盼望着能去睡觉,而不是坐在这里听飞勒和鲁勒讲谎话。

"你们难道没有在报纸上看到这条消息,有一个间谍在瓦萨区上空飞来飞去?"

不过这时候朱利尤斯叔叔露出一副高傲的神色。

"不要相信报纸上写的那些废话,"他说,"不过我可以把这条消息再读一遍。等一等,我去取我的眼镜!"

他走进卧室,不过他很快就回来了,显得非常生气。

"啊,可爱的警察先生,"他喊叫着,"你们偷走了我的钱包和怀表,请你们立即拿出来!"

不过这时候飞勒和鲁勒也异常生气。鲁勒诡辩说,诬蔑警察偷钱包和怀表是危险的。

"这叫侵犯名誉权,你们知道吗?"飞勒说,"如果侵犯警察的名誉权,将会坐牢的,你们知道吗?"

卡尔松肯定想到了什么,因为他突然忙起来。他匆忙跑出去,又像朱利尤斯叔叔那样匆忙跑回来,他气得咬牙切齿。

"我的那袋糖,"他高声说,"谁拿走了?"

飞勒又朝他气势汹汹地走去。

"你诬赖我们,对吗?"

"不对,我大概还没有发疯。"卡尔松说,"侵犯名誉权,我很注意这个问题,不过我至少可以这么说,如果拿了我糖的人不马上交出来,他的那只眼睛也会被打紫。"

小弟赶紧拿出那包糖。

"在这儿。"他一边说一边把糖递给卡尔松,"我为你拿着呢。"

这时候飞勒狡猾地笑了。

"好好,看到了吧!把一切都推在我们身上,这说得过去吗!"

包克小姐坐在那里一直没有吭声,但是现在她也想参加调查了。

"怀表和钱包,我知道是谁拿去了。他除了偷,别的不干,什么肉丸子呀,甜饼呀,见什么偷什么!"

她用手指着卡尔松,卡尔松大怒。

"那是你!这是侵犯名誉权,这是很危险的,你要知道,你真愚蠢!"

但是包克小姐根本不理会卡尔松说什么。她现在想郑重其事地与朱利尤斯叔叔谈一谈。她认为,这些先生真可能是秘密警察,因为他们看起来衣着整齐,仪表堂堂。包克小姐认为,小偷一般都穿着乱糟糟的破衣服,实际上她从来没有看见过人

室盗窃的人。

这时候飞勒和鲁勒高兴起来，他们确实感到很满意。飞勒说，他从一开始就知道，这位女士是一个聪明、美妙的人，他说，他如有机会再见到她会感到十分高兴。他转过身来，对着朱利尤斯叔叔，希望得到他的赞同。

"对不对，她长得很可爱，您不觉得是这样吗？"

看样子朱利尤斯叔叔过去没有这个想法，但是现在他不得不赞同，这时候包克小姐低下头来，眼睛看着地，脸也红了。

"对，她像响尾蛇一样可爱。"卡尔松嘟囔着说。他和小弟坐在墙角里"嘎吱嘎吱"地吃着糖，但是当口袋空了的时候，他就跳起来，在屋子里转来转去。他好像在做游戏，但是在他转的时候，慢慢靠近飞勒和鲁勒坐的椅子。

"这样可爱的女士我真想多见几次。"飞勒说，而这时候包克小姐的脸更红了，再次把头低下。

"对，对，跟这类可爱的女士在一起很不错。"朱利尤斯叔叔不耐烦地说，"不过我现在想知道，我的怀表和钱包哪儿去了！"

飞勒和鲁勒好像根本没听见他在说什么。飞勒已经迷上了包克小姐，别的事他已经不管不顾了。

"样子也令人高兴，难道不是吗，鲁勒？"他说的声音很低，但是包克小姐还是听到了。

"美丽的眼睛……漂亮而且令人感到亲切的鼻子,是一个人们完全可以信赖的人,难道不是吗,鲁勒?"

这时候包克小姐从椅子上跳起来,把眼睛瞪得大大的。

"什么?"她喊叫着,"你们在说什么?"

飞勒吓坏了。

"啊,我只是说……"他刚一开口,包克小姐就打断了他的话。

"好啊,这个是飞勒,我知道。"她一边说一边微笑,小弟觉得她的笑跟木乃伊的笑一样令人毛骨悚然。

飞勒大吃一惊。

"您怎么会知道?您听说过我?"

包克小姐刻薄地点点头。

"多亏我听说过!啊,摩西保佑,我听说过!那个就是鲁道夫啦。"她一边说一边指着鲁勒。

"对,不过您是怎么知道的?我们大概有相同的朋友吧?"飞勒说,他显得很高兴和充满希望。

包克小姐同样刻薄地点点头。

"对,我相信!住在弗列伊大街上的弗丽达小姐,你认识她吧?她有着像我一样的在任何情况下都可以信赖的鼻子,对不对?"

"不过你的鼻子不像是什么可爱的土豆,而是更像带刺的

黄瓜。"卡尔松说。

飞勒毕竟对鼻子不感兴趣,因为他已经显得不再高兴。相反,他似乎更想溜之大吉,看样子鲁勒也是这样。但是卡尔松站在他们身后,突然一声枪响,飞勒和鲁勒吓得跳起老高。

"别开枪。"飞勒喊着,因为这时候卡尔松的食指顶着他的后腰,他以为是手枪。

"那就拿出钱包和怀表吧。"卡尔松高声说,"不然我就开枪了!"

飞勒和鲁勒精神紧张地掏着西服口袋,钱包和怀表真的送到了朱利尤斯叔叔的膝盖上。

"给你,小胖子!"飞勒喊叫着,然后飞勒和鲁勒像离弦

的箭一般跑向大门,那里没有人阻拦他们。

但是包克小姐冲了过去,她追进大厅和衣帽间,直到游廊,当他们从台阶往下跑的时候,她在后面喊:

"这件事我一定要告诉弗丽达,摩西保佑,她会非常高兴的!"

她愤怒地跑了几步,好像要追到台阶下边,然后她又高声说:

"不准你再踏进弗列伊大街一步,不然就会血流成河。好好听着,我在说……血流——成——河!"

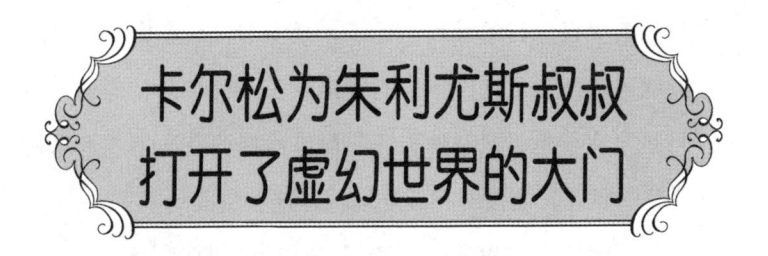

卡尔松为朱利尤斯叔叔打开了虚幻世界的大门

那天夜里收拾完飞勒和鲁勒以后,卡尔松比平时更神气。

"世界上最好的卡尔松来了。"小弟每天早晨都被卡尔松飞来时的这种叫声吵醒。每天早晨他都要把桃核从盆里扒出来,看看桃树长了多少,然后他来到挂在小弟柜子上的一面旧镜子面前。这是一面不大的镜子,但是卡尔松在镜子前面飞来飞去,没完没了地照自己。可是镜子太小了,照不全。

他一边飞一边高兴地哼着小曲,人们听得出,他在唱自己编的歌颂自己的赞歌:

世界上最好的卡尔松……哎哟——哎哎——哎哟……身价一万克朗……用手枪吓坏了小偷……多糟糕的镜子。哎哟……里边放不下多少……世界上最好的卡尔松……但是能看到的部分很好看……哎哟——哎哎——哎哟……不胖不瘦,哎哟哟……十全十美。

小弟也有同感,他认为卡尔松就是十全十美。奇怪的是,连朱利尤斯叔叔也真的喜欢上他了,是卡尔松从小偷手里要回了他的钱包和怀表。这件事朱利尤斯叔叔一时半会儿是忘不了的。只是包克小姐仍然对他板着一副冰冷的面孔,不过卡尔松不在乎这一点,只要按时有饭吃就行,这一点做到了。

"不给我饭吃,我就不玩了。"他说得很明白。

包克小姐比世界上任何人都盼望卡尔松别在这儿玩,但是有什么办法呢,小弟和朱利尤斯叔叔都站在他一边。每次他们快要吃饭的时候,卡尔松就来了。在餐桌旁坐下,包克小姐每次都唠唠叨叨,但是卡尔松大模大样地坐下,该吃就吃,她一点儿办法没有。

在那天夜里与飞勒和鲁勒交手以后,他已经开始做另外的事情了。他是个英雄,这一点连最厉害的长角甲虫也不能否认,她也这样认为。

卡尔松对那天夜里打呼噜、偷偷摸摸、钻桌子和射击等已经感到厌烦,所以第二天晚饭的时候他才飞到小弟的房里,使劲用鼻子闻从厨房里飘出来的饭菜香味儿。

小弟也睡了很长时间,醒了睡,睡了醒——比姆卜睡在他的床边——夜里和小偷纠缠可把他累坏了,卡尔松来时,他也刚刚醒来,是厨房传来的一种特别的声音把他吵醒的。包克小姐扯开嗓子在那里唱。小弟过去从来没有听她这样唱过,他真

的希望她马上就止住,因为听起来太让人难受。有一件事令她今天特别高兴。上午她回了一趟她和弗丽达在弗列伊大街的家,可能是因为这件事使她兴奋不已,因为她唱得极为吵人:

"啊,弗丽达,此事会让你心开花……"她唱道,但是什么事使弗丽达如此开心,人们不知道,因为这时候卡尔松匆忙跑进来并高声说:

"停下!停下!你扯开嗓子乱唱时,别人还以为我正在打你呢。"

包克小姐不唱了,满脸不高兴地端上炖牛肉,朱利尤斯叔叔来了,大家坐在桌子周围吃饭,一边吃饭一边谈论着夜里发生的荒唐事。小弟觉得开心,卡尔松对饭很满意,夸奖着包克小姐。

"你做的炖牛肉确实很好吃,有时候你还真能露一手。"他用鼓励的口气说。对此包克小姐没有回答,她只是咽了几口饭,没有开口说话。

她今天做的尾食是巧克力甜点心,卡尔松很喜欢。小弟还没来得及吃下去一勺,他已经把自己的那份吃光了,然后说:

"啊!这种甜点心太好吃了,不过我知道有一种东西双倍的好吃!"

"那是什么东西?"小弟问。

"两份这种甜点心。"卡尔松一边说一边又抢过一份甜点

心。这意味着包克小姐的没了,因为她只做了四份。卡尔松发现,她显得很不高兴,他警告性地扬起食指。

"请记住,桌子旁边有一个胖子,需要减肥。说得确切一点儿是两个,我不点名,但不是我也不是瘦干儿狼。"他一边说一边用手指着小弟。

包克小姐把嘴闭得更紧,仍然一言不发。小弟不安地看着朱利尤斯叔叔,但是他好像没听见。他只是坐在那里,抱怨这座城市的警察懒懒散散。他曾经打电话向他们报案,但是后来他想算了吧。他们说他们必须首先侦破其他315件盗窃案,此外他们也想知道有多少价值的东西被盗。

"不过这时候我告诉他们,"朱利尤斯叔叔说,"多亏当时在场的一位勇敢的小男孩,让小偷回家睡觉,什么也没丢。"

他用赞许的目光看着卡尔松。卡尔松兴奋得摇头晃脑,就像一只公鸡,他高兴地推了包克小姐一下。

"现在你没什么可说了吧?世界上最好的卡尔松,用手枪吓跑了小偷。"他说。

朱利尤斯叔叔确实很害怕那只手枪。不错,他对于能找回自己的怀表和钱包十分高兴,也十分感激,但是他还是认为,小孩子不应该拿着武器到处瞎转,当飞勒和鲁勒慌忙逃走以后,小弟花了很长时间才让朱利尤斯叔叔相信,卡尔松吓跑小偷用的是一只玩具手枪。

晚饭以后，朱利尤斯叔叔回起居室抽烟去了。包克小姐洗碗，很明显，卡尔松并没有完全破坏她的好情绪，因为她又重新唱起了那支歌："啊，弗丽达，此事会让你开心花……"但是她突然发现，她擦碗用的毛巾不见了，这时候她生起气来。

"有人大概知道毛巾都拿到什么地方去了。"她一边说一边用责备的目光把厨房扫了一眼。

"对，有人，即世界上最好的毛巾寻找者。"卡尔松说，"你要想知道什么事的时候，就问他好了，小笨蛋！"

卡尔松钻进小弟的房间，回来的时候抱了一大抱毛巾，连他的整个身体都看不见多少了。那些毛巾出奇的脏，上面沾满了尘土，包克小姐看了更加生气。

"毛巾怎么都弄成这个样子了？"她高声说。

"借给虚幻世界用了。"卡尔松说，"你看，他们从来不扫床底下，你看！"

时间一天一天地过去。妈妈和爸爸寄来明信片，他们在游轮上玩得非常愉快，他们希望小弟也玩得愉快，希望朱利尤斯叔叔身体健康，希望他与家里的小弟和包克小姐相处和睦。

可是上边没有一句是关于屋顶上的卡尔松的，这下子可激怒了他。

"我一定要给他们寄一张明信片，贴5厄尔邮票不就行了嘛。"他说，"我一定这样写：说得对，卡尔松身体好不好，

与长角甲虫相处得怎么样你们不必过问,尽管是他照料一切,用手枪吓跑了所有的小偷,找到了不翼而飞的所有毛巾,替你们管束长角甲虫和一切。"

令小弟高兴的是,卡尔松没有 5 厄尔买邮票,因为他觉得妈妈和爸爸收到这样一张明信片很不好。小弟猪形储币箱里的钱都给了卡尔松,但是卡尔松把钱早就花光了,现在卡尔松很生气。

"真不聪明!"他说,"我是值一万克朗的堂堂男子汉,却买不起5厄尔的邮票。你不相信朱利尤斯叔叔会买我的大脚趾,对不对?"

小弟不相信。

"不过现在他已经很喜欢我了。"卡尔松自作多情地说。这一点小弟也不相信,这时候卡尔松生气了,飞走了,直到该吃饭的时候,小弟忙拉通话绳,给他"过来"的信号他才回来。

小弟想,妈妈和爸爸大概担心朱利尤斯叔叔与家里的包克小姐相处不好才这样写,但是他们想错了。朱利尤斯叔叔和包克小姐相处得确实不错,这一点看得出来。随着时间的流逝,小弟发现,他们彼此要说的话越来越多。他们坐在起居室里一起喝咖啡,人们可以听到朱利尤斯叔叔讲虚幻世界和各种各样的事情,包克小姐答话时是那么温柔、顺从,人们不敢相信这是真的。

最后卡尔松不高兴了。原因是包克小姐喜欢把大厅与起居室之间的门关上。虽然有门,但是斯万德松家的人一般都不关。可能是因为门里边有一个小插销,有一次小弟无意间把自己别在里面了,怎么也出不来。这次事故以后,妈妈觉得拉个门帘就够了。但是现在,当包克小姐和朱利尤斯叔叔晚上在起居室一起喝咖啡的时候,突然喜欢把门关上,可能朱利尤斯叔

叔也喜欢这样,因为当卡尔松跑进来时,朱利尤斯叔叔说,小孩子到别处去玩,他想安安静静地喝咖啡。

"我也想,"卡尔松用责备的口气说,"端着咖啡,点上一支烟,谁都知道多么舒服!"

但是朱利尤斯叔叔还是把他赶了出去,这时候包克小姐满意地笑了。她肯定认为,她总算占了上风。

"我真不能忍受,"卡尔松说,"我一定要让他们知道。"

第二天上午,当朱利尤斯叔叔去看医生、包克小姐到市中心地下商场去买鱼的时候,卡尔松手里拿着一把大钻飞到小弟房间来了。小弟在卡尔松家看到过墙上挂着这把钻,此时此刻他不知道卡尔松拿它做什么。但是这时候信箱"咚"地响了一下,小弟跑过去看。衣帽间的地毯上有两张明信片,一张是布赛寄来的,另一张是碧丹寄来的。小弟非常高兴,他仔细地读着明信片,当他读完的时候,卡尔松的事也干完了。他在门上钻了一个洞。

"哎呀,卡尔松,"小弟不安地说,"门上不能钻洞……你为什么要钻洞呢?"

"因为我想看看他们做什么,这还用说。"卡尔松说。

"哎呀,你真不知道害羞!"小弟说,"妈妈说过,不能从钥匙孔往屋里看。"

"她真聪明,你妈妈!"卡尔松说,"她说得对,钥匙孔

是放钥匙的,顾名思义。但是现在这里恰好是一个观察孔。像你这样能干的人一听就明白这样一个孔是干什么的……啊,正是这样。"在小弟还没来得及回答他之前他这样说。

他从嘴里吐出一大块泡泡糖,把门上的洞又堵住了,严严实实一点儿也看不出痕迹。

"好啊,好啊!"他说,"我们好久没有度过一个快乐的晚上了,但是今天晚上可能又该乐了。"

然后他拿着钻飞回家了。

"我有点儿小事情一定要处理一下,"他说,"不过吃鱼的时候我会回来的。"

"什么事情?"小弟问。

"一件又短又快的小事情,不过至少可以得到买邮票的钱。"卡尔松说完就飞走了。

准备吃波罗的海鳕鱼的时候,他确实回来了。吃的时候,他神采飞扬。他从口袋里掏出一枚5厄尔的硬币,递到包克小姐手里。

"这钱给你,一个小小的鼓励。"他说,"买一件戴在脖子上的小玩意儿,或者其他什么零七八碎的便宜货吧!"

包克小姐把硬币扔回去。

"我把你都能变成零七八碎的便宜货,小崽子。"她说。但是正在这时候朱利尤斯叔叔来了,包克小姐不希望朱利尤斯叔叔看见她怎样收拾卡尔松。

"啊,只要虚幻-朱利在场,她变得特别温顺,真奇怪。"事后卡尔松对小弟说。包克小姐和朱利尤斯叔叔又跑到起居室喝咖啡去了,像平时那样,就他们两个人。

"让我们看看,他们有多么可怕。"卡尔松说,"出于善意,我再作最后一次尝试,不行的话,我就对他们不客气了。"

他从上衣口袋里掏出一支烟,小弟感到特别惊奇。他点着烟,"咚咚"地用力敲门。没人喊"请进",但是卡尔松还是

进去了,大口大口地吸烟。

"对不起,这里是吸烟室,"他说,"所以我大概可以在这里吸烟!"

但是这时候朱利尤斯叔叔确实生气了。他从卡尔松手里夺过烟,折成两段,并且说,如果他再看见卡尔松吸烟,他就要打卡尔松一个耳光,好让他长记性,也不准他再与小弟一起玩,他说他说到做到。

卡尔松的下嘴唇直打战,眼里含满泪水,他气得轻轻地踢了朱利尤斯叔叔一下。

"这么多天,我对你那么友好,你真笨。"他一边说一边斜了朱利尤斯叔叔一眼,表示对他不满。

但是朱利尤斯叔叔还是把他赶了出去,关上了门,此外他还听到,朱利尤斯叔叔拉上了插销,过去谁也没有这样做过。

"你自己看到了,"卡尔松对小弟说,"没别的办法,只能'若'他们生气了。"

然后他又敲门,并高声说:

"你糟蹋了我一支烟,你真笨!"

但是随后他把手伸进裤兜儿,里边发出"哗啦哗啦"的响声,是钱的声音,对,确实是一大堆5厄尔硬币的声音。

"真走运,我成了富翁。"他说。小弟不安起来,"你从哪儿弄来这么多钱?"

卡尔松神秘地眨了眨一只眼睛。

"你明天就知道了。"他说。

小弟更加不安了,想想看,如果卡尔松跑到外边去拿人家钱怎么办!那他就一点儿也不比飞勒和鲁勒好,啊,那就不是卡尔松所理解的"苹果加法"的问题了,小弟确实很担心。不过他没有时间再考虑这事,因为正在这时候卡尔松小心翼翼地从门上的小洞里抠出那块泡泡糖。

"好啦!"他一边说一边用一只眼睛往里看。但是后来他突然转过身来,好像有什么可怕的东西。

"太可耻了!"他说。

"他们在做什么?"小弟好奇地问。

"这也是我想知道的。"卡尔松说,"但是他们换地方了,这两个坏蛋!"

朱利尤斯叔叔和包克小姐平时总是坐在一个小沙发上,从门上的小洞看得清清楚楚,当卡尔松拿着烟进去的时候,他们曾经坐在那里,但是现在他们不坐在那里了。小弟从门上的小洞看了一眼以后也证实了这一点。他们换到窗子底下的那个沙发上去了。卡尔松说,太可怕了,也不光明正大了。他肯定地说,光明正大的人永远坐在别人从钥匙孔和门上的小洞都能看到的地方。

可怜的卡尔松,他"咚"的一声坐在大厅里的一把椅子

上，恶狠狠地朝前瞪着眼睛，他一下子失去了兴趣。他在门上钻个小洞的神机妙算一下子变成了泡影，真是太残酷了！

"过来，"他最后说，"我们到你的屋里去，说不定在你的各种各样的东西当中能找出几样有用的。"

卡尔松在小弟的抽屉和柜子里翻腾了半天，也没找出可以惹人生气的东西，但是突然他打起了口哨，拉出一根长玻璃管，小弟平时拿它吹豆子玩。

"这是一件很理想的东西，"卡尔松满意地说，"我只要再找一件别的东西就可以了！"

他找到了一个非常好的东西——一个橡皮球，吹足了气可以变成一个大气球。

"好啊，好啊！"卡尔松说。当他把橡皮球套在玻璃管的口上时，他胖乎乎的小手激动得直发抖。然后他把嘴对着玻璃管的另一头吹起来。当画在黄色橡皮球上的丑陋面孔越吹越膨胀时，卡尔松高兴地叫起来。

"塑造的是一个月亮老人的形象。"小弟说。

"可以塑造任何东西。"卡尔松一边说一边放出皮球里的气。"最重要的是能用它惹人生气。"

效果不错，效果确实不错，尽管小弟笑得几乎坏了事。

"好啊，好啊！"卡尔松一边说一边小心翼翼地把头上套着小橡皮球的玻璃管伸到门上的小洞里，然后使足力气吹，小

弟站在旁边笑,啊,他多么希望自己此时此刻和朱利尤斯叔叔、包克小姐坐在里边的沙发上,亲眼看一看月亮老人从天而降。小弟知道,这个季节天不可能太黑,但是起居室里朦胧的样子足可以使迷了路的月亮老人看起来既神秘又可怕。

"我一定要装鬼叫。"卡尔松说。"你来吹一会儿,别让里边的气跑了!"

小弟照他说的把嘴对着玻璃管吹了起来。卡尔松发出令人毛骨悚然的鬼叫声,这使得坐在里边的两个人吓得跳了起来,

以为月亮老人降临了,因为这时候里边发出卡尔松所希望的惊叫声!

"你们使劲叫吧。"卡尔松高兴地说,然后他小声说,"我们快撤退!"

他放出皮球里的气,这时候皮球发出一种轻轻的鬼叫声,皮球瘪了,卡尔松迅速把它从门上的小洞拉出来,又同样迅速地用泡泡糖把洞堵住,然后像一只刺猬一样钻到桌子底下,小弟紧随其后,那里是他们通常藏身的地方。

不一会儿他们听见有拉插销的声音,门开了,包克小姐伸出头来看。

"一定是小孩子们在捣鬼。"她说。

但是站在她身后的朱利尤斯叔叔很不赞成她的说法。

"我还要说多少遍你才相信,虚幻世界充满了神秘人物,它们是从关闭的门飞进来的,你还不明白吗?"

这时候包克小姐老实了,她说仔细想了想以后就明白了,但是很明显,她不希望几个来自虚幻世界的神秘人物破坏她与朱利尤斯叔叔一起喝咖啡的美好时刻,所以她成功地把他拉回沙发上。大厅里只剩下卡尔松和小弟,他们坐在那里眼巴巴地看着紧锁的门,小弟在想更有趣的事,卡尔松大概也在想。对了,卡尔松也在想!

正在这时候电话铃响了。小弟去接电话,电话里传来一位

阿姨的声音,她请求与包克小姐谈话。小弟明白了,是弗列伊大街的弗丽达,他暗自高兴。现在他有理由打扰包克小姐了,他是一个很讲礼貌的孩子,他不会不管。

"包克小姐有电话。"他一边喊一边用力敲门。

但是包克小姐不愿意接。

"就说我正在忙。"包克小姐回答说。不管是神秘人物还是弗丽达都不能把她从与朱利尤斯叔叔一起喝咖啡的美好时刻拉回来。小弟走到电话旁边,把话告诉了弗丽达,但是弗丽达一定要知道她的姐姐为什么这么忙,并且说她一定要再打电话来,等等。最后小弟说:

"你最好明天问她自己!"

随后他放下话筒,去找卡尔松。但卡尔松不见了,小弟在厨房找到了他,更确切地说是在开着的窗子上。有一个人站在窗台上,骑着妈妈最好的长把刷子,准备飞走,这人肯定是卡尔松,但是看起来像一个女巫或者女妖,满脸污黑,头上戴着围巾,肩上披着女巫花披肩——那是外祖母梳头时披在身上用的旧披肩,她最近来他们家时忘在杂品柜里了。

"喂,卡尔松,"小弟不安地说,"你不要飞,免得朱利尤斯叔叔又看见你!"

"这不是卡尔松,"卡尔松大声说,"这是一个斯科拉戛,野蛮凶残!"

"斯科拉戛?"小弟说,"是什么东西,是女妖吗?"

"对,不过比女妖还厉害。"卡尔松说,"斯科拉戛特别敌视人,谁要是惹她们生气,她们会毫不犹豫地发动进攻!"

"不过……"小弟说。

"她们是整个虚幻世界里最可怕的。"卡尔松肯定地说,"据我所知,有谁要是看见斯科拉戛一定会吓得魂不附体。"

斯科拉戛在六月夜晚的蓝色朦胧中飞翔。小弟站在那里一时手足无措,但是他突然想起了什么。他跑进布赛的房间。从那里他能够像朱利尤斯叔叔和包克小姐在起居室里一样清清楚楚地看见斯科拉戛飞翔。

屋里显得有些闷,小弟打开窗子。他看见起居室的窗子也开着——对着夏季的夜晚和虚幻世界!此时此刻朱利尤斯叔叔和包克小姐坐在里面,根本不知道有什么斯科拉戛,小弟想,

多可怜的人啊！他们离他那么近，他可以听见他们窃窃私语，很可惜他也看不见他们！

但是他看见了斯科拉戛。想想看，如果他事先不知道那是卡尔松，而是真正的斯科拉戛，他真的会被吓死，这一点他敢保证，啊，因为看见斯科拉戛在那里飞来飞去确实很可怕。小弟想，他真有点儿相信有虚幻世界。

那个斯科拉戛有好几次从起居室的窗前飞过，并往里边看。她看到的景象使她惊奇和不满，因为她多次摇头。她还没有发现窗子旁边的小弟，他不敢喊她，但是他不住地挥手，这时候斯科拉戛看到了他。她挥手作答，她污黑的脸上露出诡秘的笑容。

小弟想，朱利尤斯叔叔和包克小姐可能没有看见她，因为他们还在窃窃私语。但是突然一声尖叫打破了夏日夜晚的宁静。她——斯科拉戛在尖叫，噢呀，她像一……啊，可能像一个斯科拉戛，因为小弟从来没有听到过类似的叫声，听起来就像直接来自虚幻世界。

此后再也听不见起居室里的窃窃私语，那里变得非常安静。

但是斯科拉戛迅速地飞到小弟身边，转眼间她脱掉了围巾和披肩，用布赛的窗帘擦干净抹在脸上的黑烟子，然后就再没有斯科拉戛了，而仅仅是一个正在迅速地把衣服、长把刷子和

整个斯科拉戛扔到布赛的床底下的卡尔松。

"谁知道呢,"卡尔松一边说一边连蹦带跳地来到小弟身边,"法律禁止老年人有这种行为。"

"怎么回事?他们做什么呢?"小弟问。

卡尔松愤怒地摇着头。

"他拉着她的手!他坐在那里拉着她的手!她,长角甲虫,你说像话吗?"

卡尔松直愣愣地瞪着小弟,他以为小弟会由于吃惊而晕倒在地,但是没有发生这样的事情,所以卡尔松喊叫起来。

"你没有听见我在说什么!他们坐在那里手拉着手,人怎么会变得如此荒唐?"

卡尔松变成了世界大富翁

那一天小弟永远忘不了。他醒得很早,完全是自己醒的,不是世界上最好的卡尔松的喊声把他叫醒的。小弟想,真奇怪,然后到衣帽间去取报纸。他想,在朱利尤斯叔叔要报纸之前先安安静静地看看报上的连环画。

但是这一天连环画没看成。可怜的小弟,他只看到报纸的头版,因为上面闪闪发光的大标题让他冒出了冷汗:

神秘物被揭——不是什么间谍

他看到标题下面有西大桥及上面的飞行物照片——啊,不可能搞错——卡尔松正从桥上飞过。还有一张特写照片,他站在那里,面带苦笑向人们介绍可折叠螺旋桨和肚子上的开关。

小弟一边读着消息一边流泪:

我们昨天到编辑部做了一次特别采访。一位英俊、绝顶聪明、不胖不瘦、风华正茂的人——按照他自我描写——来到编辑部,要求兑现一万克朗的悬赏。他说他本人就是瓦萨区上空神秘飞行物,而不是其他人,但是他说他不是什么间谍,我们相信他说的话。"我只是侦察像长角甲虫和虚幻-朱利这类人。"他说。他的话天真无邪,所以我们认为这个"间谍"不过是一个不同寻常的肥胖的小学生……他自己说是班上最好的学生。但是这个男孩有着使每一个孩子都羡慕的东西,即一个能够使他飞翔的小发动机,啊,你们从照片上可以看到。男孩说发动机是由世界上最优秀的发明家制作的,但拒绝提供更多的细节。我们指出,如果发明家能批量生产,他会成为亿万富翁,但是男孩说:"谢谢,我们不想让空中布满会飞翔的小孩子,我和小弟能飞就足够了!"

小弟看到这儿微笑了一下——真够哥们儿,卡尔松只愿意带他,而不是其他人!但是后来他屏住呼吸继续读报。

必须承认,这个男孩显得极不寻常。他语言混乱,所答非所问,断然拒绝说出自己父母的名字。"母亲是木乃伊,父亲是雍·普兰特。"他最后说,但从他身上再也挤

不出更多的情况。"普兰特"听起来像个英国人的名字,孩子的父亲可能是英国人。看来他至少是一名优秀飞行员,如果我们能正确理解男孩所谈的话。父亲的飞行兴趣明显地遗传给了儿子。男孩要求立即兑现悬赏。他说:"应该是我获得这笔钱,而不是飞勒和鲁勒或者其他小偷。"他希望所有的钱都是5厄尔硬币,他说,"因为只有这类钱才是真正的钱。"他离开我们的时候,口袋里鼓鼓囊囊地装满5厄尔的硬币,此外,他还将尽快推一辆独轮车来取钱。"你们看好我的钱,别弄丢了,如果丢了的话,斯科拉夏会把你们带走。"他说。估计斯科拉夏是一位与他快乐玩耍的朋友,尽管我们一点儿也听不懂他说的话。"请记住,你们大概只付了我一个大脚趾钱。"他走的时候这样说,然后他飞出窗子,消失在瓦萨区上空。

男孩子不随自己的父亲姓普兰特,确实有些奇怪,这是怎么回事呢?他也拒绝透露。他要求在任何情况下都不得在报纸上使用他的名字,"因为小弟不愿意。"他说,看来他很在乎小弟的意见。男孩子叫什么,我们不能透露,最多我们只能说开头是"卡尔",结尾是"松"。如果一个人不愿意在报纸上透露他的姓名,我们认为他有这个权利。这就是为什么我们在这里把男孩子叫"男孩子",而不能用他实际上的名字——卡尔松。

"看来他很在乎小弟的意见。"小弟一边小声说一边喘着粗气。然后他就走到通话线跟前,去拉通话铃,发出意为"过来"的信号。

卡尔松来了。他从窗子飞进来,高兴得就像一只黄蜂。

"报纸上有什么特别的消息吧?"他一边半真半假地说一边扒出桃核看,"如果真有什么有意思的消息,请你念给我听!"

"你真不知道害羞。"小弟说,"你难道不知道,你现在破坏了一切,我们再也没有安宁了,你和我。"

"你相信谁想安宁呢?"卡尔松说,并在小弟睡衣上擦干净自己的泥手。"那会其乐无穷。乒乒乓乓,不然我就不玩了,你很明白这一点。好吧,现在念给我听!"

在小弟给他念报纸的时候,卡尔松在镜子面前飞来飞去,自我欣赏起来。在遇到"不同寻常的胖"和其他会使卡尔松生气的词句时,小弟就跳过去不念,但是其他内容他都从头念到尾,卡尔松高兴得"咯咯"笑。

"与他快乐玩耍的朋友,就是我——对,这家报纸净说实话。"

"看来他很在乎小弟的意见,"小弟念到这里时,不好意思地看着卡尔松,"这也是实话吧?"

卡尔松停止飞行,想了想。

"啊，很奇怪。"他显得有点儿勉强，"啊，想想看，有谁会在乎你这样的小笨蛋的意见！这当然是因为我的善良，因为我是世界上最善良、最听话的人……再往下念！"

但是直到压在小弟心头的那块石头落地以后，他才继续念——多好啊，不管怎么说卡尔松还是喜欢他的，有了这一点，其他的事情就好办了！

"我说的关于名字的事还是很不错的，他们不得在报纸上说出我的名字，"卡尔松说，"只是为了你，因为你希望为我越保密越好。"

然后他抢过报纸，长久地、亲切地看着两张照片。

"真是难以相信，我这么英俊！"他说，"我真的不胖不瘦，真是难以相信！看这个！"

他把报纸送到小弟的鼻子底下，但是他又把报纸收回来，用力地吻着自己的那张介绍自己肚子上开关的照片。

"好啊，我一看见我自己，就高兴得想呼万岁。"他说。但是小弟把报纸从他手里夺过来。

"无论如何也不能让包克小姐和朱利尤斯叔叔看见这个，"他说，"永远也不能让他们看！"

他把报纸深深地塞到自己写字台的抽屉里，过了不到一分钟朱利尤斯叔叔就探进头来问：

"报纸来了吗，小弟？"

林格伦作品选集
LINGELUN ZUOPINXUANJI

小弟摇摇头。

"没有,还没有来呢!"

随后他向卡尔松解释,报纸在抽屉里躺着呢,当然没有来。

看来朱利尤斯叔叔已经不那么关心报纸来还是没来,他在考虑别的事情,看样子是好事,因为他显得异常兴奋,另外他也没有时间看了,他该到医生那里去看病了。这是最后一次。再过几个小时朱利尤斯叔叔就要回西耶特兰老家了。

包克小姐帮他穿上大衣,小弟和卡尔松听得清清楚楚,她在嘱咐他。嘱咐他扣好脖子下的领扣,过马路注意过往汽车,别大早晨就吸烟。

"长角甲虫怎么啦?"卡尔松说,"她是不是以为她已经跟他结婚了?"

确实——这是充满惊奇的一天!朱利尤斯叔叔刚一走,包克小姐马上打电话。她的声音很大,卡尔松和小弟把她在电话里说的话听得一清二楚。

"喂,你是弗丽达吗?"她兴致勃勃地说,"你怎么样,你还有鼻子吗?……真的?啊,不过你看,你不需要再关心我的鼻子啦,我要把它带到西耶特兰去,我要搬到那里去住。不,不是到那里当保姆,我要结婚啦!像我这么丑?你觉得怎么样?……好,你当然可以知道我跟谁,跟朱利尤斯·扬松先

生,就是他……对,一点儿不错,跟你交谈的正是扬松夫人,小弗丽达……我相信你受感动了,我听得出你在……好啦,好啦,弗丽达别哭啊……我现在没时间了,我的未婚夫随时都会来……别的事以后我再告诉你,小弗丽达!"

卡尔松睁着大眼睛看着小弟。

"有什么灵丹妙药可以治一治这类蠢人?"他问,"如果有的话,我们应该立即给朱利尤斯叔叔吃一服大剂量的药!"但是小弟不知道有没有这种药。卡尔松叹息着,显出几分同情,当朱利尤斯叔叔看病回来的时候,他默默地走过去,把一枚5厄尔硬币塞到他手里。

"为什么给我钱?"朱利尤斯叔叔问。

"你买点儿有意思的东西,"卡尔松沉重地说,"因为你需要。"

朱利尤斯叔叔表示感谢,但是他说他现在很幸福很愉快,他不需要5厄尔硬币去给自己买有意思的东西。

"当你们听到我将把赫尔图女士从你们身边带走的时候,你们肯定不高兴,小伙子们。"

"赫尔图女士?"卡尔松说,"是谁?"

当小弟向他说明以后,他哈哈笑个不停。

但是朱利尤斯叔叔继续讲他有多么幸福,他说他永远也不会忘记这些日子。首先,虚幻世界奇迹般的对他开放了!当

然,有时候他看见窗子外边女妖飞来飞去也很害怕,对这一点他不否认,但是……

"不是女妖,"卡尔松说,"是斯科拉戛,野蛮、残忍和十分可怕!"

朱利尤斯叔叔继续说,我们毕竟与我们的祖先生活在共同的世界里,他说我们很适应在那里生活。但是这些天给他最好的东西是他得到了自己的虚幻公主,她叫赫尔图,现在他们要举行婚礼!

"一位虚幻公主,名叫赫尔图。"卡尔松瞪着大眼睛说。他笑了很长时间,然后他一边看着朱利尤斯叔叔一边摇头,最后又笑起来。

小弟觉得在厨房里忙来忙去的包克小姐比任何时候都高兴。

"我也很喜欢女妖,"她说,"如果昨天晚上没有那个讨厌的女妖在窗子外边飞来飞去吓唬我们,你,朱利尤斯永远也不会和我拥抱,这一切也就不会发生。"

卡尔松一惊。

"啊,确实精彩。"他开始生气,但是后来他耸了耸肩膀。

"好吧,小事一桩。"他说,"不过我不相信在瓦萨区还会有更多的斯科拉戛。"

但是包克小姐越想到要举行婚礼的事,就越高兴。

"你,小弟,当金童。"她一边说一边抚摩小弟的面颊,

"我给你缝一套丝绒西服,多好啊,你会变得很可爱!"

小弟颤抖起来……黑色丝绒西服,克里斯特和古尼拉看见了会笑死!

但是卡尔松没有笑,他生气了。

"如果不让我也当金童,我就不玩了。"他说,"我也想要一身黑色丝绒西服和变得很可爱,不然我就不玩了!"

这回轮到包克小姐笑了。

"啊,如果我们把你放进教堂,那婚礼可就热闹了。"

"我也认为是这样。"卡尔松兴奋地说,"我穿黑色丝绒西服站在你身后,不停地扇耳朵,不时地鸣礼炮,因为举行婚礼时要放礼炮!"

自己感到很幸福也希望大家都快乐的朱利尤斯叔叔说,卡尔松当然可以参加。但这时候包克小姐说,如果她一定得让卡尔松当金童,她宁愿不结婚了。

这一天的晚上来临了。小弟坐在卡尔松房前的台阶上,看

着夜幕降临,看着整个瓦萨区和远处整个斯德哥尔摩的万家灯火。

啊,现在到了晚上,他坐在那里,卡尔松坐在他身边,确实很美妙。在西耶特兰的某个地方,一列火车喷着白烟驶进一个小站,朱利尤斯叔叔走下火车。在波罗的海的某个地方,一艘白色游船载着妈妈和爸爸驶回斯德哥尔摩。包克小姐在弗列伊大街对弗丽达讲着宽慰的话。小狗比姆卜趴在篮子里过夜。但是在屋顶上,那里坐着小弟,旁边坐着卡尔松,他们正从一个大口袋里掏出小蛋糕吃,这是包克小姐新给他们做的,真是美妙极了,但是小弟仍然显得很不安宁,做卡尔松最好的朋友的他不会有什么安宁。

"我曾经千方百计使你摆脱困境。"小弟说,"我曾经看护过你,我确实这样做过。但是现在我不知道应该怎么办了。"

卡尔松又从口袋里拿了一块小蛋糕把它整个吞下去。

"你真愚蠢!现在他们无法把我交到报社去了,无法得到一大笔5厄尔硬币的悬赏,这条路已被堵死,所以他们失去了兴趣,这一点你是知道的,飞勒、鲁勒和他们整个团伙都是这样!"

小弟也拿了一块小蛋糕,一边嚼一边思索。

"不,是你笨,"他说,"整个瓦萨区都会人头攒动,数不清的傻瓜笨蛋都想看你飞翔,想偷你的发动机和其他东西。"

卡尔松听了兴奋起来。

"你真的相信他们会这样?如果你说对了多好啊,那样的

话我们可能又要有一个愉快的夜晚了。"

"愉快的夜晚?!"小弟气愤地说,"我已经说过了,我们再也不会有一刻安宁,不管是你还是我。"

卡尔松更加兴奋。

"你真的相信会是这样?好,但愿如此。"

小弟真的生起气来。

"好,看你怎么应付。"他生硬地说,"如果大群大群的人涌进来,你怎么应付呢?"

这时候卡尔松歪着头,看着小弟,装出一副怪样。

"有三个办法,这你是知道的。若(惹)他们生气、跟他们开玩笑、装神弄鬼。我想三种方法都用一用。"

他的样子很滑稽,惹得小弟忍不住要笑。他偷偷地笑了,一开始只是默默地,后来他哈哈大笑起来,他越笑,卡尔松越显得开心。

"好啊,好啊!"他一边说一边推了小弟一把,弄得小弟差一点儿从台阶上滑下去,这时候小弟笑得更加厉害。他想,真正开心的时刻可能从现在才刚刚开始。

但是卡尔松坐在台阶上,爱怜地看着自己从破袜子洞里露出的两个黑黑的大脚趾。

"不,我可舍不得卖掉它们。"他说,"别再为这个吵了,小弟!不,因为它们长在世界上最大富翁的脚上,它们不再卖了。"

他把手伸进口袋里,满意地搅动着那些5厄尔的硬币。

"好啊,好啊,一位富有、英俊、绝顶聪明、不胖不瘦、风华正茂的人,就是我。世界上十全十美的卡尔松,你知道吗,小弟!"

"知道。"小弟说。

但是在卡尔松的口袋里,除了5厄尔的硬币以外还有别的东西,就是一把小手枪,小弟还没来得及阻止他,清脆的枪声已经在瓦萨区上空回响。

啊,现在又开始了,小弟想。因为他看到周围各家的窗子都开了,听到人们愤怒的声音。

不过卡尔松唱着歌,用他那两个黑黑的大脚趾打着拍子:

乒地开一枪,我的心情好舒畅,
乒乒乓乓,乒乓乒乓,
生日好快乐,生日好尽兴,
乒乒乓乓,乒乓乒乓。
生日好快乐,生日喜洋洋,
大家对我情意长。
噢呀呀,噢呀呀,噢呀呀,
嗨哟哟,嗨哟哟,嗨哟哟,
乒乒乓乓,乒乓乒乓。

~译者后记~

我完成了瑞典著名儿童文学作家林格伦作品系列的第八卷《我们都是吵闹村的孩子》的翻译工作后,心里特别高兴,回想起翻译林格伦的作品完全出于偶然。1981年我去瑞典斯德哥尔摩大学留学,主要是研究斯特林堡。斯氏作品的格调阴郁、沉闷,男女人物生死搏斗、爱憎交织,读完以后心情总是很郁闷,再加上远离祖国、想念亲人,情绪非常低落。我吃不好饭,睡不好觉,每天不知道想干什么,想要什么,有时候故意在大雨中走几个小时。几位瑞典朋友发现我经常有意无意地重复斯特林堡作品中的一些话。斯特林堡产生过精神危机,他们对我也有些担心,因为一个人整天埋在斯特林堡的有着多种矛盾和神秘主义色彩的作品中很容易受影响。他们建议我读一些儿童文学作品,换一换心情。我跑到书店,买了一本林格伦的《长袜子皮皮》,我一下子被崭新的艺术风格和极富人物个性的描写所吸引。我一边读一边笑,觉得自己浑身充满了力量。我好像跟皮皮一样,能战胜马戏团的大力士,比世界上最强壮的警察还有力量,愤怒的公牛和咬人的鲨鱼肯定不在话下。由于

职业的关系，我读完一遍以后开始翻译这本书，一个暑假就完成了。从此，翻译林格伦的书几乎成了我的主业。

我第一次见到林格伦是在1981年秋天，是由给我奖学金的瑞典学会安排的。她的家在达拉大街46号，对面是运动场，旁边有森林和草地。当时女作家还算年轻（74岁），亲自给我煮咖啡。我们谈了儿童文学和儿童教育问题。1984年我从瑞典回国，她表示希望到中国看看。这个消息传出以后，瑞典—中国友好协会和瑞典驻中国大使馆立即表示，什么时候都可以安排。不过医生认为，路途太遥远，不宜来华访问，因此未能成行。但是她对我说，由于她的作品被译成中文，她开始关注中国的事情。1997年她已经90岁高龄，并且双目失明，在一般情况下她已经不再接待来访者，但当她听说我到了斯德哥尔摩以后，一定要见一见。当时我和我的夫人都很感动，在友人的帮助下，我们一起合影留念。2000年秋我去斯德哥尔摩的时候，朋友告诉我，她的身体已经很不好，大部分记忆消失，已经认不出人了。但是圣诞节的时候，我仍然收到了以她的名义寄来的贺卡。

不知什么原因，我和林格伦女士一见如故。她曾开玩笑说，可能是我们都出生在农民家庭。1984年我回国以后一直与她保持联系，有时候她还把我写给她的信寄到报社去发表。1994年，当她得知我翻译时还用手写的时候，立即给我寄来

10000克朗，让我买一台电脑。我和她虽然相隔几千公里，但我和我的家人时刻惦记着她，希望她健康长寿。

我已经把林格伦的主要作品和一部分由她的作品改编成的电影译成中文，断断续续用了20年的时间。作品中的故事大都发生在20世纪上半叶，作家笔下的风俗、习惯、传统、民谣、器物等，现代人都比较陌生了。我在翻译中遇到的问题，除了作家本人亲自给我讲解以外，还得到很多瑞典朋友的帮助，如罗多弼和列娜夫妇、林西莉女士、韩安娜小姐、史安佳女士和隆德贝父女等，在此对他们表示深深的感谢。希望我的拙译能给小读者们和他们的父母带来愉悦，并增加对这个北欧国家儿童生活的了解。

永远的皮皮
永远的林格伦

中国少年儿童新闻出版总社隆重推出——

国际安徒生奖获得者
瑞典童话大师林格伦儿童文学全集

长袜子皮皮　　淘气包埃米尔　　小飞人卡尔松　　大侦探小卡莱　　米欧，我的米欧

狮心兄弟　　吵闹村的孩子　　疯丫头马迪根　　绿林女儿罗妮娅　　海滨乌鸦岛

叮当响的大街　　铁哥们儿擒贼记　　小小流浪汉　　姐妹花

　　中国最著名的瑞典文学翻译家李之义先生，曾荣获瑞典国王颁发的"北极星勋章"。他用近30年的时间完成了林格伦儿童文学全集的翻译，其译作准确生动、风趣幽默，深受中国孩子喜欢。